任性出版

研究《詩經》超過三十年、北京師範大學教授
李山——著

什麼時候讀詩經？

不學詩，無以言，唐宋詩詞的基石。
詩三百，思無邪，精英必修的人文素養。

目錄

第二章 假如生活辜負了你……

第三章 總有一些事，我們不該忘記 179

第四章

第五章 人生既要快樂，又不過分 303

第六章

生活是艱辛的，同時也是美好的 377

推薦序

《詩經》燦亮人生路
——經典驚豔我們的日常

丹鳳高中圖書館主任、作家／宋怡慧

義大利作家伊塔羅・卡爾維諾（Italo Calvino）的《為什麼讀經典？》（*Why Read the Classics?*）說：「一部經典作品，是一本從不會耗盡它要向讀者說的一切東西的書。」

而在《什麼時候讀詩經？》這本書，作者李山教授就以放之四海而皆準的跨閱元素，為人工智慧（AI）時代的讀者們，解讀了其中的經典奧義——**《詩經》是萬用的人生解方**。

當我們漫步在《詩經》的長廊裡，彷彿瀏覽一道道的生命習題，可從前人的生活經驗，汲取到如活水的人生智慧，錘鍊出解決問題的思維，並協助我們越過人生的每道坎，開創生命的新運與大局。

不僅如此，作者還**擺脫過往傳統解讀《詩經》的視角，反以質疑的科學家思維，帶著我們建立逆思維，打破慣性、規則，要讀者大膽反思**。他如是說：「〈關雎〉是『風』之始也，也是《詩經》首篇。它絕不是一首單純書寫純愛、追愛的作品而已。」一斬釘截鐵的扣問，讓人心底不禁浮現「關關雎鳩，在河之洲。窈窕淑女，君子好逑」的詩句畫面。

過往，人們曾循著詩句的釋義軌跡，走進詩句的現場，認為這是祈愛者隔著河州深情的凝視，眺望遠方、思念所愛。但李山教授則用理性思維挑戰一般人對〈關雎〉的印象，以拋出疑問、反覆推敲、驗證的方式解釋：〈關雎〉絕不只是一首愛情詩歌。他說，這是詩人以旁觀者的立場，讚美有情人難得、美好姻緣的締結，它是婚姻典禮上的和樂歌謠，是雙方婚後家和萬事興的殷殷祝福。

這種解讀非常符合當時重視家庭、倫理的時代背景，比起定位成愛情詩，將〈關雎〉歸為反映當代婚姻社會之作，隱含的先民擇偶標準、對愛情的想像，與婚嫁禮節、夫妻相處，反倒更能生動的描繪而出。穿越歲月的流光，李山的引讀讓我彷彿聽見婚禮從幽微到清晰的愛之樂音。

作者把《詩經》當成解開人生情關的鑰匙，它將教我們學會愛；而詩歌的溫潤之情，則讓我們找到愛的信仰與遠方有光的堅持。即便面對逆境，也能在《詩經》微光的引領下，讓生命重獲得以回歸、靠岸的幸福。

我曾如此思考：寫詩、讀詩是源於人的本能，每份創作是鐫刻人我、景物相互觸動的符碼。它虔敬記錄真實的人生，卻不溺情執；它帶來安適真誠的文字氣場，撫慰身心的疲累。一首快樂無比的歌謠，創作者可能正歷經烏雲蔽日、跌墜低谷的生命困惑與憂傷，但透過文字療癒的形式，對望內心的傷痛，滌淨遍體鱗傷的性靈，這些體悟卻能讓暗黑世界轉為澄澈清亮，重新找回認真活著的清音。

詩歌彷彿穿越時空的載體，讓不同時代的人們，找到相同的人生方向：在〈秦風．蒹葭〉的情韻中，我們體驗《詩經》的思無邪，以及我們此生對愛與美的無畏追尋，不怕黑暗，無懼未知，我們都想邁向人生極致美善的終點。〈邶風．擊鼓〉提及的：「死生契闊，與子成說。執子之手，與子偕老。」一本是描寫在壯烈的戰場上，士兵間相互打氣、患難與共的真摯情誼，但孤獨人生的真情流露，卻讓我們瞥見「執子之手，與子偕老」另類解讀的情愛誓言。閱讀《詩經》溫柔的文字，也讓經歷生命挑戰與考驗的我們，找尋到愛的解方。

《詩經》不只是中國第一部詩歌總集或是豐富的百科全書，其內蘊的文化力量與群體情感，離我們的日常生活其實很近。孔子曾云：「不學詩，無以言。」足見《詩經》帶給孔子內心的悸動，以及待人處事的啟發，一如李山教授把《詩經》當成現代人跨越生命之坎，任何時候都該讀的命定之書。

中國資深媒體人羅振宇說過：「一本好書應該像一位溫潤的戀人，你若不找他，他就不煩你；你若去找他，他也有豐富的內在可供探尋。」李山教授進一步**讓《詩經》變成人生一帖帖溫柔的處方箋，**讓我們擁有《詩經》這位情人，有勇無懼面對風**雨，運用其真知灼見，燦亮我們的人生之路，時刻驚豔我們的日常。**

前言
我們什麼時候讀詩經？

有一位名人說過：「我們為什麼還要讀經典？那是因為我們時常感覺自己膚淺。」是的，讀經典確實有益於心智的深厚。

《詩經》作為一部經典，既是文學、也是文化，作為文學的經典，它可說是為中國古典詩歌確立了藝術的基調。學術界有一位老前輩說過：「不知『三百篇』，不足以言我國古典文學之流變。」的確，像「伐木丁丁，鳥鳴嚶嚶。出自幽谷，遷于喬木」，像「蒹葭蒼蒼，白露為霜」等幾句，其融情入景的手法和意象玲瓏的境地，不正是後來**唐詩宋詞的先聲？古典詩歌三千年，形式不斷流變、風格不斷出新，可是詩歌藝術的靈魂，卻始終沒有脫離《詩經》確立的基本情調。**由此可知，**《詩經》是了解古典詩歌及文學必讀的經典。**

《詩經》還是一部文化經典。「經典」兩個字可不簡單，凡是算得上經典的作品，一般要符合兩項條件：一是，本身的內容得夠經典；二是，在其產生後，必須對後續歷史文化的構建有廣泛的影響。這兩點，《詩經》都是當之無愧的，特別是後者。**《詩經》在西漢以後兩千多年的時光裡，是「五經」之首**[1]，有其漫長的經學闡釋史。而經學，在古代雖是一種學問，卻與政治以及個人倫理生活等息息相關。

這裡不妨講一則小故事：西漢的大臣霍光廢除了即位不久的皇帝，同時收拾新皇帝親近的大臣，殺了好多人。後來，收拾到負責講《詩經》給皇帝聽的大臣王式，追責的大臣就問王式：「皇帝胡作非為，你作為皇帝的老師，為何不上諫書？」對這樣的追問，若回答不出個所以然，恐怕是要殺頭的。王式卻自有答案，他說：「**《詩》三百篇**[2]**，篇篇是諫書**。我還用得著單獨給皇帝上諫書嗎？」這一反問，霍光手底下的人沒轍，只好免了王式的死罪。「篇篇是諫書」這則故事記載在《漢書》[3]中，就足以顯示出《詩經》對古人的深刻影響。

西漢經學講《詩經》，往往藉著講詩篇的機會，向皇帝講明什麼是正確的、在國家政治及個人生活中什麼是應當遵守的、什麼是應該杜絕的。**作為「五經」之首的《詩經》，是古代社會生活的大則大法**。這就是後世人對詩經的解讀。《詩經》對後世文化所產生的作用，也就不難可見一斑了。

不過，古代講經學的方式，並不是我們今天應當遵守的。今天講《詩經》，重在講明詩篇所蘊含的歷史和文化品性。《詩經》作為一部詩歌文學，不同於唐詩宋詞的地方，就在於它不是後來文人雅士的主觀抒懷。這方面雖然也不是全然沒有，卻並非主要的內容。

《詩經》產生於「禮樂」時代，舉凡國家大事，都要舉行隆重的大典，而隆重的大典上往往有歌唱。例如，王朝重視農耕，於是從耕種到田間管理，乃至收穫等各農事重要環節，都有周王親自參加的「親耕大典」；大典中的歌唱，表現的不僅是周人對農耕的重視，人群在農耕實踐中對天地、自然的理解，還有透過農事生活對天地的情感，以及對諸多自然物象的審美。

於是，讀這類題材的詩篇，讀到的不僅是當時的重農觀念，還有先民眼中的大自然，以及先民對大自然與人之間關係的理解。讀到的既是文學，也是中國的「天人」

1 《詩經》、《尚書》、《禮記》、《周易》、《春秋》被稱為「五經」。五經的排序依朝代有所不同，雖有學者明言《周易》為五經之首，但也有人倡言《詩經》才是五經之首。

2 《詩經》在先秦稱《詩》或《詩三百》，西漢時被尊為儒家經典，始稱《詩經》。

3 中國第一部紀傳體斷代史，主要記述西漢一代的史實；由東漢歷史學家班固所著。

哲學。又如戰爭詩篇，戰爭來了，從王朝如何應付、民眾對征戰的態度、詩篇表現征戰士卒的特點等方面，都可以**審視出一個文化人群特有的品格**。

再如婚戀詩篇，《詩經》中有太多表現男女情感的篇章，那時候的人如何理解婚姻、家庭，當時的人又是如何關懷、同情婚姻生活中的不幸者等，這些都是讀《詩經》篇章可以領略到的內容。

我們可以這樣說，**要全面理解華人在文化初創時期的所思所想，以及其顯示的民族特徵，《詩經》三百篇是非讀不可的**。《詩經》記錄的是一個文化人群，在創立自己文化傳統時集體性的所思所感。

任何人讀古老的經典，本身就是一個塑造心智的過程，同時也是一個鍛造「抗體」的過程。更何況，《詩經》中的婚戀是乾淨的，情感的抒發也是純淨的。

讓古老經典走向大眾，是一件大事。這本書或許在這方面能發揮作用。希望大家喜歡它，並請批評指正。

引言
詩三百，思無邪，不學詩，無以言

《詩經》包括哪些內容？按照古來的分類，分為「風」、「雅」、「頌」三類。從藝術的表現手法上來看，還有三項：賦、比、興。

風、雅、頌、賦、比、興，就是所謂的「詩經六義」，這是讀《詩經》之前，最起碼要知道的概念。賦比興是詩篇的表現手法，而賦，就是鋪敘，有話直說。例如〈周南・葛覃〉的「葛之覃（長，伸展）兮，施（蔓延）于中谷」，就是「賦」的手法。比，就是打比喻。衡量一位作家的才華，善不善於打比喻，就是一個標準。《詩經》許多篇章都很善於打比喻，例如〈邶風・柏舟〉的「我心匪鑒，不可以茹」，又如〈曹風・蜉蝣〉的「麻衣如雪」，都是很好的比喻。

「興」，說起來可就麻煩了。打開《詩經》，開篇頭兩句「關關雎鳩，在河之洲」，就是興。關於「興」，最基本的看法是「起」，有「起頭」（按：先言他物，再聯想到另一件事物）的意思。既然是「起頭」，就沒有實際表達的意思。

例如「一二三四五，上山打老虎」，前一句即是起，最後一個字「五」，規定了下一句的「虎」，要與之協韻。

生活中抬重物喊口號，也是起，一句口號，可以凝聚、整頓力量，作用實在不小。一句「關關雎鳩」，雖不一定表示詩中男女結合就在河邊，卻使男女結合與春光中的鳥鳴流水相映襯，意味大增，這就是「興」的價值。

現代學者又將「興」與原始文化、民族心理聯繫起來探討，新說紛呈，在此就先不多說了。這裡先介紹《詩經》內容，即風、雅、頌各部分的大要。

風：民間生活的萬花筒

風詩主要表現一般民情方面的內容，例如婚戀、家庭等，貴族乃至周王要結婚，平民百姓也有婚戀，前者見於風詩的「周南」，就有「關關雎鳩，在河之洲。窈窕淑女，君子好逑」的篇章，但這應是貴族在婚禮上祝頌婚姻幸福的歌曲。

後者，像〈鄭風．褰裳〉的「子惠思我，褰裳涉溱」，就是與〈關雎〉風格迥然不同的男女相戀了。

不論是貴族還是平民，婚姻都是最平常的社會生活，詩篇在這方面的表現，就與雅、頌表現國家政治、宗廟祭祀有明顯不同。這就是風詩的特點。風詩表現民風、民情也實在活潑。

例如「齊風」中的〈著〉。「著」的意思就是「塾」，指的是一般人家門兩旁的地方。這首詩寫新人見新人，男孩迎娶女孩的時候，女孩不敢使勁看這個男孩，不敢正眼看，只好偷眼看，就看到男的在等她，沒有看到帽子，只看到下面的帽帶。

這首詩不是以女孩的口吻唱，而是典禮上的伴奏，以此來調侃女孩想看自己的新郎，卻不敢看的羞澀心理。再如「唐風」中，有寫鬧洞房習俗的詩歌，調笑新娘子，帶有諧趣。

現代社會，有些大學生剛畢業，工作很累、薪水很少、主管很苛刻，回到家裡也被嫌賺得少，他就難免有抱怨之情。**這種小職員的牢騷滿腹，我們在「國風」裡就能看到**。中國古代是農業文明社會，人民生計艱難，所以好儲蓄，而《詩經》裡就有很多摳門兒（按：中國北方方言，指吝嗇）的人。「唐風」中，還有詩對這些吝嗇鬼勸諫，「子有衣裳，弗曳弗婁」、「宛其死矣，他人是愉」，說你有衣服不穿，等到你死了，就換別人穿上了。這類勸人的話語和腔調，讓人很熟悉、很親切。可見，**「風」關乎民情，我們要了解古代文化、了解古人的心態和品質，非要讀風不行，它就像一個萬花筒。**

《詩經》共有十五國風，這個「國」，原本稱為「邦」，但它的意思並不全是諸侯邦國，說是周王朝的十五個地區，可能更準確。十五國風，其中有些是諸侯國，如「齊風」，為齊國地方民歌，有些則不是，如「周南」、「召南」。周南和召南的地域，是指周初兩位大臣周公、召公分別負責管轄的區域，是周王朝的直屬地帶，而不是一般意義上的諸侯國。

另外，十五國風的部分地域也是重複的。如「王風」，「王」也不是一個國，西周崩潰後，周平王把首都由鎬京遷到東都洛邑，也就是今天的洛陽，因此「王風」就是指在這個地方所采的詩（按：采詩，周代官府定期派人到民間採集各地詩歌，以觀民情風俗，作為施政的參考）。實際上，它和「召南」是有重疊的。

總之，粗略的說，十五國風是各地的風土，包括王室的一些「風」。國風的地域主要分布極廣，西至甘陝交界、東到齊魯大地、北至河北、南到江漢，大致就是周王朝勢力所及的範圍，也是當時華夏[4]的中心地帶。

風詩中的大多數作品產生的時間略晚，可又排在《詩經》最前面。因此，我有一個猜想：古人是把一卷卷的書捲起來，然後往外拉著看。一打開卷著的書，正好是先看末尾。所以，我們現在讀《詩》有點像倒著看，先看的是時代略晚的作品。這樣也很好，因為風詩要比雅、頌容易多了。

大部分的風詩是從西周後期，到春秋初期、中期的作品，距離春秋結束還有很長一段時間。而《詩經》的創作時代，則是落在公元前十一世紀至前六世紀之間（按：西周初年至春秋中期），一共將近五百多年的時間。

風詩是表現民情的，如上所述，地域遼闊，內容豐富。那麼，風詩又是如何形成的？答案是：風詩是有人專門採集、加工的。具體的說，周代有一種「采詩」制度，王朝會定期派一些身分不高的人到民間採集各地詩歌，採來以後層層往上交，由那些專業人員加工配樂，再唱給王聽，這就是王官采詩。這種現象非常特別，只有中國古代有，其他國家，比如印度，雖然它的南部也有很多民歌，但那些遠古的詩歌並沒有

4 意思與中華相等，最初是指史前在黃河流域中下游一帶，分布的若干部落或政治共同體，所組成的華夏人群，被後世視為漢文化及中華文明的起源之一。

經過採集。

那麼，問題就來了：為什麼在距今兩、三千年前，我們就開始有目的的採集這些民歌並且加工？這跟當時的文化信念有關。中國人自古以來就認為，王朝興衰的主導權在上天。一個王朝如果真的尊敬上天，不用整天祭祀老天爺，更重要的是關懷民眾。那麼，上天對王朝、君主的作為是否滿意？你不要問天，而要聽百姓的聲音，而**民間的詩歌則體現了百姓的喜怒哀樂**。換言之，我們是在這樣的觀念下，開始「采詩觀風」的。

而百姓的聲音為什麼稱為「風」？這就和一個有趣的現象有關——吹音定律。春天到了，該下地耕種了，那麼，哪一天是春耕的最佳時節？古人讓盲樂工（在當時被稱作「瞽」）吹律管來判斷，這是因為失明的人往往耳朵更靈光，所以他們可以聽出時令來。

怎麼做的？大家知道，一根相同的樂管，氣壓、氣溫、溼度不同，可以吹出的聲調也不同。這些瞽人就可以聲音高低的細微差別，判定某一時令的到來，判斷什麼時候應該種小麥、什麼時候要種瓜、種豆等。樂管中的氣流就是風，古人和我們的看法不一樣，他們認為不同的風中都有上天的神祕意志。聽風可以判斷節令，而節令的變化，古人也認為是由上天神祕意志主宰的。所以，**「風」是人和天地溝通的重要媒介**。他們想像百姓的歌聲也像風一樣傳達給上天，老天會根據歌的內容，判斷把統治王朝的大權交到誰的手上。所以，統治者也必須傾聽民眾的聲音。這種看法和觀念很獨特，甚至是全世界獨有的。

雅：用純正之音，唱國家大事

雅是什麼？雅就是王朝的音樂，王朝的音樂為什麼叫雅？雅，有「標準」的意思，我們今天還有隨俗雅化（按：隨著當地的風俗而從容變化）、典雅之類的詞語。周人的音樂和語音，就作為一種標準語音、標準音樂流傳，也可以說它是天下萬民的榜樣，所以叫雅。

一個民族的雅文化要是出了問題可就麻煩了，因為**雅文化往往蘊含著做人的道理，我們追求什麼樣的人生，認定什麼樣的人生是值得過的，是高尚的、不低俗的，這個屬於「雅」**。唐代詩人李白說「大雅久不作」，其中的大雅就是指高亢的、宏大的、可提升層次的藝術，它和通俗文化是有區別的。

那麼，《詩經》裡的「大雅」、「小雅」又是什麼意思？

簡單的說，「大雅」是周王朝還強盛時的詩篇，「小雅」大多數就是衰亂時期的詩了。也就是說，時間上，大雅在前、小雅在後。不過，我們現在看大雅、小雅的作品，就會發現好多衰世的作品也被放到「大雅」裡，這是後人的編排。因為《詩經》在經過秦始皇焚書之後，漢代人重新編訂，次序就亂了。漢代人不了解這一點，認為表現「大政」的詩篇為大雅，表現「小政」的為小雅；照著這個標準理解大小雅詩篇，他們就有點亂了。

雅是表現王朝政治一些大型活動的作品。比如該種地了，周王為了表示他對農業的重視，約定好日子，號召萬民一塊下地耕種。除了他本人，周王還會帶著王后和孩子，親自挽起農具來耕種。此外，這些糧食也要特殊管理，將來祭祖時，他要端給祖宗；而周王祭祀時身上穿的衣服，也應該是由王后親自帶領妃嬪們用蠶桑做出來的布，所縫製而成。

這樣做是為了在祖宗面前表示恭敬。所以，中國的祭祀場面不是請求祖宗賞這個、賞那個，而是讓祖宗看到，糧食是自己種的、衣服是老婆養蠶繅絲、紡織、裁剪的，祖宗就會賞你福分，因為你遵循了男耕女織的祖宗傳統。否則，老祖宗會懲罰你。所以，《詩經》早期的詩會寫到周王親自下地勞動，中期的詩還會特別表現王是怎麼勞動、怎麼遵循傳統，於是，重視農業的中國文化觀念也就誕生了。

中國是個農業國家，在漫長的歷史中，特別重視糧食生產，但對商業就比較歧視，尤其是在古代，一直到二十世紀改革開放以後，情況才有好轉。可見，《詩經》所展現的傳統，好像離我們很遠，但實際上很近。

另外還有宴飲詩。宴飲詩是誰請誰吃飯，例如周王請部屬、親戚、諸侯國君、異國使臣等人吃飯。比如「小雅」中的〈伐木〉，歌唱宴飲，就是為了表示王的慷慨，同時號召貴族慷慨的對待自己的部屬和民眾，這樣民眾才能跟著你走。

頌：感謝有功績的祖先

「頌」是祭神詩，獻給神靈的歌。比如祭周文王，感謝他領導周代走向強盛，而且獲得天命。周人相信自己之所以能統治人群，是因為周文王積了德，上天才把天命獻給他們，所以要感謝文王。在看頌的時候，我們會發現一個特別有趣的現象——不是任何當過王的人，死了以後都一定能得到「周頌」的歌唱。

「周頌」的頌歌，是獻給那些對周人乃至對天下人做出貢獻的先公、先王。比如，周人獻歌給后稷（周始祖），是因為他為天下人提供了糧食。按照周人的理解，遠古大洪水之後，堯舜重整山河，是自己的始祖后稷，為天下人種地，提供了糧食，使天下人活了下來。

周代還有一個祖宗叫公劉，為什麼歌頌他？因為是他率領周人重新回到農業文明生活。據說，隨著王朝的更替、夏朝的衰落，周人曾經有一段時間「自竄戎狄之間」，也就是竄到戎狄[5]之間，變成野蠻人了。後來，是公劉把他們重新帶回到農耕文明的生活中，所以要祭祀他。這不僅是重德行的表現，也代表**「周頌」的內容並不是崇拜鬼神，而是崇拜那些有德行的人，或者弘揚有德行、有功績的人的價值**。

所以在《詩經》的時代，我們看到了非常**開明的宗教觀念**，換句話說，中國為什麼能很早就擺脫宗教文化的羈絆，可能跟這個有關係。**重視你在實踐中、生活中的德行，這種重德行的觀念，後來也被儒家所繼承**。頌的詩篇，還包括「魯頌」和「商頌」。魯頌為春秋時期魯國作品，商頌是西周時期宋國人祭祀殷商祖先的詩篇。

5 古時華夏族對西北地區少數民族的統稱，即北狄和西戎的合稱。

第一章——不只是愛情詩，是典禮上的樂章

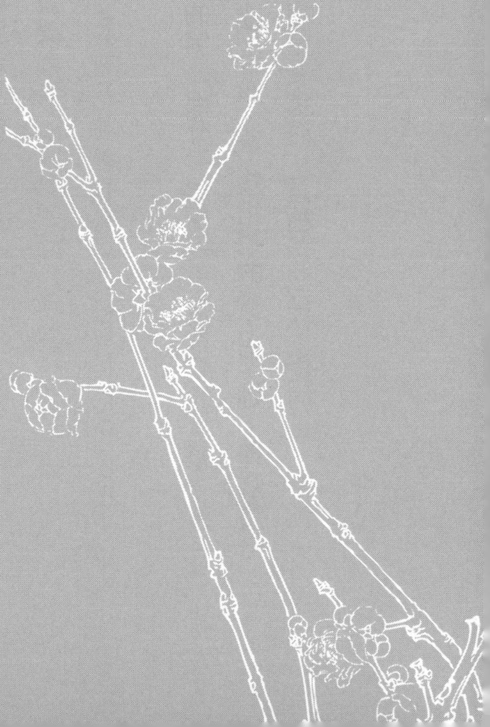

1. 在一起不容易，好婚姻難求

——〈周南．關雎〉

關關雎鳩，在河之洲。窈窕淑女，君子好逑。
參差荇菜，左右流之。窈窕淑女，寤寐求之。
求之不得，寤寐思服。悠哉悠哉，輾轉反側。
參差荇菜，左右采之。窈窕淑女，琴瑟友之。
參差荇菜，左右芼之。窈窕淑女，鐘鼓樂之。

這是《詩經》中的第一首詩，見於國風的第一部分「周南」。這首詩的主題，不是像有些人說的：一個男孩碰到一個采荇菜的女孩，然後悄悄的愛上了她。理解詩歌，不能只看裡頭出現了男子和女子，就斷定是愛情詩，這種想法是不對的。

你以為的撩妹情話，其實誤傳了兩千年

「關關雎鳩」，「關關」是模擬水鳥「呱呱」叫的聲音，但是文學求美，如果寫成「呱呱雎鳩」，那就太難聽，字面上也不太好看，於是寫作音近的「關關」。「雎鳩」不是指嘴巴呈鉤子狀的魚鷹，那種鳥發不出呱呱的叫聲，而是指扁嘴鳥，是魚鳥，也是候鳥，會隨季節南北遷徙。

所以，「關關雎鳩，在河之洲」講的是什麼？在北方中原地區的河邊，呱呱叫的水鳥在沙洲上捕魚，意味著春天到來了。這是很優美的情景。在北方滿目褐色的冬景之中，慢慢的冰消雪化，在料峭的春風中感到一絲溫暖，風輕了，各種味道出來了，鳥的聲音出現了。

這就是詩歌開篇第一句，把人帶到初春的光景。天時在變，詩歌由萬物生長，自然聯想到人類生活要跟上節令的步伐。下面接的是「窈窕淑女，君子好逑」，窈窕跟苗條不一樣，「苗條」專指身材，「窈窕」則指外形好、性格好。這個女孩子不僅長得不錯，在她的音容笑貌中，還有一種讓人無限神往的情態，那種生命的高雅，實際上就是氣質。

「淑女」就是好女，「淑」是善的意思。「逑」本來是相對的意思，這裡指配偶。「君子」的意思和我們現在說的有德之人不一樣，在周代，這個詞指的是貴族。

後兩句意為：美好的女子，是君子的好配偶。整段的意思是，人類也要遵循自然的節律，在初春的時候完成婚配。

接著往下看，「參差荇菜，左右流之。窈窕淑女，寤寐求之」。「參差」意為長短不齊，是雙聲詞[1]，兩個字的聲母相同，使音律整齊。「荇菜」是水菜，也叫田字草、小綠葉，中間長了十字花紋，生在水塘裡，開黃花。

周代的家庭主婦在祭祖時，要給祖宗敬上各種帶葉子的水生蔬菜，荇菜應該就是其中一種。此處荇菜實際上悄悄的指向了家庭主婦。「左右流之」這個「流」，是「摎」（按：音同糾）字的假借字，意思就是拔取。「窈窕淑女，寤寐求之」，「寤寐求之」可以一個字一個字的理解，醒著也求，睡了也求，但同時，「寤寐」這個詞本身也有持續不斷、反反覆覆的意思。

「求之不得，寤寐思服」，「思」是個語助詞，相當於愛國詩人屈原作品裡的「兮」（按：文言助詞，等於現代的「啊」或「呀」），而「服」的意思就是放在心上，它才是「思念」的意思。由上述解釋可知，從古至今，這類詞都會不斷的變化。

「悠哉悠哉，輾轉反側」。「悠」是長的意思，因為前面有「寤寐」，所以此處可以指夜長，但同時也可以指情思長。這裡體現出詩歌翻譯的特別，它有時是不可翻譯的。像杜甫的「感時花濺淚」（按：出自〈春望〉，描述對亂世別離的悲涼情景，花也為之落淚），這個淚到底是露水，還是人的眼淚滴到花上？在這裡，**不能只做一種解釋，無論詩人寫詩時是怎樣理解的，讀者都能感覺到兩種意思蘊含在其中，並由此產生了特殊的美感**。「悠哉悠哉」也是這樣。「輾轉反側」，翻過來調過去，睡不著。「輾轉」[1]，是雙聲詞，聲母都是「ㄓ」，同時也疊韻，它們的韻尾都以「ㄢ」結尾，所以，讀起來非常悅耳，有一種音樂美。

接著，「參差荇菜，左右采之」這句不用翻譯，「窈窕淑女，琴瑟友之」的「友」字就是加強情意，用琴瑟來增強我們對窈窕淑女的友愛之情。這其實是要表達，歡迎妳嫁到我們家來。接著，「參差荇菜，左右芼（按：音同帽）之」的「芼」字就是選擇性的拔取。「窈窕淑女，鐘鼓樂之。」窈窕的淑女，我們用鐘鼓來取悅她，讓她快樂。

---

1 指兩個字的聲母相同，如「輾轉」一詞中，「輾」和「轉」皆以「ㄓ」為聲母。

〈關雎〉不是愛情詩，是典禮上的樂章

以上就是這首詩的字面含義。詩說君子和淑女，都是站在第三者的角度。如果是愛情詩，往往是我有情感就表達給你，《詩經》裡很多詩，比如〈褰裳〉：「子不我思，豈無他人？」第一個字「子」，用的就是第一人稱。

另外，詩裡提到的器物也暗示著它不是愛情詩。「琴」、「瑟」，據文獻記載起源都很早，古琴、古瑟往往用在典禮歌伴上。一個貴族家族通常有四個樂工，在廳堂上，兩個彈瑟、兩個歌唱。後面出現的「鐘鼓」，在周代按照禮法規定，是只有高級貴族家庭才可使用的。

在典禮上，堂上樂工在唱，堂下就要擺上樂器架子，有鼓、有鐘，還有笙，歌唱與演奏交替進行。這不是一個男孩為追求女孩，而在她家門口拉琴唱歌的情景。有鐘鼓，在古代就要有很大的排場。由此可以看出，它是一個典禮的歌唱，淑女與君子成為好配偶，是在典禮中完成的。

這首婚姻典禮上的樂章，祝願新婚男女琴瑟和諧，**實際上就是祝願家族興旺，因為在古代，婚姻和家族的興旺有重大關係。**

古代婚姻有六禮，就是納采、問名、納吉、納徵、請期、親迎（迎親）。每一步都要按照規定的禮節來，比如送各種禮物等。親迎是古代婚禮當中最隆重的環節，古人認為家庭主婦上伺候宗廟，下傳宗接代，在日常生活中各種祭祀及其他隆重場合，作為女主人出面，占有重要的地位。到了親迎這一天，男子要儘早到女孩家，到宗廟裡親自迎接女孩。

這首詩裡的「關關雎鳩，在河之洲。窈窕淑女，君子好逑」，實際上就是在**一對新人成婚、親迎的時候，當女子進入男子家的庭院，上廳堂時歌聲響起、音樂響起，樂工所唱的歌詞**。

歌唱的人以旁觀者的角度表達祝福：你們的婚姻是當令的，跟隨著萬物、大自然的節奏結婚。你們經過了寤寐思服和媒人幾次往復，在一起不容易，好婚姻難得，讓人「悠哉悠哉，輾轉反側」，費了不少心思，希望你們琴瑟和諧。

詩在這個時候演唱，讓人感覺到古人很重視婚姻。在典禮中，一對男女走入婚姻的殿堂，鼓樂齊鳴，無限莊嚴、無限美麗。如果把這個場面畫出來，一定很感人。

婚姻，「兩姓」要合得來

對於周人來說，婚姻的意義非常重大，這首詩將其以藝術的手法表現出來。為什麼周人如此重視婚姻和家庭？孔子曾說過，婚姻是「合兩姓之好」，請注意，**是「兩姓」，不是「兩性」，不是男女兩個性別，而是兩個姓氏**，比如姬姓、姜姓、子姓、姒姓等。

這可追溯到中華文明早期，遠古的眾多人群都有各自的生活區域。我在漢水[2]流域，你在黃河下游，每個地方的人群都根據不同的自然環境，形成獨特的生活方式，這會導致文化的不同。後來這些人群相遇，就免不了要處理民族問題。較早的夏王朝對待其他族群的辦法，就是攻打、征服、兼併，殷商王朝更是變本加厲。結果打來打去，人群越渙散。

到了西周，周人的力量相對弱小，要統一天下就要運用智慧。所以周人就採取柔性的方式，利用大家都能夠接受的觀念，去疏通和勾連各個人群。那個時代的古人，普遍認同「非我族類，其心必異」，不是一個族群的人就沒有關係，沒有血緣關係的人就不親。針對這種情況，**周人就在不同族群之間建立血緣關係，透過通婚來實現。**

為了達到通婚的大目標，周代人同姓不婚，而是讓周人的女兒、諸侯的女兒嫁給不同姓氏的人。所以後來到了春秋時期，周王見到同姓諸侯，無一例外的稱伯父、叔父，遇到異姓諸侯，則無一例外的稱伯舅、叔舅。這種關係在建構周代的統一王朝及統一文化方面產生了作用。

這樣我們再回來看親迎典禮上的敲鐘、打鼓、歌唱，就知道是因為在周代政治生活、社會文化生活中，婚姻太重要了！婚姻具有這種價值的觀念，一直到今天仍影響著華人對婚姻、家庭的態度。

《詩經》：從家庭開始，把男女關係處理好就對了

周人重視婚姻，也影響了華人的哲學觀念，對於人類社會從哪開始的問題，不同的民族有不同的回答。西方人認為人類是從上帝造人開始，男人與女人偷吃禁果，

2 又名漢江，是漢文化的直接發祥地。

有了婚姻，是一種原罪。華人卻不這樣看，《周易》[3]中說：「有天地，然後有萬物。有萬物，然後有男女。有男女，然後有夫婦。有夫婦，然後有父子。有父子，然後有君臣。有君臣，然後有上下。有上下，然後禮儀有所錯（措）。夫婦之道，不可以不久也。」意思說夫婦之道很重要，像天地生萬物一樣，簡單來說，就是認為**人倫從婚姻關係的締結開始**。

《論語》中的「孝悌也者，其為仁之本與？」，意思是孝悌是做人的根本。這句話的邏輯跟《詩經》和《周易》是一樣的，就是**好家庭可以培養出好的社會成員**。

古希臘人則相反，他們認為教育一個希臘公民是不能在家裡面實現的，因為家裡面不是女人，就是奴隸。在希臘社會中，女人只有半個人格，她們只有一半的法權，而奴隸則是沒有人格可言。這據說是蘇格拉底說的。蘇格拉底主張完整人格的希臘公民，應該到廣場上去培養。因此，古希臘人喜歡在廣場上談論政治、經濟、軍事、外交、哲學。在成年男人的背後，常常跟著一群見習做希臘公民的小男孩，看大人怎麼談話，怎麼認識問題、議論問題。這是西方的邏輯。

由此可知，讀《詩經》首先是為了了解自己的民族，但同時也要了解別人，之後再回頭看自己，才能更加心明眼亮；透過比較不同民族的文化，判斷哪些好、哪些不好，然後該堅持的堅持，該否棄的否棄。

〈關雎〉就是這種邏輯之下的作品之一，這是它的文化品性。這首歌唱組建家庭的詩，被排在《詩經》的第一篇，不是某一個人安排的，是歷史選擇的結果。風始〈關雎〉，雅始〈鹿鳴〉（請參考第三七〇頁），在當時的典禮上是這樣演奏的，當《詩經》被編成文本的時候，它們也被分別排在風和雅的開頭，這是很有趣的。

3 《周易》，即《易經》，但也有人認為，《易經》是指三易（《連山》、《歸藏》、《周易》），而非只有《周易》。

2. 古代版的「今天我要嫁給你」

——〈周南・桃夭〉

桃之夭夭，灼灼其華。之子于歸，宜其室家。
桃之夭夭，有蕡其實。之子于歸，宜其家室。
桃之夭夭，其葉蓁蓁。之子于歸，宜其家人。

〈桃夭〉是一首送女兒出嫁的詩。這首詩中，「之子于歸」出現了三次。「之子」就是「這個人」，「歸」就是出嫁，這是古代的老觀念，認為女子在娘家生活是暫時的，將來找到自己的婆家，生兒育女、當家庭主婦，才是真正的歸宿。當然，這種觀念在現代已經算是非常淡了。

由開花、結果到枝葉茂盛，暗示女人的生育壓力

同是表現婚姻，這首詩的角度和〈關雎〉不同。〈關雎〉是親迎大典，隆重的歡迎女主人的到來，這首詩則是從出嫁得時的角度來寫。「桃之夭夭，灼灼其華」，桃就是桃花，「夭夭」的解釋古來有幾種，很有意思。

一種說是「少好貌」，年紀輕叫「少」，所以叫「好貌」，姣好的意思。北方冬天剛過，天老地荒到處是褐色，在別的花還沒有動靜的時候，桃花已經綻放了。**這就是詩，它把生活中最灼眼、最能代表初春光景的現象抓出來**，而且桃花一般都是紅色的，桃花綻放，半個村子都紅了。第二種解釋叫「屈伸貌」，它強調在早春的料峭春風中，花枝在擺動，在顫抖，也很動人。第三種解釋乾脆說「桃之夭夭」就是桃花在笑。「夭」字上面，加上一個竹字頭就是「笑」。

當然，這種解釋的依據不是很充分，但是它很妙。漢代有句老話：「詩無達詁。」這個「達」就是通，說**詩的解釋並不是一成不變**。中國國學大師王國維說「詩無達詁」是沒錯，但是「通即達詁」，能講通嗎？能講通就是對的。對於解讀詩篇，我們還可以再加一句，「妙」也是達詁。你看這個桃花笑，就**把春天的時候，女孩子**

出嫁的喜慶，比作桃花綻放出燦爛的笑容。「灼灼其華」是一種主觀感受，它特別強調了光，而紅色是火爆的、熱烈的，所以這兩句的爆發力極強。

可見，一首詩如果讀起來不能讓人眼前一亮，或者不能把我們帶入某一種境地，基本上就失敗了。溫吞水一樣的詩，沒人看。

接下來，「之子于歸，宜其室家」。室家是一個詞，室和家，給她室家，到婆家去。男女結了婚，人生的一個大關就算過了，以後就進入到操持家庭的穩定階段。

第二章，「桃之夭夭，有蕡其實」。《詩經》有一個這樣的特徵——**重章疊調**，比如頭一章有「桃之夭夭」，第二章還有「桃之夭夭」，**同一句話，或者反覆出現，或者變換個別字詞再次出現。這既是一種音樂形式，也是「興」的表現**。這就像我們勞動喊口號，開頭總是重複的。「有蕡」的「蕡」就是大的意思，墳墓的墳，古代就有大土坡的意思，這兩個字讀音相近。「實」就是果實。

從第一章的「桃之夭夭，灼灼其華」，到第二章的「桃之夭夭，有蕡其實」，是有變化、有延伸的，由花想到了果，這也反映出古人對世界觀察得仔細。桃花盛開，意味著果子多、果子大，暗含了新娘子嫁出去，給人帶來吉祥如意，幫家庭生兒育女，使家族興旺，因為人丁興旺就是古代家族興旺的重要標誌之一。所以「之子于歸，宜其家室」。剛才是室家，現在變個詞，是為了押韻，因為前面「有蕡其實」的「實」和這個「室」，在古代讀音相近，按今天的讀音也處在相同韻部，只是聲調有變化。《詩經》時期，押韻還沒有要求到平聲押平聲，仄聲押仄聲，還沒有現在那麼嚴格。

「桃之夭夭，其葉蓁蓁。」說到葉子了，這棵樹今年開花結了果，然後長了葉子，長葉子意味著什麼？

這棵樹還要繼續茂盛的生長，而**葉子在我們的觀念當中可以帶來蔭涼，一個家族枝葉茂盛，能夠遮蔽後人。這說明她不但能生養，還能教育，能使孩子成才。**「之子于歸，宜其家人」，「家人」就是家裡的人。

這首詩中只有「蕡」字有點生僻，對於這個字，中國古文字學家于省吾提出了新的見解。他說這個字讀作「斑」（按：現讀作「墳」），就是斑駁陸離的「斑」、斑斑點點的「斑」，他的這個解釋好在哪？他說「斑」就是指這個花落了、長果子，果子長大了之後，那棵桃樹一邊紅、一邊綠，色彩斑爛，這個解釋為這首詩增加了一些趣味，所以和之前說的「大」的解釋可以並存。

最早使用桃花詠嘆美人的古詩

唐代有一首著名的詩，崔護的〈題城南莊〉：「去年今日此門中，人面桃花相映紅。人面不知何處去，桃花依舊笑春風。」這裡用了個「笑」字，桃花在笑春風，但總讓人覺得不是在笑春風，而是在笑詩裡的這個人。詩人前一年在城南莊看到一個美人，沒有說她具體的長相，只說臉像桃花一樣紅潤，一看就是充滿青春活力的小女孩的面貌。詩人今年又痴痴的來了，可女孩子不在，他就在那裡發愣，感覺到「笑春風」，實際上這個春風裡桃花在笑誰呢？笑這個痴呆漢。

唐詩用桃花比喻美人，我們找到最早的典故，就是〈桃夭〉。因為在〈桃夭〉之前，在甲骨文幾乎找不到類似桃花的比喻。古人作詩，講究來歷，他要向傳統的詩歌汲取一些營養，汲取一些在字句上、詞義上合理的因素，這就是用典。這也是文人特別喜歡的一種手法，詩人在表達自己情感的同時，還展現了學問，而這些傳統的引用、化用，則加深了詩的縱向感。

反過來說，**《詩經》作為一部經典，它的價值也在於影響了中國文學**。但是，我們比較一下，崔護的「人面桃花相映紅」是在打比喻，人臉像桃花，當然可以反過來，說桃花像人臉也可以。而「桃之夭夭，灼灼其華。之子于歸，宜其室家」，並不是做比喻，沒有將桃花比喻成女孩子的臉或者其他部位，而是在象徵，象徵什麼？它不是在說這個女孩哪裡長得好看，而是在象徵女孩子蓬蓬勃勃的、猶如春天大地那種爆發的生命力。這也是我們所說的氣質好。一個女孩子氣質好，她總會給人帶來一種向上、充滿希望的感覺。

所以整首詩，詩人就想到**用花、果、葉子，這樣充滿希望的進展，展現女孩子出嫁的情景**。嫁娶得時，婚禮在春天舉行，女孩子在她生命力最旺盛的時候出嫁，必為這個家庭帶來幸福。古人從一種天地之美來讚美生活，這個手段極高，是非常深刻有力的。

3. 離開一個不愛你的人，才是真幸福

——〈衛風·碩人〉

碩人其頎，衣錦褧衣。齊侯之子，衛侯之妻，東宮之妹，
邢侯之姨，譚公維私。
手如柔荑，膚如凝脂，領如蝤蠐，齒如瓠犀，螓首蛾眉。
巧笑倩兮，美目盼兮。
碩人敖敖，說于農郊。四牡有驕，朱幩鑣鑣，翟茀以朝。
大夫夙退，無使君勞。
河水洋洋，北流活活。施罛濊濊，鱣鮪發發，葭菼揭揭。
庶姜孽孽，庶士有朅。

美麗的人如美麗的風景，讓人永遠看不夠。可是一個美人，怎麼去形容她？我們來看看〈衛風．碩人〉。

開頭第一章，「碩人」就是身材高大的人，這就像〈碩鼠〉[4]裡的碩鼠是指大鼠一樣。「碩人其頎」，這個「頎」字，我們今天還在用，比如說一個人身材頎長。「其頎」，就相當於把兩個「頎」重複，《詩經》有這樣的句子，前面加一個「其」字，代替了後一個字。

這句話說，碩人是一個身材高眺的女子。「衣錦褧衣」，「褧衣」是古人穿絲綢時外面罩的一層紗。考古發現過西漢時的一件絲綢薄紗的外罩，只有幾十公克，罩在身上很薄，是透明的。這就是貴族的衣服，按照儒家的說法，是因為錦繡衣服花紋鮮明，太漂亮了，用薄紗擋起一點來表示含蓄，其實可能還有另一個作用，絲綢衣服比較怕刮，所以外面罩上一層紗，這就體現了「衣錦」之錦衣料珍貴。

總而言之，這個女子穿的衣服華貴得不得了。然後詩人就接著交代她的社會關係。她是「齊侯之子」，齊國諸侯的女子，「女子」就是女兒，女兒也稱子；是衛侯

4 同為《詩經》裡的作品，把不勞而獲比作偷吃莊稼的大老鼠。

的妻子，就是馬上要成為衛侯衛莊公的妻子。她是東宮之妹，她是邢侯之姨，她是譚公之私。東宮（按：借指太子），我們到今天還在說「東宮太子」，這句話說她是齊國太子的妹妹。而這個「她」，指的就是齊國公主，莊姜。

言外之意很清楚，締結了這樁婚姻以後，未來她的親兄弟就是齊國君主，如此一來，這個婚姻可以在人情上保證衛國和齊國的關係。她又是邢侯之姨，邢也是周王朝的封國，是當年周公第四子朋叔，被封到了今天河北邢臺一帶，所以邢是姬姓。這裡說邢侯之姨是指小姨子，莊姜的姐姐嫁到邢國做夫人，衛國和齊國聯姻，等於同時和邢國有了親戚的關係。

「譚公維私」，「私」在這裡是一個古代的用法，今天我們很少用了，也是小姨子的意思。譚國也是諸侯國，在山東，離濟南不遠。第一章不厭其詳的交代新娘子的社會關係，不外是誇讚其身分極其高貴，而尊貴的社會關係，正意味著這樁婚事的政治價值很高，且有升值的空間，顯示出的是**周代貴族婚姻強烈的政治色彩**。衛國從泱泱大國齊國娶了一位公主，就和齊國、邢國、譚國搞好關係了。這也是這場婚姻特別喜慶的原因之一。

當然，後來這個衛莊公不知道為什麼，就是不喜歡這個女孩，她一生的命運是比較悲慘的。不過，這並非這首詩所要表現和強調的重點。衛莊公不喜歡這位漂亮的妻子，是後來的事。

有多美？巧笑倩兮，美目盼兮

第二章就開始讚美這個女孩子，說新娘子長得漂亮，怎麼描寫她漂亮？打比喻。**打比喻是文學家才華的象徵之一**，作家善打比喻最好的例子，就是《歐葉妮·葛朗台》（*Eugénie Grandet*）[5]刻畫葛朗台臉上的肌肉、表情的句子，用了好多比喻，勘稱經典。

這首詩用的是博喻，從各種不同的角度反覆設喻，表現莊姜之美。「手如柔荑」，手伸出來像柔和的荑，什麼叫「荑」？是茅草的嫩芽，特別白，所以這個比喻是取其白，兩隻手伸出來，細長、白嫩。「膚如凝脂」，皮膚像凝固了的脂肪，凝固

5 法國現實主義作家歐諾黑·巴爾札克（Honoré Balzac）創作於一八三三年的作品，收錄於巨著《人間喜劇》（*La Comédie humaine*）小說集中，被譽為最出色的人物描寫之一。

了的脂肪白中透青，就像小嬰兒五、六個月時的皮膚，這也說明這個女子從來沒有受過風霜，養得金貴，皮膚好。「領如蝤蠐」，蝤蠐是寄生在木上的昆蟲，牠的幼蟲圓圓的、長長的、白白的，這是形容莊姜的美頸，圓滾、有一點肉，而不是像雞脖子似的青筋暴露著，那就有點嚇人。

接著說，「齒如瓠犀」，說牙齒像瓠瓜的籽，細長而整齊。「螓首蛾眉」，螓就是蟬，此處是形容莊姜的髮式，她額頭兩邊的頭髮高高的翹起，像蟬的頭部一樣，同時後面也像蠍子尾巴翹起來。蛾眉是什麼？眉像蠶蛾的鬚一樣又細又長，彎彎的。

接著下面來了一句，「巧笑倩兮，美目盼兮」。什麼叫「巧笑」？就是笑的時候，腮幫很美，一笑倆酒窩，很動人，「倩」，就是指她的酒窩。「美目盼」講的是什麼？眼睛黑白分明，這是一種健康的審美觀念。現代很多人總覺得單眼皮不好、雙眼皮好，好端端的單眼皮就開刀割一下，這是錯誤的審美觀。其實，丹鳳眼有時候也很迷人，**古人就不講雙眼皮，而是讚美眼睛黑白分明，這樣就有精神**。人的眼睛清亮、黑白對比分明，顧盼生姿；相反的，渾濁的眼睛一轉，就沒那麼美妙了。這是這首詩非常特別的地方。

先是用工筆描，對手、膚、頸、齒、髮、眉進行靜態的描繪，然後說：「巧笑倩兮，美目盼兮。」講的是什麼？媚，有生命力，動人。實際上就是氣質好。**前面畫形，後面傳神，開闢了一種刻畫美人的方式。**

同樣寫婚禮，手法也不重複

接著我們來看下一章。「碩人敖敖」寫這個碩人高個子，敖敖就形容她傲岸的身形，鶴立雞群，走在人群當中特別顯眼。「說于農郊」，來到了衛國的郊區，她要換衣服、換車，因為「郊」已經是衛國直屬的範圍。在這之前，她是齊國的公主，一進入衛國的郊，就要換上衛國君夫人的衣裳和車馬。這個「說」的本義就是稅收的稅，這裡代表抽點功夫，稍微休息一段時間。

「四牡有驕」，四牡就是四匹公馬，她坐的新娘子車是四匹公馬拉的，踏踏踏踏的走，有人駕車。「朱幩鑣鑣」，朱就是紅色，朱就是繫在馬嚼子（按：放置在馬嘴裡的金屬條狀物）上的紅色絲綢，「鑣鑣」形容昂揚的馬上面紅綢飄飄的姿態。「翟茀以朝」，「翟茀」是指她乘坐的新車子的車篷上，裝飾著長尾、長翎子的雉雞圖案，是君夫人[6]一級的貴婦人所乘坐之車特有的。她就乘坐這樣的車來朝見自己的夫君。

這首詩寫的其實也是婚禮的一部分，但它和〈關雎〉描繪典禮不同，沒有寫到很莊重的親迎場面，而是從「說于農郊」以後將要朝見君主的那一刻，敘述她在野外的情形，表達這個女孩漂亮，給衛國人帶來了欣喜和震驚。

由此可以看出《詩經》的文學水準相當高，即使同是婚禮題材，也不會類同、重複，怎麼去歌頌，是各有姿態的。接著是一句「大夫夙退，無使君勞」，大夫們早點退朝，今天不要讓君主太勞累。這是一句玩笑話：你們大夫們有什麼事，回頭再說吧！今天要給君主留下點體力和時光。就是說周代這些貴族，在國君娶媳婦的那一天，適當的開開玩笑，顯出了生活氣息和人情味。

擁有最美容顏的莊姜，卻沒有一個愛她的人

最後一章，就拓展到婚姻的意義了。假如詩篇只寫到莊姜換了衣服進都城見君主就結束了，從文學氣象上說，就難免有點不足。可是詩人筆鋒一轉，轉向了衛國的山

川大地。「河水洋洋」，衛國有不少河流，例如黃河，而且黃河也有流經衛國和泰山以北的齊國，所以說這個「河水」很有可能就是黃河。「洋洋」，水浩大的樣子。「北流活活」，河水由南向北流，向東北流，活活就相當於我們說的水流聲。詩人看到河水，就有山歡水笑的感覺。

接著，「施罛」，說現在河上有人在打魚，罛是一種網，就是嘩啦嘩啦的，網入水嘩啦嘩啦的響，講人們很努力在黃河上打魚，嘩啦一撒網，結果怎麼樣？「鱣鮪」是兩種很名貴的魚，「發發」就是指魚被網撈上來時尾巴劈里啪啦的動，這是在強力渲染，貌似無意的強調這一場婚姻將給衛國人帶來吉祥如意。漁民可能都不知道這一場婚姻，但是在詩人眼裡，整個衛國的山川、自然都染了一層喜慶的顏色。

結尾，「葭菼揭揭」，葭菼就是葦子，「揭揭」是聳立的茅，看到了河又看到了青青的葦子，顏色富於變化，就在這樣一片美景下詩人又收回來說「庶姜孽孽，庶士有朅」。「庶姜」是什麼意思？就是陪嫁女，當時諸侯嫁女兒要有陪嫁女，眾多的庶

---

6 春秋戰國時期諸侯的正妻。

姜[7]在高挑身材的主夫人率領下，走進了衛國。「庶士有朅」，庶士就是指護衛莊姜的男人們，非常勇武，拿著武器護送著這個尊貴、美麗的新主婦，氣宇軒昂的進入衛國的國都。

所以，**前三章主要都是在描述婚禮的進行**，但沒有寫進入國都之後婚禮的事情，而是寫到莊姜在眾多美女和英武護衛的陪同下，整齊一致的走進衛國都城。詩就結束在這樣一個壯闊場景裡，很有聲勢。詩寫的實際上是莊姜進入衛國那一刻，當時全國人民是多麼高興。這個結尾將這場婚姻給衛國人帶來的喜慶，非常含蓄又非常飽滿的傳達了出來。所以，讀經典，我們不能不折服於詩人的才思。

莊姜後來的人生遭際不好，紅顏薄命，但在她最初嫁到衛國的時候，曾以大國之女華貴的身分、美麗的容顏，深深感動過衛國人。

所以，詩寫得非常有激情。這就是兩千多年前的古人，結婚在生活中是人生大事。詩人將他們對生活的熱愛灌注到對婚姻大事的描寫上，用了很多的想像和熱情，來展現活潑的生活。**這是國風文學開闢的傳統，一個被古典文學延續得很好的傳統。**

4. 女子出嫁前的教養

——〈周南・葛覃〉

《詩經》打開是「周南」，「周南」第一首是〈關雎〉，第二首就是〈葛覃〉。這首詩也和婚姻有關。它**描述的是，一個天真爛漫的女孩該如何轉變為家庭主婦**，這是一個非常大的轉變，實際上也就是我們說的婚前教育。女孩子要出嫁了，要由有經驗的女性教導一些她應該注意的問題。

儒家文獻《禮記》裡，就記載了當時女子教育的四個方面：德、言、容、功。德就是女孩子的德行，尊老愛幼，懂得如何跟人相處；言就是言語，在處理家庭關係時，尤其是作為家庭主婦，祭神祭祖時，言語、舉止是非常關鍵的，不能出錯；容，是指古代貴族特別重視言行舉止的儀態，梳妝打扮也包括在內；功，就是女工，有一

7 指莊姜的諸位姐妹。

些書上寫作「女紅（按：音同工）」，就是手裡的針線活。古代女性要為家裡人製作衣帽鞋襪，從紡線開始，做各式各樣的衣服，在家裡這些活計也非常多。

以上是古代男耕女織的社會對女性的要求。古人尊重勞動，在祭祖的時候，認為勤勉勞作是對祖宗最恭敬的表現，所以不需要用言語向祖宗說明。假如是王，如果他身上的衣服，是王后親自養蠶、繅絲、紡織、裁剪、縫製出來，手裡端給祖宗的祭品，是親自打獵得來，獻給祖宗的糧食是他親自下地勞動收穫，就是最恭敬的。一個家庭的女主人要達到上述的要求，就得在結婚前做出相應的準備。〈葛覃〉所講的就是這方面的內容。

寫景詩：一片春光，成了一點惆悵

這首詩一共三章，它有一個特點，頭兩章都是三個句子一個意群[8]，到了第三章有點變化。

葛之覃兮，施于中谷，維葉萋萋。黃鳥于飛，集于灌木，其鳴喈喈。
葛之覃兮，施于中谷，維葉莫莫。是刈是濩，為絺為綌，服之無斁。
言告師氏，言告言歸。薄汙我私，薄澣我衣。害澣害否，歸寧父母。

我們先來看第一章，葛之覃，這個「葛」是一種蔓生植物，現在叫葛藤，生活中人有時會吃點葛粉，葛粉有擴張血管等作用，不失為一味藥。「覃」就是蔓延，葛藤一節一節的長。「施」的意思也是蔓延，但是這個蔓延很有詩意。清代一位學者認為，施字左邊是一個方，右邊上面是一撇一橫，在古代表示旗子，所以施就是柔曲婀娜的樣子。葛藤曲曲折折、婀婀娜娜的蔓延著。「中谷」就是山谷之中，實際上是指更遼闊的地方。這兩句有象徵的意思。以前有俗話「女兒是人家的」，古代女孩子嫁

8 指句子中按意思和結構劃分出的各個成分，每一個成分即稱為一個意群。同一意群中的詞與詞關係緊密。

人，就像這個葛蔓延，慢慢就到別處去了。

「維葉萋萋」，就是葉子萋萋，「萋萋」形容茂盛的樣子，「維」字沒有意義，是個結構性的詞，在古代漢語中經常有這樣的情形，加上它，起碼可以湊足四個字的音節。這句話提示我們葛在蔓延，在慢慢的長大，也暗示著女兒大了，蓬蓬勃勃，到了嫁娶的年齡，不能再拖。

接下來，「黃鳥于飛」，「黃鳥」，我們今天已經無法知道它的確切意思，但從「喈喈」的叫聲看，有可能就是黃雀，「喈喈」是擬聲詞，而黃雀的叫聲是「加加」，兩者很接近。**黃雀有兩、三個小麻雀那麼大，它在《詩經》中出現往往跟離別有關係。**

茂盛的葛枝上，來了一隻黃雀，顏色變了，綠配黃，很嬌豔。「于飛」就是飛，這個「于」有往的意思，但翻譯的時候不用說「往飛」，解釋成飛過來即可。「集于灌木」，「集」字非常有趣，它的上部是隹，隹就是短尾巴鳥，下部是木，字義就是短尾巴鳥落在樹上，所以它的本義就是落，只是這個意思今天已不常用。多種鳥在一起，就有集中的意思。「灌木」，這裡應該是說葛的旁邊還有灌木。

這六句寫一個女孩子眼中的世界，一片綠綠的葛藤在向外發展，黃鳥落在不遠處的灌木上，有一聲沒一聲的叫著，一副春光，還有一點惆悵的心情就出現了。因為她自己也是一個要離開家的人，她有了這樣的意識。而且那個「喈喈」（按：音同皆）的聲音還好像在說「家家」，要離家了。

《詩經》的比興手法，往往是憑一、兩個寫景物的句子引發下文。這種句子的使用，一般是很吝嗇的。可是，〈葛覃〉的景物描寫，卻用了一整章的篇幅，營造了一個很有氣氛的春日光景，是很有境界意味的。女孩長大了，該嫁人了。想像未來的生活怎麼樣，她的心跳就加快，血管就發脹，表現在字裡行間，就是那股特有的惆悵。這都是第一章經由景物描述傳達的，含蓄而豐盈。

這首詩距今有三千年左右，那時的詩歌就開始大段的描寫光景。**這正是詩的靈魂，善於營造一種光景、製造一種氛圍，烘托一種情境，**然後浸染我們的靈魂，使心靈受到觸動。**後代李白和杜甫等人有很多寫景詩，都是在寫景時出一句妙語。這種手法的源頭在《詩經》時代，就已經非常清晰。**

女人在婚後，也要從事勞動工作

第二章，「葛之覃兮，施于中谷，維葉莫莫」，「莫莫」也是茂盛的樣子。接著的三句就有變化了，「是刈是濩，為絺為綌，服之無斁」。刈就是割，唐代詩人白居易的〈觀刈麥〉中就有這個字。濩就是煮，葛的用途除了常見的葛粉，它在古代還是一種布料的來源。從葛的莖上取皮，抽取纖維可以紡布。製作過程是先用清水泡，到一定程度後再上鍋煮，煮好之後把黏性的東西脫掉，纖維就抽出來了。

「為絺為綌」，「絺」（按：音同吃）是細葛布，「綌」（按：音同細）是粗葛布。「服之無斁（按：音同意）」，「服」就是穿，「無斁」是不厭倦。為什麼不厭倦？因為這個衣服是自己親手做的，是勞作的成果。這在古代是女工的一部分。

詩的前兩部分是虛實結合的，這與〈關雎〉開頭的寫法類似。從「是刈是濩」開始，詩變成了完全的寫實，內容跟要結婚的女孩子相關，於是提到做衣服是女孩子未來生活必備的基本功。在這裡，葛是虛實結合和分界的關鍵點，因為它不但是我們眼中的風景，還是一種日常生活，詩歌由此將眼中的光景轉變為展現營造生活的能力。

中國是個農耕社會，屬溫帶，大自然提供的條件並不是很優厚，不像在一些熱帶地區，隨便採集就可以了。先民們創造文明需要付出堅韌的勞動，也要多方面去尋找和發現生活資料（按：亦稱消費品，用來滿足人們物質和文化生活需要的社會產品）。所以他們把更多精力投入在觀察和體味自然，在這一點上比其他民族要更深入。詩的開頭提到的光景，之所以又美又現實，實際上因為其中積澱了漫長的歲月中，人與自然之間達成的深刻的默契和理解。後面寫女孩子親自完成採葛、蒸煮、紡績、裁剪的過程，所以穿起來不厭倦，**強調的是一種德行，在勞動中學會珍惜，培育穩重和堅韌的品格。**

詩的第三章，「言告師氏，言告言歸」。「師氏」是什麼？是古代女孩子結婚之前教導她婦道的保姆，之後也要陪著女孩到婆婆家去，也是一種陪嫁女，但是屬於僕人。所以「言告師氏」是一個重要的資訊，它告訴我們這首詩一定與女孩結婚有關。接著「言告言歸」，「言」是語詞，兩個「言」連用，說馬上得告訴師氏要「歸」了。歸就是女孩子出嫁，告師氏就是請師氏來教育女孩子。除了長期在家勞作，培養女工和德行，女孩在結婚前還得有一個過渡階段，結婚之後面臨的新問題怎麼解決，師氏要教。

下面，「薄汙我私，薄澣我衣。害澣害否，歸寧父母」。「薄」也是個結構詞，沒有實義。「汙」在這是去汙的意思。當然，汙的常用意思是汙染，這就是中文奇特的地方，一個詞有時可以兼兩個相反的意思。比如「亂」字，有製造混亂的意思，有時也有治理的意思。「我私」的「私」就是貼身內衣。「汙我私」就是幫我的貼身內衣去汙。「薄澣我衣」的「澣」字有兩種寫法，可以寫作「浣」，也可以寫作「澣」，是浣的異體字。「衣」是外衣，也有學者解釋成禮服，都可以通。「害澣害否」的「害」音同「何」，實際上它就是何，這句的意思是什麼該洗、什麼不該洗，是延續上一句「薄汙我私，薄澣我衣」而來的，生活中，洗內衣、洗外衣、洗禮服、洗長服，什麼該洗、什麼不該洗，要視情況而定，是需要掌握技巧的。

最早的回娘家詩歌

「歸寧父母」，什麼叫「歸寧」？就是結婚之後第一次回家看父母，今天也有這個風俗，叫「回門[9]」。古代對女子回娘家限制很嚴。女孩初到婆家遇到一些問題，要拿捏分寸，拿捏好這個分寸，就可以回家看父母，向父母報告她已經順利由女孩變成一位家庭主婦了。

這首詩有兩條線索，一條寫葛逐漸茂盛，另一條暗寫葛由一種植物變成了纖維、服裝，暗襯女孩子的身分發生了變化。前面兩章節奏比較緩慢，帶有淡淡的惆悵。到了第三段，開始出現跳躍，「言告師氏，言告言歸」點明題旨女孩子要出嫁了，「薄汙我私，薄澣我衣」寫女孩子到了新的環境需要處理好多事情，做事得拿捏分寸。最後一句「害澣害否，歸寧父母」，結尾充滿了喜悅。節奏上由慢變快，六個句子跳躍著、精準且虛實相映的把事情交代出來。

詩是很可愛的，一片春光、一番心情、一場勝利的婚姻大事，所以最終以喜悅的調子結束，與開頭淡淡的惆悵相映成趣。

---

9 女生結婚後第一次回娘家，據說是自先秦時期就流傳下來的習俗，又稱為作客。

5. 鬧洞房，嫁娶之夕的習俗

——〈唐風‧綢繆〉

綢繆束薪，三星在天。今夕何夕？見此良人。子兮子兮，如此良人何？
綢繆束芻，三星在隅。今夕何夕？見此邂逅。子兮子兮，如此邂逅何？
綢繆束楚，三星在戶。今夕何夕？見此粲者。子兮子兮，如此粲者何？

《詩經》婚戀題材作品中，〈綢繆〉展現了一種特殊現象，就是鬧洞房。今天在鄉下地方，如果有人家結婚，總會有鬧洞房的習俗。有的鬧得深、有的鬧得淺，在河北一帶就流行這樣一句話，叫「三天不論大小輩」，在結婚三天之內，誰都可以和新媳婦鬧。一般情況下，大伯跟弟媳婦是相對嚴肅的，小叔可以和嫂子鬧，但是在結婚三天之內，則不論這個大小輩了。

中國作家浩然的小說《新媳婦》就談到這個，講了一個新媳婦過了門以後，反對這種打鬧的習俗，樹立新風。當然，這是現代人所提倡的。但實際上，作為一種風俗來講，只要適度、不過分，是可以保存的。如果把它完全刪掉，改用新風俗，可是新風俗又傳之不遠，那麼我們生活當中一些必要的儀式、禮儀就會慢慢消失，這也不是好事情。

在《論語》中，孔子曾跟子貢談到，當時每年都要告朔[10]，由魯國君主主持頒定曆法，告訴人們每月初一是哪一天，朔就是初一。但是，後來魯國君主不參加告朔儀式，這個儀式就要廢了。過去辦這個儀式時會殺一隻羊，叫餼羊。子貢就說，既然這個儀式已經廢弛了，那麼我們還殺這一隻羊幹什麼？就想去掉它。

孔子聽子貢這麼說，就說：「賜也，爾愛其羊，我愛其禮。」說你捨不得這只羊，我還捨不得那個老禮。這說明什麼？儒家、孔子對一些老傳統，寧可採取保存、不願率爾廢棄的態度。這和我們動不動就把某些東西視為糟粕而去掉它，是大相逕庭

---

10 古代一種祭祀儀式。天子在歲末時，將來年每月的曆書頒給諸侯，諸侯拜受，藏於祖廟，每月朔日，以活羊祭告於廟，然後聽政。

的。所以，孔夫子的思想在新時代經常有不討人喜歡的地方，可實際上他說的是對的。對一些風俗、禮儀、文化遺產，我們要採取一種保守態度，不要動不動就把這個定為要不得，把那個定為該廢棄，這是會吃虧的。下面就來看〈綢繆〉：

女人現實？古人用「束薪」暗示娶親

詩的每一章都以「綢繆」開始。我們今天也說未雨綢繆，當然未雨綢繆這個成語不是見於這首詩，而是見於〈豳風．鴟鴞〉：「迨天之未陰雨，徹彼桑杜，綢繆牖戶。」大意是趁著天還沒有下雨，我要剝些桑根皮纏繞我的門，把窗子捆綁好，後來就形成了未雨綢繆這個詞。在本詩中，綢繆就是纏繞、捆綁。

束薪是什麼？就是一捆薪柴。第一句說要捆綁好一捆柴火，束薪是要做成火把照亮用的。**薪和婚姻有關係，這在《詩經》裡是相當固定的說法**。只要說到砍柴伐薪，接著總要說結婚的事情。比如，〈齊風．南山〉：「析薪如之何？匪斧不克。取妻如之何？匪媒不得。」說砍柴沒有斧頭不行，娶妻必須有媒人，沒有媒人這事辦不了；還有〈周南．漢廣〉裡的「翹翹錯薪，言刈其楚」，說要割柴、打柴，要專門挑那些高大的打，下一句就說：「之子于歸，言秣其馬。」意思是你要想娶妻，就先把車馬備好，把餵馬的草切好。所以，回過頭來看〈綢繆〉，這裡的捆綁柴草就暗示著和結婚有關。

接下來是「三星在天」，這個時間很有意思。三星是三顆星並排，按照西方的天文學，它屬於獵戶星座，一般是天剛亮就出現了。在古代還沒有手錶的時候，都是以看三星來判斷早上，這也是自古而然。那麼，綢繆束薪跟早上又有什麼關係？這就說到古代的搶婚。

在《周易》裡有「匪寇，婚媾[11]」，這個卦裡說到，看到幾匹馬跑過來，他們不是盜賊，是在婚媾。有人就研究，說古代結婚實際上跟做寇差不多，指的就是搶婚。搶婚往往在黃昏時分或者天不亮的時候，總之這裡指的是昏暗的意思。接下來，「今夕何夕？見此良人」。今天是什麼好日子？我怎麼見到這麼好的人？良人就是好人。這句話是在和新媳婦開玩笑，就像在鄉間常有的粗俗話一樣，比如見到女子調笑：呦，妳怎麼長得這麼漂亮啊？然後，詩就轉向新婚的丈夫——這裡的「子」不是

11 結婚、婚配，通常指按正當的禮儀而結為夫妻。

男子的稱呼，就是說小夥子——問他「如此良人何」，就是你怎麼對待良人。新婚之夜，誰都知道新郎和新娘之間要發生什麼樣的事情，這裡故意裝傻，是典型鬧洞房開玩笑的口吻。詩實際上省去了很多不宜直白表露的話，把開玩笑的話雅化了。

「綢繆束芻」，芻就是草。「三星在隅」和「三星在天」是一個意思，在天的一角。「今夕何夕？見此邂逅」，邂逅就是不期然而然的碰上了。音韻學研究專家郭晉稀在《詩經蠡測》中談到邂逅這個詞，他說意思是，碰上了就是好的，實際上跟搶婚也有關，誰搶到，就是誰的。所以「見此邂逅」，也是開玩笑。呦，今夕何夕？我怎麼見到這麼可愛的人！

接著第二章「子兮子兮，如此邂逅何？」，邂逅這個詞在《詩經》裡出現了幾次，是聯綿詞[12]，不能拆開解釋，它的來歷非常早。《詩經》裡有些詞，只要一出現，就會跟某種意思有關。比如「采」，在「采采卷耳」、「終朝采綠」、「彼采蕭兮」等句子中都出現，總結起來，**凡是採集旱地植物，往往都跟想念人有關係**。可見，《詩經》的題材可能採自遼闊地域的各個地方，但表現方式在某些方面卻很一致，由此我們也可以說，《詩經》一定經過了一些固定人員的採集加工。因為語言在當時非常複雜，當時中國文化還不像我們今天這樣有系統，而是要造就的。

西周有雅言[13]，清代學者認為就是當時的普通話。一個泱泱大國，地域遼闊，方言眾多，怎麼辦？建立一個大家都能夠聽懂、都能說的共同語溝通。而《詩經》的整理、加工應該是有一批專業人員，這些采詩官用自己的語言去收集各地民風並整理。所以，**《詩經》不是我們過去一般理解的各地原生態的民歌，而是經過文化過濾的。**

接著，綢繆束楚，楚跟薪是一個意思。我們今天說翹楚，就是指高出來的那種雜木。「三星在戶」的戶就指門上邊或者窗戶的一角。「今夕何夕？見此粲者」，粲的本義是稻米把殼磨掉以後，光燦燦的樣子，引申為美好，粲者就是美人的意思。「子兮子兮，如此粲者何？」你今天晚上將怎麼對待粲者？隱含著男女之事。

這首詩很活潑，是鬧洞房的諧謔曲。據《漢書・地理志》記載，直到西漢時期，民間還有「嫁娶之夕，男女無別，反以為榮。後稍頗止，然終未改」的習俗，也就是，在嫁娶這個日子，或者其前後幾天，去除男女之別，會有隨便伸手摸人一把，或

12 由兩個音節連綴成義，不能分割成單個漢字的意義之和。

13 中國最早的通用語言。

者占點便宜這種事情。

人們對這個反以為榮，這個現象在後世也存在，如果一家娶媳婦，連個來鬧洞房的人都沒有，證明這家的人緣很差。《漢書》裡還說這些風俗後來好像被制止過，但總禁止得不徹底。再往後，有個道士葛洪在《抱朴子．疾謬》[14]中，把鬧洞房當作荒謬之事來斥責。他說俗間有一種調戲新媳婦的法子，總是在眾人之間、親屬面前問一醜言，實際上問的就是男女之事，如果女子答得稍微不痛快，還要遭到責備。他說這種對話非常鄙陋，他都不忍多論述，也就是不能具體去說。整體來看，鬧洞房這種風俗是源遠流長的。當然，當代提倡大家文明相處，開玩笑不可過分，要互相尊重。可實際上，如果完全沒有這個風俗，也是一種遺憾。

從鬧洞房、一夫多妻到配偶制，是古老的婚姻習俗

結婚鬧洞房的習俗在〈齊風．東方之日〉裡也有表現。

東方之日兮，彼姝者子，在我室兮。在我室兮，履我即兮。
東方之月兮，彼姝者子，在我闥兮。在我闥兮，履我發兮。

東方之日，就是早晨的太陽。戰國時期辭賦家宋玉在〈神女賦〉中寫神女的美麗，就用了「耀乎若白日初出照屋梁」。姝者就是美麗的人，「在我室兮」就是在我的屋裡，「履」就是踩。「即」是指膝蓋，這是採用清代學者于鬯《香草校書》中的觀點，他認為「即」就是「卩」，也就是「膝」，中國語言文字學家楊樹達也認同此觀點。古代人跪坐，膝蓋在地上。第二章的「闥」是門，這裡指門內、屋裡，「發」就是腳，這也是《香草校書》的說法。發是指腳心朝上。人跪著，雙腳呈八字狀。

詩的兩章，一章說踩到了膝蓋，一章說踩到腳。實際上都是用隱語寫醜語、寫男女之事。這也是鬧洞房的歌，詩中的「履我即」、「履我發」，就是鬧房者對著新娘子自比新郎占便宜的話，也是用戲謔的調子調侃新人。

14 《抱朴子》為東晉時期葛洪所著，分為內外兩篇，後來為道教經典之作。

詩的意思和「唐風」是一樣的，但「唐風」鬧洞房是說出帶僥倖意味的語言，「齊風」則是模擬他們的動作。同一題材，但是寫法、調調不一樣，這也體現了國風的廣闊性，它反映生活不是千篇一律的。雖然用的都是雅言，但在故事、事件層面，保存了文化本來的面貌，保持了各地的風采，是一種文化的傳承和記錄。

那麼，現在的人類學家是怎麼理解這種風俗？這種風俗的起源比《漢書》和《抱朴子》的年代更加古老，應該追溯到史前，實際上就是人類婚姻演變的痕跡之一。透過鬧洞房，或者一些民族風俗可以看到，漢族在古老時可能有一種習俗，比如哥哥娶了媳婦，也就意味著他的其他兄弟也都娶了媳婦。這就是女子多夫，或者說幾個男子共妻，這種現象叫血親。用西方音譯過來，叫普那路亞（Punaluan Family）。也就是說，我們曾經有過一個群婚時代。後來，隨著人類的進步，對偶婚姻出現，人類慢慢進化到現在的文明程度，可是那種血親婚姻的遺俗還保存著，就成了鬧著玩。

所以，這是人類文明發展的過程。也可以說，鬧洞房的習俗可以讓我們認識更加古老的婚姻型態，這也是這首詩的價值。可見，理解詩篇以後，再結合各種文獻，能讓我們眼前一亮，打開了一個久遠的世界，看到了古老時代人的生活。

6. 何謂好家庭？何來好家風？

——〈大雅・思齊〉

思齊大任，文王之母，思媚周姜，京室之婦。大姒嗣徽音，則百斯男。
惠于宗公，神罔時怨，神罔時恫。刑于寡妻，至于兄弟，以御于家邦。
雝雝在宮，肅肅在廟。不顯亦臨，無射亦保。
肆戎疾不殄，烈假不瑕。不聞亦式，不諫亦入。
肆成人有德，小子有造。古之人無斁，譽髦斯士。

中國文化重視家庭，在《詩經》裡，便很具體的表現出一個好家庭的女主人該有的樣子及作用。〈思齊〉講的就是古人眼中的典範家庭周文王家的家風、家教，歌頌了周室的三代女主婦——周姜、大任和大姒。三位女主人是祖孫三代，她們代代主持家務，懂得如何教養子弟，使成年人各個有德行、小孩子各個有成就。遇上這樣賢德的母親，周人人口迅速增多，由一個弱小的族群快速上升，最終主宰天下。

文王、武王有德行，是母親把家治理得好

中國人家風、家訓的傳統可以明確的追溯到西周，〈思齊〉這首詩就是在西周建國百年左右創作出來的。

它的第一章，「思齊大任，文王之母，思媚周姜，京室之婦」，是一個句群（按：多個句子組合在一起）。「思」是發語詞；「齊」是「齋」的通假字，意為莊重、嚴肅。「大」字在古代音同「太」。「思齊大任」的意思就是莊重的大任。「文王之母」，文王的母親，她怎麼樣？「思媚周姜」，「思」也是語助詞，「媚」就是愛，周姜是大任的婆婆。大任的公公則是太王，也就是公亶父。公亶父做過一件對周代歷史非常有意義的事情，就是把周人從豳（今天的陝北）遷到岐山下的周原一帶。〈大雅．綿〉除了敘述了整個遷移的過程，還說周原這個地方好到連苦菜吃起來都跟甜菜一樣，所以周人的後代在祭祀的時候，一定要祭祀太王。因為他對周民族，甚至

是中國歷史的發展做出了貢獻。

文王的母親大任懂得愛婆婆，能跟婆婆周姜處好關係，在京室做主婦做得有聲有色。「京室之婦」，京室就在周原，在《詩經》中，京指的就是周代在沒有遷到渭水河的鎬京、豐京，留在今天的寶雞周原一帶時的都城，京室就是京的第一家庭、王室。然後有一個轉折，「大姒嗣徽音，則百斯男」，說到了文王的妻子大姒。「嗣」就是繼承；「徽」是好、善、美的意思，「徽音」就是好名聲、好德行。太姒繼承了兩代婆婆的美德，得到了好名聲，還有所發展。

「則百斯男」，生了一百個兒子。當然，這裡是比較誇飾的說法。不過，其中含著一個古代的婦德問題，在一夫多妻的特殊時代狀況下，文王的妻子不嫉妒，讓其他嬪妃都能接觸文王，所以才「則百斯男」。據文獻記載，太姒曾生過十個兒子，這就是文王十子。其中，武王、周公、康叔等都很有作為。第一章主要講了三代女主人，主角是太姒。因為這首詩是祭祀文王的，以文王為中心，所以要同時祭祀她的母親和妻子。妻子太姒是祭祀的主要配角。在〈大雅〉裡還有〈大明〉篇，講了太姒是怎麼嫁到周室來的，怎麼培養出一個領導人民推翻暴政的好兒子。

「惠于宗公，神罔時怨，神罔時恫」，惠就是順，宗公就是宗廟，伺候宗廟是家庭主婦的任務。神是老祖宗，罔是沒有，時怨就是所怨，「時」音同「是」。這句就是神無所怨。「神罔時恫」，恫是苦痛、不舒服。這一章說周王朝這幾代女老祖將祖宗伺候得很好，祖宗無所怨。

接著，「刑于寡妻，至于兄弟，以御于家邦」這個句子是插入的，「刑于寡妻」，「刑」其實是「型」，典範的意思。誰做典範，這裡沒說，我們可以加上，是文王或者那些男老祖。古人的觀念是男尊女卑、夫唱婦隨，所以說女老祖是跟隨著男人的典範。「寡」就是君王，和後代帝王自稱「寡人」是同一個意思。這一章說男人們為自己的妻子樹立榜樣，再把這種榜樣的作用推廣到兄弟的家庭。然後「**以御于家邦**」，「御」在這是推廣。這三句詩，實際上就是我們後來比較熟悉的儒家〈大學〉篇裡面提到的「內聖外王」，**亦即「修身、齊家、治國、平天下」**。雖然沒有直接說「修身」，但**也可以視作儒家這個道理的最早根源**。

何謂好家庭？

插入了幾句講男人的句子之後，詩歌又回到了女人。她們伺候宗廟、安詳的活著，把家庭治理得很好。第三章，「雍雍（雝雝）在宮，肅肅在廟。不顯亦臨，無射亦保」。雍雍就是一副雍容嫻雅的樣子；肅肅是端莊、嚴肅，她們嚴肅端莊的出現在廟裡。宮是人住的地方，廟是神住的地方。這八個字，把女性們那種忙碌又不失莊重的儀態，婦女的莊嚴之美、大氣之麗，表現得非常好。國風裡面寫美人是一種欣賞的態度，是把她們當成審美物件，在這裡則不同，這裡滿懷崇敬，用了雍雍、肅肅。「不顯亦臨」，她們顯赫的照臨著我們，「臨」有居高臨下的意思，「不顯」是顯赫，這是周代的固定詞。「無射亦保」，「無射」就是不厭倦。這四句寫女性們雖然忙碌，但是雍雍肅肅，不失儀態，她們還激勵著我們、保佑著我們。

「肆戎疾不殄，烈假不瑕」這個句子是難了一點，「肆」是語助詞，「戎疾」是大疾病，「殄」就是滅絕。意思是我們家庭和諧，有這樣的女老祖保佑著我們，所以沒有大的疾病。「烈假」，烈就是癘，指大的瘟疫，假就是瑕疵的瑕，指疾病。不瑕的瑕就是遐，遠離的意思，有學者把「不」讀成「丕」，丕的本義是大，在這裡有「徹底」的意思。這句話說在老祖宗的領導和保佑下，周代沒有大的疾病、瘟疫，社會祥和。

接下來，「不聞亦式」，「不聞」的「不」可以讀成「丕」，是大的意思，

「聞」就是好的見解、傳聞和意見。亦式的式就是用，「亦」是語助詞。有好的傳聞、意見，總被採納。「不諫亦入」，也是相同的意思。這裡說周王朝的男子英明，女子能夠做賢內助，所以好的建議能被採納。

接著，「肆成人有德，小子有造」。說周王朝的成年人個個有德行、小孩子個個有成就。最後一句感嘆「古之人無斁」，古之人就是這麼不厭倦，不厭倦什麼？「譽髦斯士」，「髦」是勉勵的意思；「譽」和「參與」的「與」是一樣的，就是努力。「斯士」，「士」是男子，結合上一句，意思就是古人就是這樣不厭倦的去造就、勉勵周王朝的男人和後輩。這就涉及家風，教育孩子，所以成人有德，小子有造，家庭和睦。

這首詩歌很了不起的地方，就是正視了家庭主婦的地位。中國古代乃至全世界都有歧視婦女的現象，幾千年前全人類都有這個毛病。但是這首詩篇不一樣，它說文王有德行，那是他母親教育的；武王有德行也不要忘了他母親，所以，是好母親造就了好兒子。**什麼樣的家庭是好的？有一個好媽媽、好妻子**。三千年前在宗廟祭祀中，祭祀女老祖，這就不簡單，更不簡單的是頌揚她們在家庭生活中生養、教育孩子這方面的不朽功勳。這樣的意識，是我們應該珍視的。

這首詩寫得雍容華貴。如果《詩經》全都像風詩那樣靈動、俏麗是不夠的——當然那也是一種聰明才智，因為寫家庭主婦、長輩，就應該有一種嚴肅又不刻板的感覺。每當讀到「雝雝在宮，肅肅在廟」，我們就會想起母親，她們忙忙碌碌，卻不是狼狽的，而是有條不紊的，有著中國古典的莊重之美。詩寫得這麼親切、莊嚴，讓人覺得我們有這樣的祖母、母親是無比幸福的。

7. 有磨合、有妥協，才能歲月靜好
——〈鄭風・女曰雞鳴〉

女曰雞鳴，士曰昧旦。子興視夜，明星有爛。將翺將翔，弋鳧與雁。
弋言加之，與子宜之。宜言飲酒，與子偕老。琴瑟在御，莫不靜好。
知子之來之，雜佩以贈之。知子之順之，雜佩以問之。知子之好之，
雜佩以報之。

雞鳴叫起，民生在勤

這首詩的開頭是一段對話。女子說雞叫了，男子說天還沒亮。其中的「昧旦」就是曙光未露。「昧」就是暗、不明。雞鳴，古人拿它判斷早晨的時間。雞叫頭遍是

三、四點，叫兩遍，是五、六點，再晚天就亮了。這兩句展現了家庭生活的常態，女的說該起了，男的說，哎呀，還早呢。他想賴床。這也算一個小小的衝突，到今天我們的生活中還常常出現這樣的情景。

接著又是女子的話「子興視夜」，「子」就是你，「興」是起、起床，這句話是說你去看看夜。男子抬頭一看，「明星有爛」，噢，天上有明星，就是啟明星，這顆星星一出現，天就快亮了。男子看見其他繁星都隱落了，就剩一顆啟明星光燦燦的。接著女子馬上說「將翱將翔，弋鳧與雁」，催丈夫趁早去打雁。鳧和雁是兩種潛水鳥，也都是候鳥，腳都長著蹼，雁比鳧個頭要稍大一些。「將翱將翔」指鳧與雁等水鳥要飛了，如果去晚了，牠們就飛走了。

射獵是古代生活的一部分，因為古代人肉食比較困難。〈曹劌論戰〉[15]裡說：「肉食者謀之，又何間焉？」一般人平時很少吃肉。孟子也說過，五十歲才可以吃肉。肉食少，為改善生活，調調口味，就要經常去打獵，有時打野豬、野兔之類，有時就射擊天上的大雁。這裡的弋字很有意思，今天，我們還這樣說：「某艦艇在南海

15 出自《左傳・莊公十年》。

游弋。」游弋就是指船走在海上，拖著很長的痕跡。詩裡的「弋」，實際上是古代的一種射獵方式，叫做弋射。這種射法很難。一般的箭可以用來射小鳥，但是大鳥體型大，飛得高，力氣也大，被射中後掙扎一飛，不知道飛到哪裡，要找回來就難了。所以，古人發明了弋射。弋射不是用尖銳的箭頭刺穿飛鳥，而是用平板狀的箭頭，叫做矰，撞擊迎頭飛來的鳥。箭頭一碰撞就會下墜，它後面拖著的繩索就會繞在雁的脖子上，把鳥拖拽下來。打雁為什麼要早起？可能是早起人少吧。大雁其實很警覺，人多嘈雜，會把牠們嚇跑的。第一章講的是叫起。

有趣的是，民間聽雞叫，朝廷也聽雞叫。傳統文獻《尚書大傳》中，有「太師奏〈雞鳴〉于階下」。其中，〈雞鳴〉是一首曲子，太師是音樂官。這句話的意思是，早晨君主該起床時，太師就在臺階下演奏〈雞鳴〉一曲。「然後夫人鳴佩玉于房中，告去也」，意思是王者聽到〈雞鳴〉曲要起床了，王的夫人，嫡夫人或者側夫人，要先離開。她離開前要鳴佩玉，讓佩玉發出響聲。

這是在房中告訴守門人，她要出門了，讓外面的人迴避。這時守門人開始擊柝，敲梆子，告訴其他人夫人要出來了。因為古代男女授受不親，而且王的夫人比較尊貴。「然後少師[16]奏〈質明〉於階下」，太師的副手少師奏〈質明〉曲，也是在階下。這時夫人再從外面進來，站立在庭院中，君主就正式的出來，上朝房了。這是古代的報時制度，由音樂官太師和少師完成。

古人的文化，和世界其他古典時代，如古典印度、古典希臘相比，有個特點，就是強調勤，「民生在勤」、「勤則不匱」。勤的重要表現之一就是早起。古代有一個詞，我們現在還在用：朝夕。朝就是早晨。天濛濛亮，還一片昏黑的，朝廷上就忙起來了，布置工作。夕是到了傍晚，大臣們和君主要碰面，彙報和總結一天的情況。

〈小雅．雨無正〉裡有：「三事大夫，莫肯夙夜。邦君諸侯，莫肯朝夕。」到了西周末期，王朝衰落了，三事大夫，即負責各方面的高級官員們都不肯早朝、也不肯晚彙報了。所以，朝夕體現工作很勤勉。中國文化崇尚勤，體現在詩裡，從國家、王朝，到一般小民。在這首詩中，叫起的不是男子，而是女子，顯示著一個女子在家庭中有正向的影響。這和後來男尊女卑、一味歧視婦女的觀念不一樣。**《詩經》在對待婦女的態度上，要比儒家開明一些。**

---

16 春秋時楚國設置，為君主的輔弼之官。

琴瑟在御，歲月靜好

前面說了射獵，下面就說吃法：「弋言加之，與子宜之。」這句開頭的「弋」是承接上一章的「弋鳧與雁」來的。「加之」就是射中了。女子說：你射中了雁拿回來，看我的。看她的什麼？「與子宜之」，「宜」字，根據上下文解釋就是烹飪的意思，不過這不是它的本義。古人吃飯非常講究，做什麼肉，就得加什麼佐料，吃什麼肉和什麼飯相配，也有一套規矩，搭配得好，就叫做「宜」。

在《周禮》[17]中有：「凡會膳食之宜，牛宜稌，羊宜黍，豕宜稷，犬宜粱，雁宜麥，魚宜苽。」意思就是要給帝王做膳食，牛肉適宜和稻子配合，羊肉適宜和黍配合，豬肉和高粱配合，犬適合和精細的米配合，雁適合麥子，魚適合苽，苽類似雞頭米（按：睡蓮科植物芡的成熟種仁，又稱芡實）。

這很有趣，**食療的概念不是今天才有的**，《周禮》這部書即使我們相信它是戰國文獻，也有兩千多年了。那時就講究食物之間要搭配，在《論語・鄉黨》中，孔子說「失飪不食」，材料搭配不恰當，孔子是不吃的。所以，「宜」字引申的解釋，就是合理的、適當的、講究搭配的去烹飪它。「宜之」，準確說是用恰當的方式烹飪。可見，中國作為美食大國可不是浪得虛名，而是源遠流長，積累深厚。

以上所講，是男主人打獵回來了，女主人就要好好的烹飪牠。「宜言飲酒，與子偕老。」烹飪好了之後，「我們還可以喝點酒」。女子也稍微喝一點，不是酗酒，而是一種生活的情趣。其中的言字，是起連接作用的虛詞（按：泛指沒有完整意義的詞彙，但有語法意義或功能的詞），相當於「而」。與子偕老，就是我們一起過到老。以上都是對話。

不過，詩在這段結尾的地方加了兩句「琴瑟在御，莫不靜好」，不是男子說的，也不是女子說的，而是詩人寫到此處，忍不住加上的，對這樣的好夫妻關係予以讚嘆。這裡的「御」，就是用、彈奏。這是點睛之筆，說好的家庭應該像琴瑟，有高音、有低音，彈奏起來非常靜好。靜不是安靜，也是好的意思。歲月靜好，我們今天還在用。最後一句在藝術手法上叫做「點染」（按：文章信筆隨意寫成）。

第三章，「知子之來之，雜佩以贈之」還是女子的口吻。「知子」是和你相知的

17 記述周代官制的典籍，描繪出古代儒家的理想政治制度與百官職守，與《儀禮》、《禮記》合稱「三禮」。

那個人，是名詞，指丈夫的知己、朋友，「來之」就是前來。女子說：你的知己來了，我一定要送他點什麼。下一句，「知子之順之，雜佩以問之」。順，就是喜愛。問，不是問話，是贈送的意思。「知子之好之，雜佩以報之。」好也是喜歡，和順是同一個意思。言外之意是**凡是你的好朋友，我都好好對待，表示對男子的尊重，也是一種寬容**。做夫人的對男的管得很嚴，像管兒子一樣，可以跟這個來往，不能跟那個來往，來了人要分青眼、白眼（按：前者表對人喜愛或尊重，後者則表對人輕視或憎惡）。這當然可能是一種謹慎，但有時候難免傷及男人的面子，所以這裡要凸顯的是一種寬容、寬厚，家裡有個賢內助，別人願意跟自己的男人交往。如果家裡老婆是妻管嚴，那就只能關門過日子。

這裡談到雜佩，古代人喜歡佩戴一些東西，像玉、石器、牙器、小打火石、針、管等，這不只是中原漢族的習慣。如果大家看唐代的一些畫，畫上胡人的腰帶上並排掛著好多東西，有個術語叫蹀躞七事[18]。

關於雜佩，漢代解釋《詩經》的《毛詩傳》說，「珩璜琚瑀沖牙之類」都可以佩戴。《論語》中則提到，孔子身上也佩戴玉器、石器、牙器等小物件。有些古代人講：這怎麼像話？一個女子怎麼能把雜佩送給別人？

其實不是，這是指家裡的手工品，一個心靈手巧的女子所做的東西，不一定是她自己身上佩戴的東西給人家。另外，在《左傳》中記載，「王以后之鞶鑑予之」，王拿著王后的「鞶鑑」送人，可見**在春秋時期，女子的東西也可以送給別人，周王曾經這麼做過**。

〈女曰雞鳴〉用一種很平淡的調子，非常真切而細膩的表現平凡的生活，描寫夫妻之間講知心話的過程。女子勸男子早起，男子去打雁，當然早起不單是打雁，但是用打雁來說，引申了後面兩人一塊生活的那種情趣。男子打了野味來，女子好好烹飪。男子在外邊交了朋友，女子好好招待。他們要這樣一起過到老。這樣的好夫妻就像琴瑟合奏，彈奏起來是靜好的。

〈女曰雞鳴〉一邊敘述，一邊點染，格調比較溫潤、平靜，是正著寫。同樣是寫叫起，〈雞鳴〉的調子就有點詼諧了，是用喜劇的調子來寫。

---

18 一種腰帶的簡稱，上面有掛很多東西的小皮帶。

雞既鳴矣，朝既盈矣。匪雞則鳴，蒼蠅之聲。
東方明矣，朝既昌矣。匪東方則明，月出之光。
蟲飛薨薨，甘與子同夢。會且歸矣，無庶予子憎。

這首詩還是對話體。前兩句是女子說，雞已經鳴叫了，朝廷裡面人已經滿了，催促男子趕緊起床。男子的回答是什麼？不是雞在叫，妳聽錯了，那是蒼蠅在發出聲響。我們讀到這一句，馬上就會感覺到這是一個詼諧的調子，有點挖苦男人們。**人有的時候偷懶，偷懶時又總會找理由**。

你看《西遊記》的豬八戒，他偷懶、不負責任的時候，理由總是非常充分，這是一種本領，懶人有懶人的智慧。頭一段中，這個女子和〈女曰雞鳴〉裡的女子差不多，很賢德。詩句中出現了「朝」，可以看出這個家庭的社會地位要比〈女曰雞鳴〉裡的家庭高，男子應該是個諸侯、大夫之類的人物。但是那也沒辦法，他也照樣會偷懶，或者說犯了懶病，女子照樣諷刺他。蒼蠅之聲暗示了是夏天，他可能晚上沒睡好，早晨睡懶覺。這首詩專門諷刺他的懶惰，但如果說這首詩有多麼憤激、憤慨，甚至揭露統治者，倒未必有那麼嚴重。這種生活中的滑稽、詼諧，實際上只是讓經常犯這個毛病的人照照鏡子。

第二段「東方明矣，朝既昌矣」，男子說不是東方明了，是月出的光。哪是什麼太陽的光？是月出照在窗戶上了，還是很滑稽。接著第三段女子又說「蟲飛薨薨」，天亮了，各種昆蟲都飛得薨薨響，很熱鬧了。然後接著「甘與子同夢」，本來我也很想跟你一起多睡一會兒。誰不想多睡一會兒？但是，「會且歸矣」，朝會都要結束了。「無庶予子憎」是什麼意思？庶是幸而、僥倖的意思。「予子憎」的意思是：因為你晚起讓大家恨我、討厭我。這就像日常生活中，如果男人穿得邋裡邋遢出門的時候，經常會聽到妻子說：「**你穿這麼隨便，你就不能好好穿嗎？到時人家不說你，說我不管你。**」這和「**無庶予子憎**」的語態是一樣的。

可見，我們**讀詩，和生活映襯就會發現，兩千多年前的詩人和我們今天的想法非常接近**，這就是女子的一個心態。她說天都亮了，各種蟲子都飛起來了。要說睡覺，誰不想多睡會兒。人人都會犯懶，但是有人能克服，有人不能克服，言外之意你們男人就是不能克服。你看朝會都歸了，大家都快散去了（歸就是散去），你這樣的話不是讓別人說我嗎？說我不提醒你。

這裡又把一種很普遍的社會意識，那種很微妙、無言的意識表現出來了。就是**一個家庭好不好，男人的一半是女人**。民間有一個笑話，說男人是蘿蔔，女人是醃菜缸，這個蘿蔔早晚得變成鹹菜，而菜缸的味道就是鹹菜的味道。從這個角度來說，這首詩也在以一種無言的、詼諧的態度表達這層意思，**好男人往往是好妻子塑造的，或者是由好妻子來敦促的**。

這首詩跟〈女曰雞鳴〉都是勸誡，女子告誡男子早起，不要偷懶，不要貪睡。它們背後的文化就是勤，對勤的一種堅守、堅持。不論是用正調，還是用帶一點詼諧的調子，都是刺激大家不要懶惰，該起床就起床。其表現方式就是透過家庭裡的對話。

誰是這個傳統最積極的秉持者？是女性。在這方面，《詩經》是如實的反映生活，這也是《詩經》在某些方面比一些思想家進步的地方，甚至說《詩經》是我們的精神家底一點也不為過。在我們的文學當中，這是很常見的。比如對男女戀愛，正統的思想家是反對的，他們強調「父母之命，媒妁之言」。

可是以下舉個例子——中國民間傳說《白蛇傳》，如果我們去看最早的記錄，那個白蛇就是要吸男人精血的妖，但是這個故事在民間傳來傳去，就傳出一個美麗白娘子的形象了，就變成「男大當婚，女大當嫁」，是他們倆有情有義，就得成全人家。於是那個法海就不是為民除害的英雄，而成了中國近代作家魯迅說的多管閒事之人，被關在蟹殼裡，還被人罵活該。這就是人情。這種東西不屬於思想概念，但是它卻支配著我們的日常生活。有一個思想家說過，有些偉大思想家的思想對一般人們幾乎沒什麼影響。那麼，什麼會影響一個民族、文化人群的日常生活？實際上，就是這些家底性的東西。**在這個意義上，《詩經》也就是我們的精神家底**。

兩首詩的風調明顯不同，這應該是流傳地域不同造成的差異。由此，我們也可以看到采詩官對不同風俗的尊重，他們在整理加工民間作品時，沒有將它們改得面目全非，而是保存了不同的風調，這種態度是值得肯定的。因為采詩觀風是重要的文化傳承。在藝術手法上，兩首詩一個是溫婉的，另一個是帶一點諷刺意味的。

比如，〈雞鳴〉中，當女子勸男子早起時，男子振振有詞，但他的理由不是耳朵真正聽到的、眼睛真正看到的，而是得過且過，尤其是那一句「蒼蠅之聲」，這句搪塞體現了懶人的狡猾，非常具有戲劇性。

讀到這，我們難免發笑。針對不同情況，詩中女子的勸告方式也不一樣。〈女曰雞鳴〉是設想美好生活，女子表達自己努力要做到的事；〈雞鳴〉則因為男子偷懶耍賴，女子的口氣就逐漸加重，尤其是說到最後，「甘與子同夢」，推心置腹、將心比心，說出「你替我考慮考慮」之類的話，是苦口婆心的語態。可見，《詩經》表現生活各盡其態、曲盡人情，在傳達人情方面達到了很高的境地。

8. 自由風俗下洋溢的生命熱情

——〈褰裳〉、〈山有扶蘇〉

《詩經》裡有很多男女婚戀的作品，其中有一種婚戀現象比較獨特，它保存了一些很古老的自由、野性的風俗。這一類詩主要見於「鄭風」，「鄭風」保存了不少這種野性風俗，有比較獨特的條件。

鄭國就是今天鄭州及其東南到南陽盆地一帶。在這個地方，西周最初封建了兩個小國，虢和鄶，但這兩個小國家的發展一直沒有太大的起色。到了西周崩潰、東周開始要進入春秋時代時，發生了比較大的變化。這個變化則與鄭國有關。

西周宣王二十二年，宣王的弟弟友受封於鄭，但是當時鄭在今天的陝西華縣一帶。宣王死後，友在周幽王的朝廷做司徒（按：中國古代的一個重要官職）。這是

《國語》[19]裡記載的。他感覺到幽王寵愛褒姒，國家必定會因此遭受禍亂。而他的封國鄭在今天的陝西一帶，離王朝中心太近，所以他就問當時的史官太史，往哪裡逃可以免於這場災難。太史跟他講了講列國的形勢，最後就講到在今天的鄭州一帶，有一大片地方，那裡的虢、鄶小國沒出息，周文化在那裡扎根不深，你可以往那跑。於是，友就開始派自己的兒子，把國家的財寶往虢鄶遷，存起來，並賄賂當地的君主。

結果，西周真的出了大亂子，友死於戰亂。他的兒子，也就是後來的鄭武公，當時還是公子，就把國家遷到了後來的鄭國。後來鄭又把虢、鄶都滅掉了。鄭在東周初期很活躍，可是它的所在地傳統的周文化又不是很發達，還保留了很多古老的習俗。這也是「鄭風」很活潑的原因。古人也發現了**「鄭風」比「衛風」還活躍，大部分戀愛詩都是女追男**。這些詩篇的採集是在春秋時期，但是它的內容和風俗卻是非常古老的。〈褰裳〉這首詩就是這樣。

子惠思我，褰裳涉溱。子不我思，豈無他人？狂童之狂也且！
子惠思我，褰裳涉洧。子不我思，豈無他士？狂童之狂也且！

看不上，就誰也別耽誤誰

子就是你，第二人稱。這個「惠」字，古人有諸多解釋，比較麻煩。實際上，甲骨文有一個字「叀」跟這個字寫法相近。這個字表示疑問和推測。所以，這個惠字應該就是甲骨文的「叀」，用來表示疑問。後來寫的時候複雜了，多了下半部分的「心」。思就是思念，這句話的意思是「你可思我？」，這是面對面唱的。實際上就是問：「你心裡有我嗎？」如果你思我，也就是說你看上我了，我「褰裳涉溱」。褰裳，就是用手把裙子撩起來。

在中國上古時期，有兩種服裝款式比較流行，其中一種就是上衣下裳，上面是衣，下面是裙子似的一塊布，圍起來，就是裳。溱，現在沒有這個河名了，但河還存在著，在今天的新鄭附近。它發源於西周鄶國境內，也就是今天的河南省新密市，向東南流，然後跟另外一條河——詩篇第二章提到的洧水合流，再向東南流，最後到了

19 中國國別史之祖，在《四庫全書》之中為史部雜史類。記錄周代王室和魯國、齊國、晉國、鄭國、楚國、吳國、越國等諸侯國之歷史。

河南西華縣，進入潁水，實際上是淮河的支流。溱水和洧水河畔經常發生男女風情之事。

除此之外，衛國有個桑中，陳國有個宛丘，也是男女相會合之地。「褰裳涉溱」把溱水交代出來，就告訴我們這個地點了，在水邊，大概還有樹林。「子不我思，豈無他人？」這個不用解釋，如果你沒有看上我，還沒有別人嗎？注意，她為什麼這樣說——「豈無他人？」這就是即景而言，對著眼前的光景。什麼光景？這一天是一個男女相會的節日，這就涉及古老的風俗了。

在遠古時期，人類有一個自我繁殖問題，這是很沉重的，從〈芣苢〉（按：請見第一二七頁）中就能看出來。我們知道，中國人奉行周禮，男女結合實行父母之命、媒妁之言。但是古老的風俗不是這樣，為了繁殖人口，國家允許適齡的男士和女士們在春天到特定的地方自由相會。相會的地點往往有河、有水，有時有桑林或者其他林木。在這種情況下說「豈無他人」，言外之意就是今天這個日子，可有的是別人。

你看上我了嗎？看上我，我去找你，看不上，我們誰也別耽誤誰。這是女子要男子給個准信。接著就罵了一句：「狂童之狂也且！」狂是狂妄、任性，且是語助詞，這句意為：狂啊，你這傻小子。

下一段的意思沒有多大變化，「子惠思我，褰裳涉洧」，洧也是一條水的名字。洧水比溱水長，它發源於今天河南登封陽城山地，向東流接納了溱水。這兩條河現在的名字叫雙洎河。河水並不是很大，有時可能乾枯。從河南鄭州往東南走，在新鄭機場附近。詩中的這些地方，讓我們倍感親切。

「子不我思，豈無他士？」這個士就是男子的通稱。「狂童之狂也且」，又罵了一句，所以**這個詩明著是罵，實際上就是愛**。

這是在一個節日性的男女相會的好日子，女孩看上了男孩，給他送秋波也好，使眼色也好，沒有得到回應。**女孩有點著急，發出了愛情通牒**。說你看上本小姐了嗎？看上了，趕緊給個信號，我撩起裙子涉水去找你。如果你「思」我的話，小小的溱水、洧水算什麼？太平洋都可以過。如果「子不我思」，你沒看上本小姐，今天這裡到處都是人，你別耽誤我。傻小子真傻！

這首詩很活潑，是**典型的打情罵俏**。詩很短，但是藝術感染力極強。這就是所謂「鄭衛之聲」的鄭聲（按：本指春秋戰國時鄭、衛等國的民間音樂，儒家認為其音淫靡，不同於雅樂，故斥之為淫聲）。女孩在情感上撩撥男的，讓他有所反應。古人雖然責備這種事，但是這的確是很活潑的女子。這就是野性風俗造就的自由性格，潑辣大膽。過去有很多古板的人受不了，可實際上它不是那種敗壞、男女跳牆的作品，而是在一種風俗允許下的自由戀愛。所以，當時應該流行這樣的歌唱，被采詩官們采下來以後，可能加工也沒有很多，就形成這樣一首活潑的詩。詩篇情緒的表達直白暢快，如竹筒倒豆子、燕子掠水面，毫無保留、遲疑，意態矯健。兩千五、六百年前，一首源於生命需求的激情歌唱，它的火爆、熱情，在今天仍迎面而來。

這是人們年輕時所特有的開朗、熱情、大膽、奔放。所以，國風為什麼好？它保存了一種很古老的風俗，這種風俗中洋溢著活潑潑的生命熱情。結合考古，我們找尋這種風俗，可以找到五千多年前，在今天的遼寧、內蒙古和河北交界地帶的紅山文化區（按：中國北方地區較重要的新石器時期文化）。那裡有間女神廟，女神的眼睛鑲著綠寶石，有些女神像具有很多誇張的女性特徵。這實際上就是生殖崇拜[20]。廟很小，在半山坡上，男女們在祈禱。雖然離河南省很遠，但是它屬於大中華的範圍。這個風俗到了鄭州一帶可能有所變化，但是我們從中可以看到，這種風俗可以追溯到五千多年前，這是考古為我們打開的世界。

壞男人，往往討女人歡心

還有一首詩叫〈山有扶蘇〉。

山有扶蘇，隰有荷華。不見子都，乃見狂且。
山有喬松，隰有游龍，不見子充，乃見狡童。

山有扶蘇，扶蘇就是棠棣樹，一種高大、枝葉紛披的樹，一般長在山地、高處。隰就是潮溼低窪之地。這兩句說高處和低處，相對稱的說。山上長著高大、枝葉茂盛的樹，下溼之地也有燦爛的荷花，荷華就是荷花。「不見子都，乃見狂且。」我沒見到子都，子都就是美男子，古代稱美男子為子都。在《孟子．告子》中說，子都這種

20 reproductionworship，指膜拜生殖器官、生殖和性交等的崇拜活動。

美男，天下人都知道他的姣好。「狂且」就是狂童，也就是傻小子的意思，這是戲謔罵人的話。前面兩句和後面兩句形成了反襯，說你看山上長樹，低處長花，本來都很好，自然秩序很好，可是我就這麼倒楣。我見不著子都，卻見到這個狂徒。

山有喬松，喬松就是高大的松樹。隰有游龍，游龍不是游動的龍，而是紅蓼花。紅蓼花又稱紅草，俗稱狗尾巴花。莖高可達三米多，大葉子，開淡紅色、五瓣小花。古人解釋說，這種花雖然單個看不美，但是能開成一片紅色，像起伏蜿蜒的龍。這裡寫草木縱放，很爛漫，在春天非常蓬勃的生長著。結果不見子充，**子充和子都是指美男子**。有點像今天我們說的白馬王子。不見子充，乃見狡童。狡童就是狡黠的傢伙、年輕人，這也是笑罵的話。

這首詩也是兩章，篇幅短小。明著看，好像是一個小女孩不見美男子，卻遇到壞人、狂徒，「狂且」給人的感覺很輕薄。實際上再細想一想，不是這麼回事。有句俗話叫「褒貶是買主」（按：指挑剔商品的是買主，讚美的是看熱鬧的人），用在這裡可能不完全合適，但是恰恰表達了在和〈褰裳〉一樣的自由風俗下，女孩子喜歡上一個男孩以後的特殊心理。

什麼特殊心理？談戀愛時，看一個女孩，或者看一個小夥子，說對方有學歷，可是個不夠高，或者有個頭，但工作不夠好，所以在那猶豫，總覺得缺點什麼。這就印證了那句話，買一個東西總會挑它的不足。詩中說我怎麼就這麼倒楣，見不著美男子，卻見到你這麼一個狡猾的小子，你是從哪裡冒出來的，讓本小姐心動，你看你長得也不好看，如果帥一點多好。實際上，這也是一種打情罵俏，是唱給對方聽的，挖苦對方。女生之所以會挑剔，其實是因為已經喜歡上這個長得不那麼好，又略帶點狡黠的壞小子。壞男孩，往往討女孩子歡心。

這首詩跟〈褰裳〉情調各異，但它們都是活潑的，都是我們年輕時的一種風采。後來，有了媒妁之言的婚姻禮教，中國男女在表達愛情上，就變成外冷內熱。可見，周禮是一種正統文化，而它在當時又是一種新文化，在整個推廣過程中，它要掃掉一些古老、自由奔放、顯露的東西。尤其是經過儒家的男女之大防（按：指男女授受不親）、小孩七歲不同席（按：指有性別意識，男女要保持距離）之類的教化之後，男女禁忌講得多了，後世人也就變得含蓄。不是說我們就不懂得愛情了，只是在表達方式上委婉曲折。這實際上是文化薰陶的結果。

這兩首詩讓我們眼前一亮，感覺到幾千年前的人們在美麗的季節，男女自由結合、自由擇偶所展現的獨特魅力。

9. 水畔歡歌，古老而野性的風俗

——〈溱洧〉、〈野有蔓草〉

溱與洧，方渙渙兮。士與女，方秉蕑兮。女曰：「觀乎？」士曰：「既且。」「且往觀乎？洧之外，洵訏且樂。」維士與女，伊其相謔，贈之以勺藥。

溱與洧，瀏其清矣。士與女，殷其盈矣。女曰：「觀乎？」士曰：「既且。」「且往觀乎？洧之外，洵訏且樂。」維士與女，伊其相謔，贈之以勺藥。

暗示男女自由歡會的雙關語

這首詩表現在春天的溱水、洧水河畔，男女相會的一個場景。「溱與洧，方渙渙兮」，「方」就是正在，是表時態的；「渙渙」，是冰消雪化了以後，水往上漫，慢慢的漲起來了。士與女，是男生和女生。「方秉蕑兮」，「方」就是正在，「秉」就是手持，「蕑」是澤蘭。澤蘭一般生長在沼澤旁邊，喜潮、喜陰涼，莖葉有香氣，據說佩戴它可以避邪氣。

鄭國人喜愛蘭，稱之為國香。有一個故事，見於《左傳．宣公三年》。鄭文公有一個賤妾叫燕姞。南燕的姞姓是周王的世婚，世世代代的姞姓女子往往都嫁給周王的姬姓男子。燕姞本來在後宮中地位比較卑賤，後來有一天她夢到了天使，就是老天爺派來的一個人，給了她一把蘭。天使還說自己叫伯鯈，是燕姞的祖先。伯鯈說蘭是有國香的，送給她是讓她生兒子。結果，鄭文公後來見到燕姞，正好也給了她蘭草，並跟她同房。

之後，燕姞說自己地位低賤，也不是有才德的人，萬一有了兒子，別人不會相信這是君主的，能不能用蘭來作證。鄭文公同意了。後來，燕姞果然生了鄭穆公，取名為蘭。這段傳說挺美妙，**從中可以看出鄭國人喜歡蘭草，還能看出蘭草跟生育兒子有些神祕的關聯。**

〈溱洧〉裡的男女們，手裡都拿著一把蕑草，叫做秉蕑。蕑和蘭的讀音接近，起碼韻母是相似的，而且，把蘭讀成「堅」，也可能是取它音同堅，表示堅固的意思。因為士與女在幹什麼？看下面就知道他們在談戀愛，所以拿著蕑，表示情感堅固，可能有這樣的諧音作用。如果是這樣，那這就是**中國最早的雙關諧音**。這種表達方式在南北朝時期比較常見，比如「蓮子清如水」，**「蓮」與「憐」同音，而憐就是愛，所以蓮子的意思實際上就是喜歡你**。

接下來，女曰：「觀乎？」又是女的挑逗，問男的去看看嗎？士曰：「既且。」這個「且」其實是「徂」，古代書寫時有這樣的情況，把雙立人去掉了，可以理解成一種假借，就是用讀音相近的字來代替。徂就是往。像〈周頌〉中的「我徂維求定」，意思是我們前往前方，就是為了求天下安定。上兩句說，女的說你去看看，男的說我已經看過了。接著女子又說：「且往觀乎？」再去看看吧，盛情邀請男的，然後就說：「洧之外，洵訏且樂。」洧水旁邊，地域非常遼闊，而且很歡樂。以上是男女的對話。

下面又回到詩人敘述：「維士與女，伊其相謔。」「相謔和〈山有扶蘇〉一樣，指的是打情罵俏。詩人錄了一段男女對話以後，接著又回到自己的敘述角度，這對男女在互相調笑，另外還「贈之以芍藥」，互贈芍藥。先是秉蕑尋找，真正找到意中人以後，拿芍藥花互相贈送。芍藥這種花，又名小牡丹，又叫留夷、辛夷，有數十種，花大朵，有紅、有白、有紫，還有一些是黃色的，美麗得很。

「芍」與古代「媒妁之言」的「妁」讀音相近，字形也有相似的一部分。「藥」字又與約定的「約」音近。所以，**贈芍藥的時候，男女之間好事已成。古詩用雙關語表意，看來也是從《詩經》開始的**。

古代這方面的例子很多。比如大臣被流放，君主想他、原諒他了，賜他一隻玉環。大臣一看就明白這是讓他「還」，就是回去。如果給一隻玉玨，玨是有缺口的圓圈，那就壞了，君主讓他自裁。再比如，**有人結婚的時候，別人送點棗和栗子，用諧音表達「早立子」**的意思。**古代把用諧音來表達意思的現象，稱為「風人體」**。這是利用漢語自身的特點來表情達意，很有特色。

下一章，「溱與洧，瀏其清矣」。瀏是清澈的樣子。「士與女，殷其盈矣」，是說在溱水、洧水合流以後，在鄭國城西南這片空地上，適齡的男子女子殷殷然，也就是眾多的樣子。接下來又是女曰：「觀乎？」女的說，去看看吧。這可能是詩人在半路上突然聽到一男一女在對話，然後隨手記錄下來。男的說「既且」，女的又說「且往觀乎」，再去看看。接著，說洧之外很大、很快樂、贈之以芍藥，這些跟前面是重複的。

這首詩的大景、遠景，描寫鄭國在溱洧水河畔發生的風俗，實際上跟〈褰裳〉是一樣的。這種風俗在研究《詩經》的漢代文獻《韓詩》中，即有記載。《詩經》研究在漢代共有四家（按：分為齊、魯、韓、毛），而韓詩家的老師叫做韓嬰，是燕國人。到了東漢以後，因為毛亨等人解釋《詩經》的著作流行，韓詩家的著作就散佚了，但是其中的零散文字，在古人編輯其他圖書時被抄錄下來，因此僅存《韓詩外傳》流傳至今。

根據《太平御覽》[21]裡的韓詩記載，三月三日這天早上，鄭國人會在溱洧這兩條河上，招魂續魄，以祓除不祥，而且當時的人們願意和喜歡的人一起去觀看。這裡的祓和除是同一個意思，只是多了一些宗教的意味。這則記載點出了三月三這個節日的古老淵源，在水邊，男女要相會。

唐代詩人杜甫的〈麗人行〉，其中的「三月三日天氣新，長安水邊多麗人」，就說到了三月三，春景天，天氣很好，長安的水邊有好多美人，她們長得什麼樣？「態濃意遠淑且真，肌理細膩骨肉勻」，實際上寫到了宮裡那些女人。一直到今天，這個節日還是中國的傳統節目（按：俗稱三月節）。

《韓詩外傳》說招魂續魄，實際上沒這麼簡單，它應該跟傳說中的祈求生育有關。這個節日還有一項很重要的內容，就是男女相會，促進生育。殷商的老祖叫契，他的母親簡狄也是在春景天，到河邊洗一洗身，就是祓除不祥的意思，結果在這個過程中，吞了一隻玄鳥的卵，懷孕了。另外在《周禮．地官》裡也說，春天的第二個月要會男女，這些風俗大多與三月三男女相會、祓除不祥有關。

這首詩和前面的〈褰裳〉、〈山有扶蘇〉不一樣。〈山有扶蘇〉的內容是男女互相打情罵俏，只是這首詩內容的「伊其相謔」一部分。但，男女贈芍藥之後就不樣了，可能還有一些不便出口的男女之事。所以詩人寧願從大角度描寫，我們在讀這首詩，也能明顯感受到詩人敘述的視角。

此外，這個作品也是王官采詩說的證明之一。透過這首詩，我們可以明顯的看到

---

21 宋代著名的類書，於公元九七七年，由中書侍郎平章事李防等十四人奉敕編修。

鄭地那天的風俗，但是因為這些風俗裡涉及一些禮法上與周禮有點彆扭的地方，采詩官來自周王朝，覺得有些不雅觀，所以有些事就沒有細寫。

另外，就像寫報告文學似的，他挑幾個特殊對話，來寫男女為了看節日結伴而行，而且還是女約男。可見，采詩不單是把當事人的歌唱記錄下來，還加入了詩人的觀察和表現。讀這首詩，我們彷彿見到了冰消雪化後，萬物更新之時，人類為了自身的繁殖，到野外去相會，這樣一種很古老的風情。這就是這首詩的獨特價值。

最早的純言情作品

還有一首詩跟這個風俗有關係，就是〈野有蔓草〉，也是寫這一日男女結合的實際情況，當然寫得很含蓄。

野有蔓草，零露漙兮。有美一人，清揚婉兮。邂逅相遇，適我願兮。
野有蔓草，零露瀼瀼。有美一人，婉如清揚。邂逅相遇，與子偕臧。

野有蔓草，是春天。零露，指草上有露珠。「溥」字形容露水團團的、晶瑩剔透的樣子。在這樣一個時節，我見到一個美人，這個美人怎麼樣？「清揚」，指人的相貌而說，形容眉目之間清秀。我們今天看女孩或男孩長得漂亮，眉毛、額頭這一片也最關鍵。「婉」就是美好。「邂逅」這個詞，郭晉稀在《詩經蠡測》中認為是佳偶、巧合的意思，實際上就是一見鍾情。「適我願兮」，這句話是含蓄的寫法，隱指男女之事。

文學往往如此，風俗自由不一定意味著詩寫得非常放蕩，可能詩人也好，當時的歌唱也好，說這些事都非常節制。當一個社會禁忌太重、對男女之事諱莫如深的時候，就會留下一些遐想空間。比如在明清時，政府老是禁所謂的愛情小說，結果越禁越神祕，越神祕，人們就越想去看。而在一個自由風俗的時代，人們反而不去說。唐代李商隱居住的京城，那一帶有很多歌妓，但是李商隱的詩從來不描寫那些見不得人的事情。這對我們是一個啟示，**有些事就像瘡似的，如果人撓它，會越撓越嚴重**。

「野有蔓草，零露瀼瀼」，瀼瀼就是指露水濃厚。「有美一人，婉如清揚」，婉如就是婉然、美好的樣子。「邂逅相遇，與子偕臧」，偕是一起，臧就是美好。兩人互相喜歡了。

這首詩實際上也跟古老、野性的婚俗有關係，很文雅、很節制的表現了男女在自由風俗下各適所願的快意，是很歡暢的情調。這都屬於「鄭風」中很特殊的作品，用優美的文字寫了人間的常事，很乾淨。

中國人對詩有一個定義，說「詩者志也」，也就是說詩言志，詩表達我們的心思。但是詩也有「持」的意思，把「詩」字的言字邊換成提手，就成了「持」，持就是節制。寫詩抒情，不能流於自然主義（按：強調描繪現實），流於自然主義的詩在西方就被稱為靈魂的變異。有些人寫的一些作品變調，那就糟糕了。所以，〈野有蔓草〉這個作品雖然與野性的古老習俗相關，但是它顯得那麼典雅。這是中國最早的純言情作品。

10. 熱戀中的少女，情與理的糾結

——〈鄭風．將仲子〉

《詩經》中的婚戀詩大致有兩大分野：一種是「鄭風」中的〈褰裳〉、〈山有扶蘇〉等，講的是一種野性的遠古遺俗，春天，男女在水畔，或者有樹的原野自由擇偶。另一種如「周南」、「召南」中的〈關雎〉、〈鵲巢〉、〈桃夭〉，是周人按照禮法嫁女兒、娶媳婦，組建好家庭。後一種習俗開創了後來中國人普遍遵循的婚姻生活傳統。周禮的風俗取得正統地位之後，古人在婚姻之事上越來越正經。當然，不是說古人不會戀愛，還是有一些愛情詩流傳下來。

這首〈將仲子〉的獨特性在於，它寫了一個女孩子面對與心上人自由戀愛被發現的危險，所感受到的壓力，以及如何處置其中的矛盾。

將仲子兮，無踰我里，無折我樹杞。豈敢愛之？畏我父母。仲可懷也，父母之言，亦可畏也。
將仲子兮，無踰我牆，無折我樹桑。豈敢愛之？畏我諸兄。仲可懷也，諸兄之言，亦可畏也。
將仲子兮，無踰我園，無折我樹檀。豈敢愛之？畏人之多言。仲可懷也，人之多言，亦可畏也。

女人永遠比男人更懂情與理

仲子是排行老二的那個人。一般家裡有三個兄弟，老二往往比較淘氣，是不是古人就如此，我們不得而知。「將仲子兮，無踰我里」，這是請求仲子不要翻越我的里牆。這個「里」就是院牆，相當於我們今天封閉社區的院牆。古代鄉村設置五家為一鄰，五鄰為一里，每一里都用牆圍著。

《左傳》記載，宋國曾經發生過火災。有一個人叫樂喜，做司城，也就是管理城市生活的官員，他讓一個叫伯氏的人去管理各里。伯氏趕緊在各里採取防範措施，在火還沒燒起來的地方，把大屋子用泥塗起來，防火，把小屋拆掉。從這個文獻可以看出，城市裡是有里的，這就是所謂坊里制（按：又稱「坊市制度」）。唐朝仍然是坊里制，里有固定的出口和入口。唐憲宗時期削藩，打擊東方的藩鎮割據勢力，於是藩鎮派刺客到長安城，就躲在里的出口等著宰相裴度上朝，同時在另外一個里等著宰相武元衡上朝。最終刺殺武元衡的人得手了，把他的頭砍了下來。而裴度騎馬上班時帶著一個大氈帽，氈帽厚，幫他躲過一劫。

從這可以看出封閉社區的特點，出口、入口有固定的地方。古代的坊里制在春秋時代就出現了，這樣設置是為了安全，也是為了管理。坊里制的破壞是在後代，大概到了宋朝，開封就不是按照一坊一里的模式修建了[22]。

所以，詩的第一句是在說：仲子啊，不要跳我們社區的牆。一說不讓他跳，跳的那個人的性格就顯現出來了。這個仲子為了愛情爬牆、不怕摔，很有辦法。「無折我

---

22 唐代施行市坊分離，營業時間有限制；到了宋代，則取消規定，形成商業街、瓦肆與夜市。

樹杞」，這個是要命的，不只爬土牆留下痕跡，而且把樹杞弄折了。樹杞就是杞樹。

《詩經》中的樹杞有三種：一種屬於柳樹，就是杞柳；一種是山木；一種是枸杞。這裡指杞柳，古代院牆邊栽一些柳，就像今天我們的社區中也會栽種一些長花的，或者長好看果子的樹一樣。樹杞一般叢生，越伐越茂盛，種植在住宅周圍，既可以防護院落，也可以編製器物，是小農經濟的重要組成部分。詩在無意間，也把春秋時期鄉村間的光景表現出來了。

「豈敢愛之」，愛就是捨不得、吝惜。《孟子》裡，孟子說齊宣王：有一次你看到一頭牛要被殺時渾身哆嗦，覺得可憐，要換成羊，結果「百姓皆以王為愛也」，老百姓不明白你是不忍，而認為你是捨不得，捨不得牛而捨得羊，因為羊小。這裡的愛就是捨不得。

「豈敢愛之」的「之」指的是樹杞和牆。我哪裡是捨不得那樹，我是「畏我父母」，怕我父母知道我們的事情。你慌手忙腳、毛毛躁躁的跳牆，把樹損壞了。結果老父親早上起來巡視領地，發現樹被折斷，以為有賊了，開始準備了。實際上，從樹被跳牆的人折斷，到父親發現有人與自己家的女孩暗通款曲，根本還早呢，但是這就是愛中人，她小心的防護自己的愛情被發現，所以要事先警示。

清末桐城派名家吳闓生在《詩義會通》中，說這首詩「語語是拒，實語語是招，蘊藉風流」，說這首詩表面上看每句話都是拒絕，其實語語都是「招」他，其實「招」字可以換成提醒。她不是不要仲子再翻牆來找自己，而是提醒對方以後翻牆要小心點，不要再落了痕跡。

「仲可懷也，父母之言，亦可畏也」，你是讓我想念的，但是父母的閒言碎語也是很可怕的，因為那可以瓦解愛情。父母雖然是至親，但**真正有了愛情的人，往往也不願意讓父母知道。因為愛情，把父母給推遠了，這就是人情，也是人性的特點**。可見，詩反映生活，尤其是反映心理極其細膩，有層次。

「將仲子兮，無踰我牆。」牆和里是一個意思。「無折我樹桑」，樹桑就是桑樹，《孟子》中就講「五畝之宅，樹之以桑」，這是農村經常有的現象，到了兩漢魏晉南北朝時期，還有詩「狗吠深巷中，雞鳴桑樹顛」，鄉土氣息極其濃郁。中國是一個蠶桑國家，我們對世界的貢獻，在《詩經》的時代是桑。這種東西不僅老早就傳到了歐洲，蠶產絲織布還受到西方人的喜愛（按：陸上絲綢之路最早起源於西漢漢武帝，為了抗擊匈奴，派張騫出使西域）。

「豈敢愛之？畏我諸兄」，諸兄和父母是一樣的，指家人。「仲可懷也，諸兄之言，亦可畏也。」」此處因為需要重章疊句，把諸兄拉進來，意思同前一章一樣。父母、兄弟都是女孩子的監護人，尤其是兄弟。在小說、散文中，經常有這樣有趣的情節，男孩到女孩家，未來的岳母可能對他比較客氣，岳父往往就不太客氣了，而小舅、大舅，對於這個男孩能不能配上自己的妹妹，就會有質疑的心理。在婚姻中，諸兄和父母是一樣的。因為愛情的關係，女孩與父母、兄弟的關係相對就遠離了。

「將仲子兮，無踰我園」，園和牆一樣。「無折我樹檀」，檀就是檀木，高大而木質堅硬，可以做大車。在〈魏風．伐檀〉中就有「坎坎伐檀兮，置之河之幹兮」，伐檀後要放到河岸，因為使用檀木前需要用水泡，這是木材特點決定的。「豈敢愛之？畏人之多言」，人就是他人，包括父母兄弟，也包括社會上的其他人。這個「人言可畏」貌似和「男大當婚，女大當嫁」相矛盾。其中的矛盾點在哪？

從里、牆、園可以看出，這個女孩子應該住在國中。在國中住的人，院子、社區、城郭都有圍牆。如果從這大膽一點判斷，她應該是周人，周人遷到鄭國這個地方，應該還遵循周禮，合法的婚姻應該透過父母之命、媒妁之言，行六禮，對於自由戀愛是排斥的。但這又畢竟是鄭地，「未及周德」，周德不深，受王化影響不深，比較開放。這就出現了禮法和情感之間的矛盾，這首詩深層的內容正是「我所愛」和社會公認規範之間的矛盾。這個女孩之前和仲子自由相愛，他們又不完全是鄉野裡的人，不能按照自由的風俗走。於是「畏人之多言」，女孩怕被人說不正經。**從這可以看出周禮對於人情的某種束縛，是詩篇所展現的社會學內涵。**

愛情本是生命現象，青年男女，誰愛上誰，往往說不清、道不明，非理性，也不管不顧，越是阻攔越是來勁。〈褰裳〉等詩中講到的野性習俗，之所以是自由的，是因為它**成全情愛當事人雙方的自願選擇，誰看上誰一般而言都可以**。而在〈將仲子〉中，我們卻看到了另一番情形。

首先是男女戀情的地點變了，水畔的男女轉移到了有圍牆的村落，家家的圍牆，在保護著每個家庭安全的同時，也隔絕了男女的自由交往。適齡青年的自由戀愛，成了社會輿論加以反對的東西。於是，在詩篇中，女孩子的真情，在情與理的對峙格局下，就成了偷渡。愛情變成了走私品，必須得悄悄的在地下進行，更要把它藏好，如此才能瞞天過海。更加重要的是，人們由這首詩看到：「周禮」已經嚴重的約束了人們的心靈，於是愛的表白，也不像「子惠思我，褰裳涉溱」那樣爽快直接；不像「山有扶蘇，隰有荷華」那樣富於挑逗和風趣，一切的單純明朗沒有了。

藝術上，〈將仲子〉變成了「只許佳人獨自知」的曲折迂迴，明暗兩線，心口不一。因而詩篇表現人物多了層次，也多了文明化的質感。詩篇中的人物，特別是其中的女主人公，因此也獲得了古代文學史上一個特別的地位：**她可以說是後來《西廂記》、《紅樓夢》一類外冷內熱愛情的先驅。**

用愛情詩的口吻，談政治

這本是一首愛情詩，但在傳統的解釋中，又將它與一個歷史事件聯繫起來了。《左傳》中有一篇〈鄭伯克段於鄢〉，寫鄭國春秋早期的國君鄭伯鄭莊公和他的弟弟共叔段之間的糾葛。人們過去解釋「鄭風」中的很多詩篇，都喜歡和鄭國國君聯繫起來。對這首詩也是這樣，有人認為是國人用愛情詩的口吻警示老二共叔段。

鄭伯是老大，他出生時「寤生」，對此有兩種解釋：一種是難產、逆著生（按：生產時胎兒腳部先出來），另一種是睜眼。在中國的老觀念裡，太早睜眼的孩子會養不活。總之，他的出生讓母親姜氏受到了驚嚇，所以母親厭惡他。老二共叔段出生的時候比較順利，姜氏就喜歡老二，一直護著老二、歧視老大，甚至多次在丈夫面前說讓老二做國君。鄭伯就這樣在冷遇中長大，缺乏母愛。

因為他們的父親不同意廢嫡立幼，所以後來鄭伯即位了。姜氏幫共叔段索要一塊重要的封地，被鄭伯一口拒絕。然後次要的領地，鄭伯無奈之下答應了。共叔段就開始得隴望蜀，發展自己的領地，姜氏也維護著他。

鄭伯因為感到母親偏心，心中有恨，就處心積慮的縱容弟弟。當大臣勸他早點制止共叔段的擴張，他就說因為母親愛弟弟，他也沒有辦法，把火引向姜氏。等共叔段覺得自己的力量可以舉兵謀反時，鄭伯發自肺腑的說了一句「可以了」，便以泰山壓頂之勢克了弟弟。

有人說，這首詩是好心的國人在向老二仲子喊話，「無踰我里」、「無折我樹杞」，你不要魯莽，不要破壞我們家的領土完整。「我」就是模擬鄭莊公的心態，「豈敢愛之？畏我父母」，意為我是怕我母親姜氏。仲子你是可愛的，但是閒言碎語已經出來了。這種解釋可以說得通，但並不是十分嚴絲合縫。比如「諸兄之言」就無法解釋，這裡並沒有諸兄。只是古人有這種說法，假如這種說法是真的，也可以從中看出「鄭風」的一般特點，即可以**用一般愛情詩的口吻去談政治**。

還有一首詩體現了鄭風的委婉特徵，就是〈遵大路〉。

遵大路兮，摻執子之袪兮，無我惡兮，不寁故也！
遵大路兮，摻執子之手兮，無我魗兮，不寁好也！

這首詩過去都解釋成男女情歌，大意是沿著大路走，我執著你的袖子，袪就是袖子。你不要厭惡我，不要快速的離去，你一離去我們就成了故舊，成了陌生人。第二章也是，沿著大路走，拉著你的手，不要嫌我醜，不要迅速的和我不好了。這首詩的兩章中，子都是抛棄者，我都是被抛棄者。我捨不得子，寫得纏纏綿綿。但它雖然纏綿、雖然挽留對方，卻很有可能不是愛情詩。因為「遵大路兮」，一對小情人鬧彆扭，怎麼還跑到大路上去拉拉扯扯？那不安全，也不符合情理。

我對這首詩的看法是，這是一首在大路旁招待過往那些列國使臣的詩。鄭國在今天河南鄭州，如果從齊國到楚國，或從衛國到楚國，可能要經過它的東邊。如果從晉國到楚國去，可能要經過它的西邊。還有東西來往，它在今天的隴海線上，是從秦國、晉國通向齊國、宋國的交通要道。

《左傳》記載，列國使臣來往的時候，鄭國人如果覺得有需要，會派使臣慰勞那些使節，希望他們多住幾天。這首詩是外交場合的詩，但是寫得纏纏綿綿，故意用了一種情人分手時牽牽連連、哭哭鬧鬧的情態，產生一種特別感人，甚至喜劇的效果，這就是「鄭風」的活潑。

將〈將仲子〉理解為愛情詩，無疑是最穩妥的，但是古人認為，在鄭國可能拿這種詩去比喻政治上的兄弟關係，也很有趣味。唐代朱慶餘寫了一首詩〈近試上張水部〉，水部是官名。在接近科舉考試時，朱慶餘給張水部寫了一首詩：「洞房昨夜停紅燭，待曉堂前拜舅姑。妝罷低聲問夫婿，畫眉深淺入時無。」意思是，昨天晚上我們結婚了，到了第二天早上，要去拜見公婆，化完妝之後低聲問夫婿，說我化的妝怎麼樣，討不討公婆歡心。

這其實是古代的一種「行卷」，就是在正式科舉考試之前，寫文章遞交給科舉考試的主持人，問問他們對自己的文章怎麼看。張水部是張籍，韓愈的朋友，官水部郎中，相當於司局級（按：類似臺灣的中央機關）幹部。可見，詩有時可以活用，後來發展為斷章取義、賦詩言志。

第二章——

假如生活辜負了你……

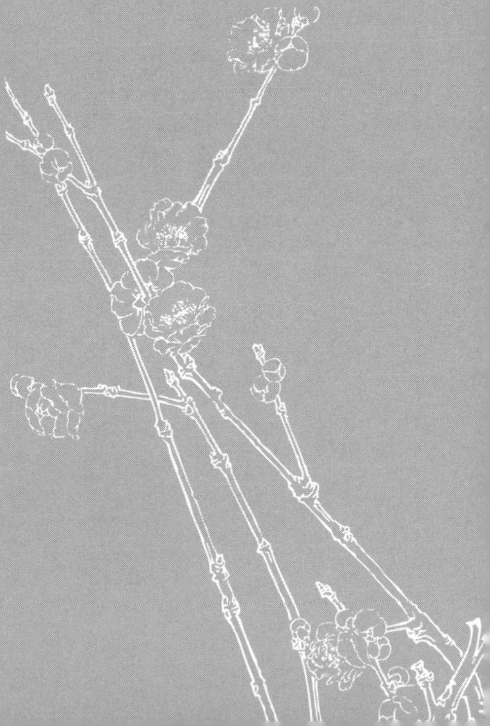

1. 一種世俗的嫁女觀念

──〈召南．鵲巢〉

維鵲有巢，維鳩居之。之子于歸，百兩御之。
維鵲有巢，維鳩方之。之子于歸，百兩將之。
維鵲有巢，維鳩盈之。之子于歸，百兩成之。

這首詩的鵲巢就是鳥窩的意思，詩也是重章疊調，這一點跟〈桃夭〉很像。「桃之夭夭……之子於歸……」，是從嫁女兒的角度寫，而這首〈鵲巢〉有意思的地方是，第一章「御」就是迎，第二章「將」就是送，它是從迎送兩方面寫的。這首詩在藝術上不像「關關雎鳩，在河之洲」或者「桃之夭夭，灼灼其華」那麼耀人眼目，但是它也有不少內涵。

周人嫁女兒，一定要有車、有陪嫁

「維鵲有巢，維鳩居之。之子于歸，百兩御之。」「百兩御之」這個「兩」字音同「輛」，實際上就是輛。這個「御」在古代音同「訝」，表示迎接。「維鵲有巢」，這裡所說的鵲就是喜鵲。在北方有一種鳥，比鴿子略大一點，比烏鴉要小，肩膀是白的，就像穿著個白坎肩，就是所謂的黑喜鵲，最常見。畫家就喜歡畫喜鵲登枝。

這個鵲叫起來是「加加加」的。牠擅長築巢，所以北方的冬天樹梢上經常有一團柴火，那就是喜鵲搭的窩。過去的老人觀察一年冷不冷，就看樹上的喜鵲窩朝哪個方向開口，如果朝東南開當年一定冷，因為北方刮西北風特別多。

古人還觀察到，「維鵲有巢，維鳩居之」。這個鳩是什麼鳥？有人說是八哥，巧嘴八哥，也有人說是布穀，反正這個鳥據說是不會搭窩。文獻裡這樣講，實際上是古人的觀察，古人就講這個喜鵲好乾淨，搭了窩，結果那些不會搭窩的鳩，就跑到人家那個窩裡面拉糞；一拉糞，喜鵲看髒了，就拋棄了，去重新搭一個窩。然後鳩就住在喜鵲原來的窩裡。這個觀察可能準確，也可能不準確，畢竟這也是兩千多年前的比喻了。詩人就拿這個比喻嫁得好。**說鵲有了窩，鳩就來居住，比喻男方家條件不錯，女兒嫁過去以後有吃、有喝，可能還有錢花**。講嫁女兒要嫁個好人家，是一種很世俗的觀念，可是一直到今天，嫁女兒也沒有人會專門挑一個窮光蛋。當然，如果能看好一個窮光蛋將來像劉邦似的打天下，呂太公給呂雉（按：漢高祖劉邦皇后，通稱呂后）找婆家，人家有那個眼光也可以，但是這樣的人少。

接下來，「之子于歸，百兩御之」，「百兩」就是百輛車，這和第三章的「維鵲有巢，維鳩盈之」的「盈」都有多的意思，盈就是滿。百兩成之，百輛車迎接新娘，把婚姻做成了，這就是成。第二章「維鵲有巢，維鳩方之」的「方」字不好理解，它就是方向的方，有沿著、依託著的意思。喜鵲有巢，指鳩拿這個巢做依靠。

下面我們來談為什麼成就這個婚姻，需要這麼多車。首先，這種嫁女兒時能用詩歌伴唱的婚禮，如此豪華，一定是有錢、有勢的貴族，所以車多，這樣解釋不算錯。當然，作為詩歌，它肯定也有誇張和鋪襯的成分。但是如果我們仔細研究一下周禮，就知道它和周代婚禮的陪嫁制度（又叫媵嫁制度）有關。這個媵字我們很少見，就是陪送的意思。

在一些文獻，比如《左傳》裡面就提到。周代的婚姻有「厚別附遠」、聯繫不同族群的功能，那麼，為了強化這個功能，周人特別強調在嫁女兒的時候要有陪嫁，但這個陪伴說起來有點嚇人。比如，周王朝一個姬姓的公主，要嫁給齊國姜姓的國君。這個公主不僅自己要去，還要帶著自己的妹妹一位、姪女一位，妹妹叫娣，姪女叫姪，跟著嫁過去。

另外，我們知道，周王朝封建了五十多個姬姓國家，所以有些諸侯國是同姓國家。比如衛國和晉國，都屬於姬姓國家。周王嫁女，同姓的兩個諸侯國也要各派一個陪嫁女及其妹妹、姪女，一共是九女，這叫一娶九女。也就是說假如姜太公的後裔跟周王結親，就有九位姑娘同時嫁到他們家，把人家後宮占滿了，這就是「維鵲有巢，維鳩盈之」的含義——滿了。

婚姻太沉重，一定要用心經營

那麼，為什麼要帶著這麼多陪嫁女？**是為了鞏固婚姻**。婚姻代表兩個國家的結盟。女性嫁到他國，生了兒子，成為接班人，兩國之間就成了姑表親，這個結盟才算牢固。但有時也存在公主沒有生育的情況，那就需要領養一個陪嫁女所生的孩子。眾女陪嫁是出於子嗣的考慮。中國社會學家費孝通講過，中國「一表三千里」，重視表親，這是悠久的傳統。這也是詩中出現那麼多車的特殊原因。

雖然這首詩藝術上沒那麼好，但也有值得注意的地方，讓我們可以了解一些文化現象。而且我們想像一下，雖然它沒有凸顯春天的光景，但是一般婚姻都在初春進行，在遼闊的地平線上，百輛車，吹吹打打，有女子坐在車上，要嫁到一個新的地方去，這也是一個非凡的歷史光景。不過，這裡也顯現出周代婚姻的問題：男家女家的距離特別遠，從洛陽甚至有人從山西嫁到山東，將來要回娘家就非常難。

周代的禮數甚嚴，除了婚禮結束一段時間以後，要歸省父母之外，一般女子回趟家是非常困難的，這就涉及人性的問題了。一方面，這種婚姻是從政治考慮，父母之命、媒妁之言，在結婚之前女孩沒有見過男孩，所以不了解對方，即使男方有脾氣不好等缺點，也不能改變了。另一方面，任何人都是有鄉情的，不讓女子輕易回娘家，就沒有照顧到女孩思鄉的情緒。這有不人道的一面，在《詩經》裡的其他篇章，對此是有反思的。

因為周代的婚姻負擔太沉重，有維繫王朝政治秩序的責任，所以有時就顧不得那麼多。我們今人也不必太苛責古人，只要把自己的生活過得更人道就好。

2. 古代女子的生育祈禱

——〈周南．螽斯〉、〈周南．芣苢〉

〈芣苢〉這首詩表現的是女子生活中關於生育的壓力。古代一個女子嫁出去，能夠順利的生育，尤其是生兒子，是在新家庭站住腳的根本之一。〈碩人〉中的莊姜非常美麗，但她無子，丈夫就不喜歡她，最終又回了娘家，命運很悲慘。在周代婚姻有著政治上聯盟的意思，一定要生出男性的下一代，才能保證列國之間能夠聯合。

另外，從更古老的歷史背景檢說，生育是人類的自我生產。但是幾千年來，人類卻認為能不能生育是女子來決定的，這是一個重大的錯誤觀念。但中國古代的女性，就是這樣替人承擔了巨大的壓力。

〈周南．螽斯〉就表現了古人對生殖的祈求。

螽斯羽，詵詵兮。宜爾子孫，振振兮。
螽斯羽，薨薨兮。宜爾子孫，繩繩兮。
螽斯羽，揖揖兮。宜爾子孫，蟄蟄兮。

「螽斯」就是螞蚱（按：與蝗蟲相似），螞蚱能生，所以農耕社會的人們就用螞蚱來比喻生育力強的人。「詵詵」形容翅膀扇動的聲音很大，「薨薨」、「揖揖」都是這個意思，以此來說明螽斯羽的眾多。「宜爾子孫」，就是能生育。「振振」是眾多貌，「繩繩」是連續不絕的樣子，「蟄蟄」是合集，也是眾多，而且相互之間和諧相處。實際上這就是一首祝福多子的詩。

回到〈芣苢〉。芣苢就是車前子。這種植物在過去的農村很常見，長在田野、道路旁邊，寬寬的葉子，有一根莖，莖上長很多籽。漢代的《毛傳》說芣苢「宜懷任」，「任」即妊，就是有益婦女懷孕的意思。這樣的說法為中國詩人聞一多解釋《詩經》的《風詩類鈔》和《詩經通義》所繼承。這種說法不一定科學，但古人相信如此。這是理解這首詩的思路。

采采芣苢，薄言采之。采采芣苢，薄言有之。
采采芣苢，薄言掇之。采采芣苢，薄言捋之。
采采芣苢，薄言袺之。采采芣苢，薄言襭之。

這首詩句句重複，只是變換一個字而已，這是它的特點。「采采」就是采了又采，薄言是個詞頭，「薄言采之」和「采采芣苢（按：音同否以）」是重疊的。「采采芣苢，薄言有之」，這個「有」就是取。「采采芣苢，薄言掇之」，「掇」就是拾取，跟有是一個意思。「采采芣苢，薄言捋之」，這個「捋」我們今天還在說，只是音變了一點（按：在古代音同樂），是采芣苢的籽，不是取它的根葉，因為要取根葉的話，應該用刀去剜。

前面這兩章都在說取籽，下面第三章「采采芣苢，薄言袺之」，這個「袺」

（按：音同結）就是把采到的芣苢籽放到衣襟裡面兜起來，到了「采采芣苢，薄言襭之」，就是不但兜起來，還要把這個兜著芣苢籽的衣襟牢牢的拴繫在腰帶上。「襭」就是把衣襟插在腰帶上的意思，要注意這個動作。詩句重重疊疊的在講什麼？先把芣苢的籽采到手，然後放到衣兜裡面，用衣襟形成一個兜兜起來，再把衣襟尖部拴回來，拴到腰帶上，這一系列的動作與坐孕、坐胎很像，它實際上是一種祈禱懷孕的儀式。把兜住芣苢的衣襟牢牢的拴在腰上，就是讓這個胎穩固的坐下，這樣才能夠生育。古人常用模仿某些動作來完成祭祀儀式，比如祈雨儀式，就必須得模仿人類在乾旱之下的痛苦，以讓蒼天起悲憫之心。

用單調和重複的語句，突顯古代女性的精神壓力

清代學者方玉潤用文學解釋《詩經》，很有獨立思考的精神，但在解釋這首詩的時候有點走眼，他沿襲了《毛詩序》（按：中國古代詩歌理論著作）「和平則樂有子也」的說法，說這首詩讓我們閉上眼睛看到一群婦女在風光秀麗的原野上採集，是一個很美妙的畫面。這種解釋不能說沒有詩意，但是他卻忘了女子為了生育在祈禱，在

儀式的背後有強大的壓力。方玉潤說讀這首詩我們好像聽到了山歌，看到民間婦女們歡樂的採集，把詩意理解輕了，有點偏。

這首詩的背後是女性特有的精神壓力，它展現了古代女性生活中的特殊現象。詩很簡樸，寫成定本應該不會太晚，但是這種詩的歌唱、儀式及其反映的生育觀念是非常古老的。

總之，生殖是婚姻生活中的重要內容之一，《詩經》表現了它。而且，在藝術表現上，「采采芣苢，薄言采之」等類似的句子相重疊，很有特點，雖然在某種程度上顯得有點單調，可越是單調又重複的事情，就越使人感到壓力。這種內容和形式的高度相和也是非常巧妙的。

3. 人生最苦是離別

——〈周南・卷耳〉

〈卷耳〉代表了《詩經》創作的一個特色，透過讀這首詩，我們可以了解《詩經》和一般詩集的區別。

采采卷耳，不盈頃筐。嗟我懷人，寘彼周行。
陟彼崔嵬，我馬虺隤。我姑酌彼金罍，維以不永懷。
陟彼高岡，我馬玄黃。我姑酌彼兕觥，維以不永傷。
陟彼砠矣，我馬瘏矣。我僕痡矣，云何吁矣！

你思念我，我也思念你

「采采卷耳」，「采采」就是「采了又采」。農耕社會不但要收穫各種糧食，還要採集野菜、野果、草藥等，是耕種之外必須做的事，女性尤其做得多。那卷耳又是什麼？卷耳又叫靈耳、蒼耳，在馬路邊或者斜坡上等不種莊稼的地方，很常見。葉子像貓耳朵，長大了以後比貓耳朵大，摘下來可以做豬飼料。果子像個棗核，長很多刺，又叫羊帶來，據說是靠紮在羊尾巴上，從遠方帶過來的。古代有人說蒼耳可以做釀酒的引子，就是酒糵，不知確否。

「不盈頃筐」，「不盈」就是不滿，「頃筐」就是斜筐，一頭深一頭淺，這樣的筐不是很能盛東西。問題就在這，**很容易裝滿的筐卻總也裝不滿**，一定有原因。詩篇交代得很清楚，那是**因為心不在焉**，**心裡想念在外的丈夫**。這就是「嗟我懷人」，「嗟」是嘆息、嗟嘆，「懷人」就是我所懷念的那個人，也就是下文的那個騎馬、喝酒的「我」。

「寘彼周行」，「寘」（按：音同置）就是放置，「彼」是那個，「周行」是大道。大道為什麼叫周行？用這個周字，是因為它的起源跟周王朝有關，周行就是周道，和我們今天說的國道類似。周王朝當時在陝西、河南建都，面對廣大的東方和南方要修大道，以便使臣以及貨物的來往。「寘彼周行」有兩種解釋：一種是「我把筐放在道路旁」；另一種，宋代哲學家朱熹《詩集傳》提出新說，**認為「寘」的不是那個筐，而是所想念的那個人，他像被扔在大路上**。

這種解釋別有慧心：說我所想的那個人是國家的使臣，經常出外為國家辦事情，整天在大路上奔忙顧不得家，所以想了也是白想，就算了吧。因此，第一章講的，是一位女子拎著一個淺筐來採摘野菜，她思念自己在外為國事忙碌不歸的丈夫。

從第二章開始到全詩結束，詩篇的抒情主體變成了男人。「陟彼崔嵬」，「陟」就是登、升，「崔嵬（按：音同巍）」形容山曲曲折折、又高又險。「我馬虺隤」，「我馬」是指馬車，「虺隤」（按：音同輝頹）就是馬累了，沒力氣。這兩句是說爬高山，爬山幹什麼？想望遠、望家鄉。**可是家鄉太遠，必須爬得很高才能看到，高到馬都累壞了，上不去。暗寫男子想家想到何等程度，很深情**。望不到家鄉，沒辦法，只好借酒澆愁：「我姑酌彼金罍，維以不永懷。」金罍是一種酒器，一九七〇年代，在琉璃河西周燕國遺址中發掘出了金罍，青銅製造，圓圓的，外表刻有花紋，形狀像個大罈子，小口大肚，下面平底。能用這種酒器的人，身分可不低。它不像軍用水壺那樣可以裝點酒掛到身上，攜帶不是很方便，可是考慮到有這樣酒器的人有馬、有車、有隨從，攜帶就不成問題了。「金罍（按：音同雷）」透露出男子的地位，應該是國家一流使臣。「我」姑且拿起金罍倒酒，就是「姑酌彼金罍」。「維以」的「維」是虛詞，「以」可以解釋為「因為」或者「以此」。「不永懷」，讓我傷懷的心情不要再那麼持久了。從這些可以看出——這是個男人，駕著馬車，還喝酒，而且他在遠方。

第三章，「陟彼高岡，我馬玄黃」，「玄黃」實際上是變顏色，也可以理解為馬出汗，那毛色就會變。「我姑酌彼兕觥」，「兕」是犀牛，「觥」是一種酒器，「兕觥」就是像犀牛角的或者用犀牛角做的酒杯。「維以不永傷」，「傷」就是傷懷，還是喝酒澆愁。

到了第四章，詩篇的調子變了，每句結尾都用一個「矣」字，語感顯得急迫而又消沉。「陟彼砠矣，我馬瘏矣。我僕痡矣，云何吁矣！」砠是石頭山上有土，相對平緩，馬車才能上去。「我馬瘏（按：音同徒）」，就是馬病了，睏到了極點；「我僕痡」，「痡」（按：音同撲）也是疲憊到極點。

「云何吁矣」，「吁矣」是憂嘆，也有人把「吁」解釋成「張大眼睛遠望」。費了很大周折上了山頂，家鄉還是在目力之外，結尾處落在一片黯然神傷中。

你表你的心事，我表我的心事

這首詩的內容可以這樣表示：

女：採了又採，采卷耳，總是不滿一淺筐。我那可憐的愛人啊，我好思念他。

男：當我登上高山巔，我的馬兒腿發軟。我那親愛的妻子啊，借酒澆愁好想她。

可見，這首詩不是一個人唱，而是兩個人在唱。它不是一個人抒情或講故事的一首詩，而是男女兩個角色在一個舞臺上演出的唱詞，後來人們把它寫成文字，就變成一首詩了。如果我們再把它分開讀，還可以變成兩首詩。戲劇裡面就有這種演出方式，兩個演員在臺上沒有交流，你表你的心事，我表我的心事。也就是說，〈卷耳〉把《詩經》帶到了唱詞的型態。

當我們不再用一部詩集的眼光，而是從歌唱的角度看，就看到了典禮和演出，它和禮樂相關。典禮的場合就是前面說的舞臺，那時不可能有專門表演藝術的舞臺，但典禮因有歌唱，而顯示出強烈的藝術氣息，也是自然的。

為什麼典禮要歌唱？這就涉及西周文明，從西周開始人們用歌聲來表達祝願之詞，來加強典禮的神聖性和隆重性，強化社會的和諧和凝聚力，這就是「禮樂」。尚「和」是中國文化的基本精神，就像烹飪一樣，要拿各種佐料，有葷、有素，還有苦、辣、酸、甜、鹹幾個味道綜合在一起，成為鮮美的湯味。〈卷耳〉這首詩所體現的，就是這種和諧的東西。

這首詩用演出的形式，表現出那些為國家做事情的人的家庭生活，以及他們的情感。任何社會都會有這種情況，國家打仗了，有事情需要人做，就必須有些人犧牲小家庭的利益。「忠孝不得兩全。」〈卷耳〉就是要**抹平家和國的這種衝突，向做出犧牲的那些人表達高度的敬意，補償他們的精神**。對家國矛盾產生的痛苦，要予以撫慰，而不是去撕裂。這就是「禮樂」所追求的和諧。

4. 對不倫婚姻的齒冷

——〈邶風·新臺〉

〈新臺〉這首詩見於〈邶風〉。《詩經》的邶、鄘、衛三風都屬於衛國，一個地方有三種風，大概是因為當地樂調比較發達。就像今天的河南省地方戲（按：具有地方特色的戲曲劇種的通稱）也很發達，有越調、有曲劇，還有大家都熟悉的豫劇（按：中國五大劇種之一），而豫劇在河南各地又各有特點。

那麼，這首詩是怎麼唱的？

新臺有泚，河水瀰瀰。燕婉之求，籧篨不鮮。
新臺有洒，河水浼浼。燕婉之求，籧篨不殄。
魚網之設，鴻則離之。燕婉之求，得此戚施。

想找白馬王子，結果得了個癩蛤蟆

「新臺有泚」，「新臺」是新建的檯子，古代經常修一些臺觀，搭高高的檯子，《老子》中不是有「九層之臺，起於累土」嗎？另外還有「如登春臺」（按：比喻美好的生活環境）這樣的詞，是登高望遠的意思。我們今天也喜歡在高臺上望望遠，心情舒暢。古代的臺子可能還有一些宗教作用。「泚」（按：音同此）是華美、光燦燦的樣子，說的就是新臺。「河水」就是黃河水，「瀰」形容黃河水很滿、浩浩蕩蕩。「燕婉之求，籧篨不鮮」，「燕婉」就是和婉美妙，在這裡是把形容詞當作名詞用，就是好小夥子、帥哥的意思。

詩從這一句，就開始進入正題了，原來詩篇是以出嫁衛國的女子的口吻寫的。她追求燕婉，結果怎麼樣？「籧篨不鮮」。「籧篨」（按：音同渠除）本來是指我們常見的大竹簍子，沒有脖子、沒有腰身，所以在這裡就形容不能俯身，身材臃腫，連腰都彎不下去。「不鮮」，有點老不死的意思，因為「鮮」字在古代漢語中可以解釋為死了，在《左傳》中就有這樣的用法。「老不死」是一句罵人的話。

第一章的意思就是，新臺光燦燦，河水汗漫，本來是求好看的小夥子，結果得了個不能彎腰的老不死。這是多麼令人喪氣的事。詩到了這裡，就把故事點出來了。

在《左傳》中有記載，衛國到了春秋時期，有一個君主叫衛宣公，名字叫晉。他接連做出不正當的男女之事，先是在他父親死後娶了父親的小妾，這種行為在古代叫「蒸」，生了兒子伋子。後來伋子長大了，宣公應該也有五、六十歲了，正好到了詩中所說的腰腿臃腫的年齡。這時，要給伋子娶媳婦，從齊國娶來了一個夫人，後來就叫宣姜。

宣姜這個名字就產生疑問了。因為她作為國君夫人，名字中有「宣」字，代表和宣公有關係，她丈夫死後的諡號是宣公。為什麼給兒子伋子娶媳婦，這個媳婦卻成了宣姜？原來，半路上殺出個程咬金，本來要做公公的衛宣公看到宣姜漂亮，結果攔路打劫，把兒媳婦據為己有。為了遮人耳目，他沒有把新人娶回國，而是在衛、齊來往的半路上修了一座高高的新臺，兩人先住上一陣，把生米煮成熟飯。這個丟人的臺子一直到魏晉南北朝還在，北魏酈道元寫《水經注》（按：古代中國地理著作）時還有提到。

這件事發生之後，衛國人表示齒冷，國君上娶小媽，生了兒子，接著又娶了兒媳婦。所以，詩一上來就說新臺光燦燦的，很刺眼，河水浩浩蕩蕩，可憐的是來自齊國的那個姑娘，挺漂亮，她想找一個白馬王子，結果得了個老魚簍子，寫得既詼諧、又諷刺。

接著下一章，「新臺有洒」，「洒」是高俊的樣子，有的《詩經》版本寫作「漼」。「浼浼」形容河水漲滿那個樣子，「不殄」就是不絕，跟「不鮮」同義，都是說老不絕，也是罵人的話。

做人就要敢怒敢言、敢恨敢罵

第三章說「魚網之設，鴻則離之。燕婉之求，得此戚施」。設個漁網本來是想撈魚，結果「鴻」，就是天上飛的大鳥落在網裡面，「離」就是遭遇，這是說反常、詫異、失望。這是傳統的解釋，聞一多對此提出新解，他說鴻就是「䲨」，而「䲨」就是癩蛤蟆（按：古人曾叫蝦蟆或蟾蜍為苦䲨）。這樣講也沒錯，說本來想打魚，結果撈了一大堆癩蛤蟆，這個心情多糟糕！這倒也符合生活的事實，設漁網捕到蛤蟆是比較奇特的事情，讓人驚奇，也表現出一種反感。

接著說「燕婉之求，得此戚施」，「戚施」是指不能仰視的人，也是沒脖子。記載春秋時期言論的文獻《國語》中，就有「戚施不可使仰」。不知道衛宣公是不是老成戚施的樣子，反正大家就認為他跟宣姜這樣十幾歲的小姑娘比是太老了，實際上就是醜化他。

這首詩表現了對違反常理的婚嫁現象的不以為然、抨擊和諷刺，卻是詼諧的調子。它打比喻，「蘧篨」、「戚施」、「魚網之設，鴻則離之」，這些詞句很有意思，用誇張的手法。它還罵人，像「不鮮」、「不殄」就是直接罵。可見，**在《詩經》的時代，不管你是國君還是其他什麼人，只要做錯了事情就要被老百姓罵**，這種作品非常清晰的表現了人們對社會上一些不正當現象的愛恨分明。這首詩的主要可取之處，在於表現了當時人那種敢怒敢言、敢恨又敢罵的精神。

此外，這首詩還**它反映了春秋時期貴族的墮落**。衛國是西周封建很重要的國家，當時的貴族對婚姻是很在意的，因為婚姻承擔著聯合其他族群的任務，婚姻合「兩姓之好」。但是到了春秋時期，貴族忘了自己身上的責任，被自己低俗的欲望牽著走，開始沒落。當然，到了春秋時期，周王朝建國已經三、四百年，族群的融合已經完成，所以周人當貴族當久了，忘了自己的身分，才會出這種醜態。

5. 哀嘆君夫人飄萍的命運

——〈鄘風・君子偕老〉

〈新臺〉講了「老魚籧子」衛宣公強娶年輕美麗的宣姜的故事。宣姜被迫嫁給宣公後，她的苦難並沒有結束。她和衛宣公生了兩個兒子，一個叫壽，另一個叫朔。朔在宣公死後即位，就是衛惠公。惠公即位的時候年紀很小，不能獨立治理國家，宣姜母子在衛國朝堂的力量很弱，她的娘家齊國人為了鞏固惠公的君位，和齊、衛兩國聯盟，又強迫她嫁給了衛國的權臣昭伯。昭伯是宣公的兒子輩，大概是宣公之妾生的庶子。

宣姜後來又與昭伯生下了幾個子女，其中包括〈載馳〉（見第一八四頁）中的許穆夫人。但是，嫁給昭伯和當初嫁給宣公一樣，宣姜都是不願意的。這就是宣姜的悲哀。古代有很多女性生在帝王富貴之家，因為自己長得漂亮就成了飄萍，被當成大家的棋子，遭遇了不幸的命運。

〈鄘風〉中的〈君子偕老〉，按照古代的注釋，與宣姜的故事有關係。

君子偕老，副笄六珈。委委佗佗，如山如河，象服是宜。子之不淑，云如之何？

玼兮玼兮，其之翟也。鬒髮如雲，不屑髢也。玉之瑱也，象之揥也，揚且之晳也。胡然而天也？胡然而帝也？

瑳兮瑳兮，其之展也。蒙彼縐絺，是紲袢也。子之清揚，揚且之顏也。展如之人兮，邦之媛也！

哀嘆君夫人飄萍的命運

「君子偕老」，「偕」就是一同，這個詞今天我們還在用，比如某某領導人偕夫人進行國事訪問。這句意為她應該是與君子活到老的人。然後說她的頭飾，叫「副笄六珈」，「副」這個詞在這裡指用頭髮編織的東西，就是髮套，古代貴族喜歡戴假髮，女子把前面的額頭，尤其是兩邊高高翹起，形狀像蟬，就是「螓首蛾眉」的「螓首」，後面的假髮像蠍子尾巴翹著，叫纚尾。「笄」（按：音同姬）就是指髮夾、簪子或者髮釵。「珈」是笄上的裝飾玉片，有六種，所以叫六珈，這些都是身分華貴的象徵。

接著說她「委委佗佗，如山如河」，「如山如河」形容她的氣派，大方、穩重、安穩。據研究，「委委佗佗」應該是「委佗委佗」的誤寫，形容舉止雍容華貴的樣子。「象服是宜」，「象服」就是法服，按照儀制，君夫人有幾套類似制服的服裝，上面畫著各種圖案，這些圖案代表身分，所以叫象服，意為象徵她身分的服裝。《周禮》記載王后的象服有六種，君夫人的象服種類沒有特別清楚的記載，但是也不會太少。這幾句就寫出了這個美女的特徵，君夫人的漂亮，不僅體現在五官長得好、身材好，而且作為一國之母，穿上法服、戴上國君夫人的首飾以後，真的可以代表一個國家的光彩。

可是接著來了一句「子之不淑，云如之何？」。「不淑」在這裡不是不善，而是不幸的意思，這是理解這首詩的關鍵之一。在《禮記》中，「不淑」就可以解釋為不幸，王國維也說**「不淑」這個詞古代多用於遭際不善**。因而這句詩不是說「之子」，也就是這位女子不善，而是說她的遭遇不好。「云如之何」就是讓人無可奈何的意思。所以，詩實際上是表達惋惜和哀嘆，她本應該是與君子一塊老去的夫人，她穿著得體、氣象莊嚴，但命運卻是那麼糟糕。

接下來第二章寫宣姜如何美。「玼兮玼兮，其之翟也。」「玼」和〈新臺〉中「新臺有泚」的「泚」意思一樣，都是指光燦燦的樣子。「其之翟也」，「翟」是一種長羽的鳥，野雞，又叫「雉雞」。

古代君夫人的禮服上要畫很多野雞圖案，非常漂亮。「鬒髮如雲」的「鬒」就是美麗的、黑漆漆的。「不屑髢也」說她不屑於戴假髮，因為頭髮多。直到今天，女孩子頭髮多也屬於優點，頭髮稀則是缺點。「玉之瑱也」，這個講她頭上的佩玉，就是別頭髮的髮髻兩端垂下的玉石。說那個玉怎麼樣？是「象之揥也」，指她的簪子上鑲嵌著象牙製的裝飾物，這種髮飾可以搔頭，也可以摘髮。

接著說「揚且之皙也」，「且」是語助詞，「揚」在《詩經》裡出現了好幾次，主要指人的眉宇之間，眼睛的上半部分及其以上部分寬闊明亮。「皙」就是白，就是說臉色白皙。

接著「胡然而天也？胡然而帝也？」，說妳怎麼長得像天仙一樣，像帝女一樣！這一章「也」字很多，清代政治人物牛運震說這一段大量用「也」字，使這個調子非常有光彩，有逸興，氣勢磅礴，不讓人覺著重複、累贅。說「胡然」還是在讚美，就是妳幹麼長這麼漂亮，妳怎麼這麼漂亮，從這裡開始就有言外之意了。

無論地位高低，珍惜美麗是文學的靈魂

接著講宣姜，宣公好歹是她的丈夫，宣公死了之後，她費了好大勁讓兒子上臺，可兒子小、力量太弱，只能投靠有權的昭伯，而且她的娘家齊國也希望她再嫁一回。然而，宣姜畢竟是兩個兒子的母親了，她不願再嫁，這個事情讓她很無奈。詩人對此深表同情，所以就誇她，妳長得真漂亮，妳長得真好，言外之意就是，美麗也給妳招來了災禍。所以，**女孩長得太過美麗，有的時候人生會順利，但是有時也可能帶來災難**。詩讀到這裡真是百感交集，這就是詩的人道主義，同情她，同情美麗而又命運不濟的人。就像《紅樓夢》大觀園裡的賈寶玉，他就是這樣一個人，**女孩們無論地位高低、脾氣好壞，賈寶玉都珍惜她們的美麗，這就是文學家的靈魂**。

最後一章，「瑳兮瑳兮，其之展也」，「瑳」是指鮮亮、盛大的樣子，很好看。「展」是白紗製成的單衣。「蒙彼縐絺，是紲袢也」，單衣外邊蒙的是什麼？「縐絺」，就是用葛麻製成的細布，有點像水洗布。「是紲袢也」，「紲袢」（按：音同卸拌）就是指汗衫。「展」是外衣，「縐」（按：音同皺）是中衣，「紲袢」是內衣。總而言之，她穿了幾層衣服，這就是古代貴族的服飾，非常講究。「子之清揚」，「清揚」是指她的眼睛清亮。「揚且之顏也」，「揚且」就是額頭明亮。「展之如人兮，邦之媛也」，說這個人實在是邦國的美人呀！她國色天香。「展」的意思是確實，「媛」就是美人、姣好的女子。這裡，惋惜的意思也有，但仍然是讚美她漂亮。

這首詩即使不是指宣姜，也可以肯定是在寫一位貴夫人，她風姿綽約、迷倒眾生，但丈夫早死而守寡。說老天爺把她造得這麼好，給她這麼一副形貌，為什麼又給她那樣糟糕的命運？**這是無限的同情，也是無限的哀傷。所以說天地有缺憾，人間有惋惜**。兩千多年前的詩，今天讀起來仍然那麼讓人動情。

雖然它寫的是一個貴夫人，但無論是誰，命運不好都值得同情，所以這首詩實際上，就表現了一種很寬廣的慈悲心。

6. 不說，是最有力的抨擊

——〈鄘風・牆有茨〉

牆有茨，不可掃也。中冓之言，不可道也。所可道也，言之醜也。
牆有茨，不可襄也。中冓之言，不可詳也。所可詳也，言之長也。
牆有茨，不可束也。中冓之言，不可讀也。所可讀也，言之辱也。

這首詩是用牆上長滿蒺藜打比喻。蒺藜是一種野生植物，在野地裡有很多，尤其是西瓜地裡，它是蔓生，趴在地上長，會結一種五角的果子，不能吃，很硬，踩上去會扎腳，俗稱「蒺藜狗子」。這種東西長在牆上，有防護的意思，但未必是人刻意栽的。所以「牆有茨，不可掃也」，因為蒺藜扎人，要掃就會扎手，這是打比喻。「中冓」就是指幽深的宮裡，「中冓之言，不可道也」意為那些宮廷裡的傳言是不能說的，猶如牆上的蒺藜是不能用手去掃的，這是一種連類而及的比喻。這裡的「中冓」和上流社會有關係。拿衛國來說，到了春秋時期，衛宣公先娶後媽，後娶兒媳婦。兒媳婦宣姜成了他的老婆，又在他死後嫁給他的兒子昭伯，這種連環套似的亂七八糟的事，就是所謂的「中冓之言」。

無言之言，比嘻笑怒罵更有力

上流社會那些隱祕之事，在民間不脛而走。然而，這首詩並不是指責那些醜事，而是指責說這些話的人。意思是那種醜事就不用說了，說它都是醜。**這就是詩諷刺的著力點，它已經懶得去講那些丟人現眼的事情了，反而覺得傳這些話的人可以不要說，因為會弄髒人的嘴。**到了這個地步，對於宮廷裡那些亂七八糟的人、事、關係，詩人已經沒有興趣去跟他們講什麼是對、什麼是錯、什麼是好、什麼是歹。所以，詩表面上好像避開了醜事，實際上對醜事的厭惡、輕蔑已經無以復加。

這就是無言之言，有的時候輕描淡寫的表現，它的力度反而要深於那些嬉笑怒罵式的表達。這是詩的技巧，有舉重若輕的力量。這就是「中冓之言，不可道也」。接下來說為什麼不可道，「所可道也，言之醜也」。有關宮裡的那些事，能說的那些話，沒一句好話。可以道的都是醜言醜語，說它都丟人。

「牆有茨，不可襄也」，「襄」的意思接近於尊王攘夷的攘，可以解釋為消除。跟第一章「掃」的意思相近，而有所不同。《詩經》在藝術上是重章疊調的，每一章相同位置上的詞語都要換一下，這樣語言就豐富了，詩意也豐富了。「中冓之言，不可詳也。」詳就是詳細的說。關於中冓的傳言，聽聽就完了，不要再細說它了。「所可詳也，言之長也。」長沒有善惡的意思，而是說沒完沒了，醜事太多了，說不完。

說別人的壞事，會弄髒自己的嘴

接著「牆有茨，不可束也」，「束」就是捆綁，也就是說沒法理清。「中冓之言，不可讀也。」讀在這就是說的意思，也可以理解為細說，因為古代讀書有時反覆看，把它的意思提煉出來，抽取它的意思就是細說。那麼「所可讀也，言之辱也」。宮廷裡面可以說的那些話都會給說者帶來恥辱，這個「辱」字用得也很有力道。

這首詩三章的意思都一樣，他不責備那些製造壞新聞的當事人，而是把矛頭指向了說這些話的人。貌似放過那些做壞事的人，實際上意思是更深一層的，用皮裡陽秋的筆法（按：嘴裡不說好壞，而心中有所褒貶），來斥責宮廷裡那些丟人現眼、見不得人的事情。同時也號召大家，跟這些壞現象，讓人恥辱、羞愧的事情絕緣，不跟他們一般見識，不去傳播他們的事情。所以，對壞事的齒冷之意就無言的表現出來了，而且表現的力度要比直接去說、去指責要勝出好多。這就是詩篇的善於表達。

這首詩明顯表達了詩人，其實也可以是社會輿論的代表，對上流社會糜爛私生活的厭惡和針砭。從這個意義上，詩篇也可以說是側寫當代生活的「報告文學」[1]。

這首詩是「衛地的風」，衛國在今天黃河以北安陽附近，是殷商故地。我們知道殷商人的婚姻和周人奉行的婚姻有所不同。而中國現在遵循的婚姻傳統，是周人開創的，這個傳統講倫理、講大小輩，像公公娶兒媳婦這種事，周代禮法無論如何都是不容的。

但是在殷商怎麼樣？就不好說了。比如，我們舉個遠一點的例子，在漢代，王昭君先嫁給了匈奴呼韓邪單于，呼韓邪單于死了以後，她接著又嫁給了呼韓邪單于的兒子，當然不是她生的。這種婚姻現象在有些民族是被允許的。

周代的婚姻還有一個規定，就是同姓之間不能結婚。從醫學角度看，有親戚關係的同姓男女結合，雖然可能會產下一些有心智障礙的兒童，但是很明顯的那種生育不良，一般不會出現。如果同姓出了五服[2]，生育上的惡果就不是很明顯，或者不會表現出來。但是，文化上的規定是不講醫學的。像周代規定的同姓不婚，可能有另外的考慮，這個問題學術界一直在討論。

這種原則確立了以後，一直到今天很多人還在遵循著。可是有些民族，甚至在皇族裡就有叔叔娶姪女之類的現象。如果叔叔娶了姪女，人們就要問了，姪女對叔叔是行孝道，還是行夫妻之道，就沒法講倫理了。所以，婚姻問題是社會問題，它不單是兩人結合、生孩子的繁殖現象，還牽扯到更複雜的社會問題。

回到商代，它的婚姻習俗是有很近血親關係的男女也可以結婚，周人占領了這片地方以後，當然要推行周代的禮法。可是一個地域上的文化，一種很古老的婚姻習俗，它不但不會輕易滅絕，到了一定時候還可能反過來，影響上流社會。尤其是到了

1 一種具有新聞特點的敘事性文學。以現實生活中具有典型意義的人事為題材，並用文學的角度、技巧來表達、報導；亦作報導文學。

2 按服喪期限和喪服的粗細不同，分為：斬衰、齊衰、大功、小功和緦麻五種等級，即謂「五服」。在這裡指非近親。

春秋時期，用婚姻締造政治聯盟的迫切性，已經不是很強烈了，所以以前貴族的精神也鬆懈了，就很容易接受這種地域性的風俗。

在這首詩中，毫無疑問，詩人堅持的是一種正統文化，或者說周人的文化。他所指責的那些現象，比如亂倫的婚姻，與殷商風俗有關。殷商的婚姻習俗本身也無所謂善惡，但是在堅持禮法的人看來，這就是一種不折不扣的不守禮法。所以，仔細分析這首詩的社會背景，我們看到的是一種**風俗之間的搏鬥**。也可以說，正統的周禮占了上風以後，它進入到人們的頭腦中，變成一種被捍衛的傳統、標準，詩人拿它去衡量一些跟它不相符的風俗。

7. 不守規範的婚姻，就是不守信用

——〈鄘風．蝃蝀〉

蝃蝀在東，莫之敢指。女子有行，遠父母兄弟。
朝隮於西，崇朝其雨。女子有行，遠兄弟父母。
乃如之人也，懷婚姻也。大無信也，不知命也！

〈蝃蝀〉這首詩見於〈鄘風〉，「蝃蝀」（按：音同定東）就是彩虹。

在現代，下雨出彩虹了，如果小孩子用手指，大人總是說別指別指，手指頭會爛。這種習俗的歷史有三千多年，在甲骨文及其後代的記載中就出現了。「虹」字的甲骨文是一個象形字，像兩個腦袋的蟲子或者龍。殷商有一位王叫武丁，是使殷商走向強大的一個王。武丁時候的卜辭（按：商代刻在龜甲、獸骨上用來記錄占卜事項的文字）就有「有出虹自北飲於河」，就是有虹從北邊出來了，搭在河上，好像是一條龍或者一條大長蟲在河裡飲水。據學者研究，殷商人認為虹是災禍的象徵。

在《國語》裡，還有一個故事。兩條龍在夏朝的宮廷上方盤旋，翻雲作雨，流了很多液體，夏朝人把這些液體收起來了，裝在罐子裡面保存。穿越了夏、商，到了周，到了西周後期，這個罐子被打破了，之後一個烏龜形狀的東西出來了，撞到一個小女孩身上，這個小女孩跟它犯沖，沒有結婚就懷了孕，最後生出來一個孩子，就是褒姒。

到了周代，《逸周書》[3]裡就說，**「虹不藏，婦不專一」，意為虹不藏著露出來了，表現的是婦女不貞潔、不專一，不忠於丈夫，就是淫蕩**。把「虹」視為淫氣，這是我們看到比較早的文獻。甲骨文時期那個兩頭蛇的字形，可能意味著是兩條蛇在一起糾纏著，可以推測，正因為如此，周代才說是婦不專一。

到了漢代，著名經學家劉熙在訓詁專著《釋名》中說：「陰陽不和，淫風流行，男美於女，女美於男，互相奔隨之時，則此氣盛。」說陰陽不和了（這個陰陽主要指男女），淫風亦即男女作風不正常流行起來了，男人打扮得比女人還漂亮，女人打扮得比男人還漂亮，互相追逐，這個時候虹就該出現了。這實際上跟漢代的天人感應有聯繫，漢代人認為人間出了一些問題或不良現象，老天爺會出一些天象表示警惕。

可見，民俗中不讓小孩指虹，是因為大人們覺得虹的出現不是件好事，是不正常的現象。這些內容可以跟「虹」連起來，因為它是兩頭之蟲，而且是不祥的徵兆。我們讀詩的時候要知道，一些實際上蘊含的古老含義。

「蝃蝀在東」，說虹出現在東方，在東就是東邊，古代有諺語「東虹晴西虹雨」，東邊虹出來不能長久，因為天要晴了，這是古人的認知。實際上虹總是出現在與太陽相對的方向，太陽如果在西邊，虹就在東邊，如果太陽在東邊，虹就不會出現在東邊了，這是一種光學現象。尤其是下了雨以後，空氣中含的水多，一折射就會出現彩虹，今人知道這是自然現象，有詩說：「赤橙黃綠青藍紫，誰持彩練當空舞。」這是因為彩虹很漂亮，把它作為審美的物件，但是古人不懂這些，因為它像兩頭龍，被認為不吉祥，所以「在東，莫之敢指」。

下面是「女子有行，遠父母兄弟」。這個「行」就是出嫁，女子要走了，要嫁出去了，要永遠和父母、兄弟遠離了，是大事。女子出嫁是大事情，就應該合理合法，

---

3 又名《周書》，是上自殷周之際，下至秦漢的一部子史叢編。

所以這句的言外之意，就是指責那些不合理、不合法的婚姻，就是女孩子跟人跑了，沒有經過父母之命、媒妁之言，古人把這種現象叫做「奔淫」。

「朝隮於西，崇朝其雨」，「朝」就是早晨；「隮」就是升，升高的意思；早晨彩虹在西邊出現了。崇朝就是終朝，「崇朝其雨」，一個早晨雨下個不停。

這兩句詩以早霞朝雨，預示女子不守規矩，也暗示著短暫。到今天北方還流行一句諺語「早晨下雨一天晴」，早晨的雨是短暫的。言外之意，你跟人跑了，你高興了，滿足了一種快感，但是無法長大，所以下面接著又說：「女子有行，遠兄弟父母。」前面說父母兄弟，這邊說兄弟父母，這叫倒文與諧韻，就是在文字上把兄弟跟父母顛倒，目的是諧前面的韻，古代「母」和「雨」同韻，現在讀起來不同了。第一章的「遠父母兄弟」的「弟」字，和「在東，莫之敢指」的「指」字，也是諧韻的。

下面就是直接斥責了，「乃如之人也，懷婚姻也。大無信也，不知命也！」說沒有經過父母之命、媒妁之言就走的這種人貪戀婚姻，而貪戀男女結合，是不太講信用的，不守信。實際上就是不守規範，不守規範也是一種不守信。「不知命也」，不知道安於自己的本分，這個「命」就是本分的意思。

明代進士戴君恩在《讀風臆評》[4]中說：「一二為三章立案也，何等步驟。」

指頭兩章是立案的，它的格調是平穩的。講「蝃蝀在東，莫之敢指」，女子嫁人是大事；雲彩在西邊升起來，下雨也就是一會兒，女子嫁人是大事，都是很平穩的，講究步驟。

接著「乃如」四句直接譴責，就語意森凜了。這個點評幫助我們理解詩。這一章用了四個「也」字，是加重語氣的，有點像我們今天說「呀」，像這樣的人呀，她是貪戀婚姻呀，她是不講信用呀，她是不知本分呀，越說越氣，調子是高揚的。

近代外交家吳凱聲在《詩義會通》中說，讀這首詩可以理解文章擒縱疏密之法，就是**文章要講究欲擒故縱和疏密變化**。這首詩前面兩章是比較疏朗的，到了最後一章，連用了四個也字句，句與句之間最多用個分號就能斷開，這一頓數落，語言是很密的，全詩的節奏變化很強烈。

---

4 以文學的觀點評說《詩經》，偏重於分析詩的文學審美情境和文學技巧。

不能自由戀愛，古人比你還懂

現代社會，女孩子的婚姻自己做主，這沒有問題。五四時期[5]魯迅寫《傷逝》，說「我是我的，別人不能替我們做主」，這是非常正大的觀點，到今天還適用。但是，對於兩千六七百年前的古人，我們不能要求他們和今天一樣。古人對這種私奔的現象是抱著完全排斥的態度，這也是《詩經》展示給我們的內容。可見，《詩經》中有些作品仍堅持禮法，而男女憑自己主觀意願擇偶是違背禮法的。

「鄭風」裡「子惠思我，褰裳涉溱。子不我思，豈無他人」、「山有扶蘇，隰有荷華。不見子都，乃見狂且」之類的事，雖然也是男女自由結合，但那是在古代春天的特殊節日裡，是國家和風俗允許的，只限於那幾天，而且那個節日只是一種古老風俗。讀〈蝃蝀〉這首詩，我們看到的是維繫了兩千多年的「父母之命、媒妁之言」這種婚姻體統的建立過程。詩對禮法高度重視，對非禮法現象高度斥責，這和我們自由的愛情觀是有差距的。

《毛詩序》說這首詩是「止奔也」，把這首詩放在齊桓公尊王攘夷之後。古人理解問題有時和我們的思維不一樣。衛國在春秋時期遭遇了一次來自北方的夷狄的打擊，差點亡國，剩下的人很少。後來，是齊桓公尊王攘夷，號召天下的諸侯幫助衛國，將都城遷到黃河東南岸，才從而使這個國家保存下來。衛國在被救助之後，要恢復國力和元氣還要靠自己努力，這個努力的君主就是衛文公。所以，解釋《毛詩序》的「止奔」，後來一些學者就把詩和衛文公的一些作為結合起來了，說他「以道化淫」，制止了奔淫現象，於是就有了這樣一首詩。

到底是不是這樣呢？詩篇本身沒有明確顯示，這只是一個古老的說法，我們仍然可以存疑。《詩經》研究比較難的就是這些問題，需要斟酌，需要學術界不斷討論，並根據新材料去驗證、考究。

回到這首詩本身，我們看到了一種風俗的變化，一種正統、強勢的文化，在牢籠、抑制一種地域性的，也可能淵源很古老的文化，只是因為它和正統的風俗不同，這是一種文化上的搏鬥。

---

5 一九一九年前後的時代。

8. 假如生活辜負了你……

——〈衛風・氓〉

〈氓〉屬於「衛風」，邶、鄘、衛三風的地點都在今天河南省北部，黃河以北的安陽及其周邊地區。很有意思的是，《詩經》十五國風當中，有八風在河南省。「周南」是在今天河南省洛陽市及周邊地區，「召南」實際上有一部分屬於河南省，但是暫且不算它。邶、鄘、衛三風在河南省。「王風」也是在洛陽市，西周崩潰了以後，周王朝把都城遷到了洛邑，那裡就成了王地。

鄭，在今天河南省鄭州市及其以東、以南地區。「陳風」也在河南省，就是今天的河南省淮陽地區，這個地區古代屬於太昊，文化上屬於東夷。檜跟鄭是疊合的，檜的所在地也在今天的鄭州地區，是一個小國家。

十五國風中，有一半以上在河南省，這和當時的文化中心有關係。當年西周王朝派了一些人到各地去採集民風，以此來看各地的風俗，由民俗、民風的好和壞來檢討王朝政治的好壞，這叫做「采詩觀風」。官員采了風以後，要演出給周王看，這叫「觀得失，自考正」，看看自己的政治實施得如何。

在這樣的情形下，采詩觀風的主要範圍還是在當時的文化中心地帶。比如，〈氓〉就是在衛地采詩的結果，將一個下層女子在婚姻上遭遇的不幸反映到詩篇裡，這在當時是非常了不起的。因為幾乎沒有文學作品，會把關注的焦點放在以養蠶為生的普通女子、基層民眾身上。

氓之蚩蚩，抱布貿絲。匪來貿絲，來即我謀。送子涉淇，至於頓丘。匪我愆期，子無良媒。將子無怒，秋以為期。

乘彼垝垣，以望復關。不見復關，泣涕漣漣。既見復關，載笑載言。爾卜爾筮，體無咎言。以爾車來，以我賄遷。

桑之未落，其葉沃若。于嗟鳩兮，無食桑葚！于嗟女兮，無與士耽！士之耽兮，猶可說也。女之耽兮，不可說也。

桑之落矣，其黃而隕。自我徂爾，三歲食貧。淇水湯湯，漸車帷裳。女也不爽，士貳其行。士也罔極，二三其德。

三歲為婦，靡室勞矣。夙興夜寐，靡有朝矣。言既遂矣，至于暴矣。兄弟不知，咥其笑矣。靜言思之，躬自悼矣。

及爾偕老，老使我怨。淇則有岸，隰則有泮。總角之宴，言笑晏晏。信誓旦旦，不思其反。反是不思，亦已焉哉！

被負心男拋棄的蠶女

「氓」，在《周禮》[6]中指芸芸眾生、野外之民，其實這個稱謂交代了人的身分。野外在周代有特定的所指，這就涉及西周封建。西周王朝是發源於陝西的一群人，奪下殷商的政權而建立的，他們要統一全國。當然那時的全國比現在要小，主要是黃河流域，南到江漢一帶，北到燕山南北，西到陝甘，東到泰山南北。

最初從陝西崛起的這個族群，要怎樣統一全國？透過封建，把周人群體化整為零，分成各個部分，然後由貴族領導一些民眾，到各地建立邦國並控制一片地區。

比如在泰山南北，泰山以南為魯國，泰山以北為齊國，這是當時建立的兩個大的國家。那裡有大汶口文化、龍山文化等史前文化，人口很多，也有很多土著的政權。從周代封建來的國君和貴族，要統治這一帶的當地人。他們必須修一個城牆，就叫「邑」，周人住在裡面，可是光住在裡面不行，還得吃飯，所以在城外要劃出一片土地來，就是郊，屬於生活區域，可以耕種和從事一些其他活動，也要修一些碉堡式的設施來捍衛政權。從郊再往外走，基本上就是野的範圍，所以，當時把當地的土著居民稱為「野人」。這首詩裡的「氓」，就是野外之民。

那麼，第一章「氓之蚩蚩」，氓，就是指那個人，那個野人，也不知道他是誰，沒有舉他的名字。「蚩蚩」有學者解釋成敦厚的樣子，實際上應該是看上去敦厚的樣子。「抱布貿絲」，抱著布來換絲。布就是布帛，絲就是絲麻織物。由「貿絲」來看，這個女子的身分跟養蠶、紡織有關，也可以說她是個蠶女。

---

6 十三經之一，記述周代各個層級的官制以及職掌，與《儀禮》、《禮記》合稱「三禮」。

接著，「我」馬上做了一個判斷，「匪來貿絲，來即我謀」，說氓表面上來換絲，其實是來找我「謀」的，「謀」就是圖謀婚姻之事。通俗點說，「氓」是來跟「我」套交情的。可能他一開始來是「貿絲」的，後來他看上了詩中的姑娘，來的次數就多了，於是「我」馬上捕捉到小夥子的意思。

接下來她怎麼辦？詩裡寫「送子涉淇，至於頓丘」，「我」就送你，這裡對男子的稱謂由「氓」變成了「子」，詩裡沒有直接說「我」有沒有答應氓。直接就寫到蠶女依依不捨的送氓離開，至於頓丘。這就透露出蠶女答應了他。這就是好詩的寫法，不會像寫散文那麼滴水不漏。

「送子涉淇，至於頓丘」，就是渡過淇水至於頓丘，淇水在邶、鄘、衛三風裡反覆出現，它發源於太行山，向東流過衛國境內，蠶女送氓涉淇到了頓丘。頓丘這個地名在其他文獻裡出現過，有的文獻說在淇水之南，也有記載說它離淇水非常遠，但都無法確認其所指是不是這首詩裡的頓丘。

另外也有學者說頓丘泛指土丘，這也是可以的。因為這裡可能有誇飾，如果直接按照頓丘縣來理解，離淇水有幾十里地，一個女孩子送男孩子不太容易走這麼遠。

總之，「匪來貿絲，來即我謀」之後就是女孩子的表現，「我」送你一直送到頓丘。接著又來一句，「匪我愆期，子無良媒」，「愆期」就是錯過佳期，說不是我故意拖延時間錯過了佳期，是「子無良媒」。氓沒有派媒人來提親。聽話聽音，蠶娘這樣解釋，很清楚的交代出這樣的事實：男子在蠶娘面前已經不再「蚩蚩然」、「敦厚貌」了，他已經開始得志，開始在女孩子面前鬧脾氣了。

蠶娘中了愛情的招，不僅墮入愛河，而且無可救藥了。面對氓的脾氣，**這位蠶娘還沒嫁給他，卻在精神上成為俘虜，不能在人格尊嚴上有任何積極的抵制，只是一味低聲下氣的解釋**，同時要求一種基本層次的保證：婚姻締結的合法手續。這有可能是關鍵之一，後來這個女孩被拋棄了，也沒有人伸張正義，就是因為他們的結合不符合周代的婚姻制度，沒有經過「父母之命、媒妁之言」。

古代婚姻是有媒事的。《周禮》記載，當時國家設大小官員管理媒事，有點像我們今天結婚領證書、一蓋章，就是合法夫妻了，將來一旦出現離異等情況，相關機構會主持公道。

在這裡，女孩子說「匪我愆期，子無良媒」，她是很清醒的，要我嫁給你，你要有媒人出面。但是接著下一句又說「將子無怒，秋以為期」。你不要再生氣了，我們秋天就結婚好不好？這裡實際上就是一失足成千古恨，她沒有再堅持自己認定的原則，沒有堅持沒有媒人就不嫁，或者拖延，放棄了自己的立場。蠶女開始讓步，最終嫁給他了。

那麼，這個沒有經過父母之命、媒妁之言的婚姻怎麼樣？就要看第二章。這一章主要寫了女孩子的盼望之情。男子走了，他終於得到了滿意的答案——「秋以為期」，秋天結婚。結果一走就沒了音信。

女孩子受不了了，她盼望著，「乘彼垝垣」，爬上了高高的牆，望著男孩子的音信。「垝垣」就是高高的牆。「復關」就是回來的車，「復」是回來，「關」是車廂板，用車廂板代替返回來的車。「不見復關，泣涕漣漣。」看不到「復關」，兩眼都在流眼淚，眼淚啪嗒啪嗒就掉下來了。「漣漣」就是接連不斷。「既見復關，載笑載言。」看到他的車來了，又歡聲笑語了，用「載笑載言」形容很歡欣的樣子。透過正反對比，強調了女孩子對那個男孩子盼望之急。

接著「爾卜爾筮，體無咎言」。「爾卜爾筮」，就是卜爾、筮爾。「卜」和「筮」是古代的兩種算卦方法，「卜」是用龜殼等算，「筮」是拿草棍算。蠶女又卜又筮。這男孩子回不回來？我們的婚姻能順利進行嗎？未來幸福不幸福？補充描寫了女孩子的忐忑心情和對男子的翹盼。「體無咎言」，「咎言」就是不吉利的話。

「體」就是卦體，「體無咎言」，算的卦中沒有不吉利的預言。

最後，「以爾車來，以我賄遷」。「賄」是指女孩子的財產。結果，這個男孩子的車來了，把女孩子所有的東西都帶走了，他們的婚姻就這樣締結了。女孩在沒有媒妁之言的情況下，做了愛情的俘虜。

按照正常的敘事，接下來該敘述結婚，或者婚姻生活。如果那樣寫的話就成了長篇敘事詩，漢民族的詩歌沒有那個傳統，不會像西方或者印度寫《荷馬史詩》、《羅摩衍那》（*Rāmāyana*）那種好幾冊的大史詩。中國詩歌沒有長篇敘事的興趣，這從《詩經》開始就表現得非常清楚。其實一個作品好不好，長度不是關鍵。

女人愛得很快，卻很難放下

這首詩對他們婚後的生活基本上沒有正面描寫，而是筆鋒一轉，變成了抒情。這就是第三章。

這一章是議論，說桑樹葉子在沒有掉落的時候，它是「沃若」，也就是潤澤的。沃若這個詞在「小雅」裡也出現過。

「小雅」是陝西一帶王朝中心地區的詩歌，有好多是在政治場合唱的，比如寫馬車韁繩的柔軟、柔韌，也用沃若。可是在這首〈氓〉中，河南的一個女子歌唱自己的不幸的時候，形容桑葉的潤澤，也用了沃若。

按照常理，河南人說話跟陝西人的差異應該是很大的，所以這也是采詩說的證據之一。「沃若」可以理解成采詩官的語言，采詩官從陝西到全國各地去，他們用的是王朝中心地區的語言。〈氓〉這個故事是河南的，但是采詩官加工它所用的語言可能就不是河南的了。

接著「桑之未落，其葉沃若」的是一聲嗟嘆，也就是「于嗟」。「鳩」是一種鳥，又叫斑鳩，據說性情很溫和，有固定的配偶。詩裡面常用這種鳥來比喻女性。「于嗟鳩兮，無食桑葚！」桑葚就是桑樹的果子。這裡有一個傳說，鳩喜歡吃桑葚，吃著吃著就吃多了，就會醉，從樹上掉下來。下面接著「于嗟女兮，無與士耽！」說女孩們不要跟男人們沉迷於愛情之中。「耽」就有耽溺的意思，沉到裡面拔不出來。為什麼？「士之耽兮，猶可說也」，**男人們沉溺了是可以擺脫的**。「女之耽兮，不可說也」，**女人一陷入到愛情之中，就再也拔不出來了**。

這一段感慨，實際上是在敘事過程中間插了一杠子（按：指突然加入一件事），先是熱熱鬧鬧的結婚，而婚後怎麼樣卻不告訴你，讓你好奇。雲遮霧繞的不直說，卻來感慨桑葉。蠶女也是三句話不離老本行，她對桑樹的觀察很細膩。說完桑葉之後是「于嗟女兮，無與士耽！士之耽兮，猶可說也。女之耽兮，不可說也」。後面兩句最關鍵。

這首詩的女主人公，雖然陷入愛情以後痴痴傻傻的，但她對生活的反思能力很強。她的反思實際上道出了一種不平衡，也可以說是不平等——男女在感情上是有差異的。漢代學者鄭玄說，男子除了婚姻之外，可以登山、臨水、做事情、交朋友，女子卻只能在家裡面守著自己的丈夫。他從這個角度講男女不平衡的起源，實際上還是蠻有道理的，很符合古代社會的狀況。人類社會的分工的確造成了不同的心理狀態，這是存在的，也是現代人希望研究和解決的，畢竟女人不是天生就這樣。

在不幸中咀嚼生活，別讓委屈填滿自己

而這首詩閃亮的地方就在這。這個女子其實挺不幸的，**詩的後半部分敘述了她的遭遇，但是她在不幸中咀嚼了生活，發現了生活的某種真諦**。這是很值得重視的。

到了第四章，終於把事情交代出來了。「桑之落矣，其黃而隕」，說桑樹葉子黃了，飄落下來，「隕」就是掉下來的意思。「自我徂爾，三歲食貧。」徂就是往，「自我徂爾」就是自我嫁到你們家，「三歲」是多年的意思，不是確指，可能好幾年了。好幾年都「食貧」，「食貧」就是吃苦，這是講自己。我到你們家，沒有挑三揀四，沒有不盡婦道。

接著，「淇水湯湯，漸車帷裳」。這是個比喻，就像在浩蕩的淇水邊走，早晚打溼車的簾子一樣，男子總有一天要變心。「女也不爽，士貳其行」，女子也就是「我」，沒有任何爽，「爽」就是差錯。是男子變了，「貳」就是改變，「行」就是行事。至於男子為什麼變心，詩並沒有交代。

這裡體現出本詩和《詩經》中其他的棄婦詩不一樣，其他一些詩就寫明白了，是丈夫喜歡上了別的年輕女子，這裡卻不講，與女主人公的性格是非常吻合的。接著後面下了一個判斷，「士也罔極，二三其德」。「罔極」的「極」本義是最高的房梁，事實上就是標準、標竿，沒標杆就是沒準則、不忠貞。「二三其德」，「二三」就是不專心，三心二意、朝三暮四，直接指向了男人在婚姻上的那一番表現。**這個女子不是一味的委屈訴苦，她是在判斷、指責**。這首兩千多年前的詩，寫了一個身分不高的女子反思生活，她不是一味的哀怨和傾訴，不是只顧對別人說她婦德無虧，他們家的錢是我掙的，他們家的親戚都是我招待的，他拋棄我，是不對的！那樣的傾訴是一種慣態，這個女子沒有那樣做，尤其顯得可愛。

第五章，「三歲為婦」，就是多年在你們家做主婦。「靡室勞矣」，家裡面所有的勞動都是我來做。「夙興夜寐」，「夙」是早，「夜」是晚，「興」是起床，「寐」是睡覺。也就是說，早起晚睡。「靡有朝矣」的「朝」是早晨，代指一天，這句詩的意思，這不是一天、兩天了。「言既遂矣，至于暴矣」，「言」是語助詞，「遂」指達成，男子的心意達成了，就開始對我不好，變心了。

「兄弟不知，咥其笑矣。」古代常用兄弟來比喻婚姻的親密，因為兄弟是血親。這句說我們原來像兄弟一樣親密的夫妻關係，現在變得不相知了。「咥其笑矣」，「咥」就是大笑，這裡指謔浪、不正經的笑。講這個婚姻變質了，男子對自己不尊重，侵凌、哂笑。「靜言思之，躬自悼矣」，「我」靜下來，反思這個事情，只有自己傷悼自己。這就和前面的「匪我愆期，子無良媒」連起來了，女子現在想一想，是自己愛上了他，在沒有媒妁之言的情況下嫁給了他，但是現在他對自己這樣，又能怨誰？誰也怨不著。話說到這裡，是哀傷到無以復加了。

婚姻的最大原則：保護自己

王朝采詩觀風，這首詩體現了對棄婦這種現象的關注。它的創作過程很可能是棄婦口述，采詩官整理。後來詩經過了層層上交、層層加工。最早去打聽這個故事的人，把它交給音樂官，低級的音樂官再交給高級的音樂官，然後由他們來譜成曲子，唱給王聽。但它是採集過來的，是源於生活的，甚至可謂中國最古老的報告文學，它不是詩人坐在家裡想出來的，所以才這麼千姿百態。

所以，到了「靜言思之，躬自悼矣」，詩的警醒意味就出來了。一個女孩子本著自己的情感，沒有媒妁之言就嫁給了一個男人，結果到了最後無處訴苦。采詩官們採集這個詩、歌唱，它還流傳甚廣，也是在教育大家，**在婚姻生活上女孩子們要注意保護自己**。因為實際上，如果婚姻破敗，吃虧大的往往是女性，這是我們人類的缺陷、人性的短處。

這首詩的敘事有個特點，對於婚後的生活，不做過於冗長的交代，而是慢慢的、一點一點的滲透。中間的幾章裡，「自我徂爾，三歲食貧」，過得艱苦；「三歲為婦，靡室勞矣」，她很勤勞；「夙興夜寐，靡有朝矣」，把日子過好了；「言既遂矣，至于暴矣」，它把婚變零存整取的交代出來了。**敘事詩總是在濃郁的抒情色彩中，用簡短的篇幅把事情交代出來。**

最後一章是痛定思痛，最後做決絕之態，決斷。「及爾偕老」，說當年我們約定的是要跟你一起老的，結果你使我怨，「使我怨」之前那個「老」是頂真格，它作為下句的第一個字和前句的最後一字相同，也可以理解為前句的縮略語，是不必翻譯的。這兩句意為說什麼老啊，你是最終讓我怨恨的。

所以，「淇則有岸」，淇水總有岸邊，「隰」，下溼之地、沼澤之地，再大的沼澤地，它也有一個泮，「泮」也是岸的意思，也就是說這事總有頭。從這可以看出，這個女子實際上嚴格說來不是被拋棄的，她是主動離開了男子。為什麼？就是前文說的男子總是對她不尊重，在精神上折磨她。

然後接著又回憶，畢竟一日夫妻百日恩，像這種夫妻之間的斷別，實際上是非常痛苦的。所以雖然是她主動離開，但還是難免不斷的回顧當初，「總角之宴，言笑晏晏」，「總角」就是結髮，指子女結婚後侍奉公婆的髮飾。「總角之宴」應該是指結婚時的宴席，那時我們「言笑晏晏」，有說有笑，「晏晏」就是和樂的樣子。「信誓旦旦，不思其反」，「旦旦」是誠懇的樣子，你當初那麼信誓旦旦，沒想到沒過多久你就「反」了，「反」就是跟誓言相反。

「不思其反」下面又來了個頂真格，「反是不思」，既然你已經背棄誓言，我們就不再想了，「不思」了，「亦已焉哉」，就散了吧。女子決絕的主動放棄了，不再受這種折磨了，這是她的性格。

清代文學家牛運震在《詩志》中說，**作品對男子的稱呼換了好幾回，有時稱氓，有時稱子、稱爾，有時稱士。他說，稱氓是鄙視他，稱子、稱爾是跟他表示親近，稱士，這個士就是指一般男子**。這裡包含著一層意思，就是**男人都是好變心的**，我這丈夫也和一般男性差不多，都是一個德行。而且，士是一個比較尊貴的稱呼，古代貴族才稱士，用在這裡語帶挖苦。

這首詩中的女子在生活的廢墟當中，發現了某種真諦，懂得反思，被賦予了一種智性。同時，她雖然遭遇不幸，但性格剛強、挺拔，這正是不凡之處。

這是一首來自社會下層的詩，其實采詩官的身分也不一定那麼高。正因為如此，他們才很敏感，對小民的苦楚能夠感同身受。他們就盡情的讓民眾放歌，讓那些受苦的、在生活中受委屈、被生活欺騙的人表達自己的理解和情感。詩是下層生活的表現，這正是《詩經》了不起的地方。和後來的漢、唐、宋等朝代的文學相比，《詩經》裡既有廟堂的聲音，也就是那些有文化、有地位的人的聲音，也有下層的聲音，它是個多聲部。

在采詩觀風制度下，我們的詩歌老早的就把文學的觸角伸向了基層，伸向了那些沒名沒號的小民，伸向他們的內心世界，觸摸他們的感受。這在世界文學史上是罕見的，體現了《詩經》的精神價值。所以，**從這首詩我們看到了一個不幸的婚姻，看到了一個鮮明的性格，同時也看到了那個時代的文化。**

第三章——

總有一些事，我們不該忘記

1. 如果讓母親傷了心

——〈邶風・凱風〉

凱風自南，吹彼棘心。棘心夭夭，母氏劬勞。
凱風自南，吹彼棘薪。母氏聖善，我無令人。
爰有寒泉？在浚之下。有子七人，母氏勞苦。
睍睆黃鳥，載好其音。有子七人，莫慰母心。

《詩經》裡有一首詩是唱給母親的，就是〈邶風・凱風〉。

這首詩一共四章，前兩章都以「凱風自南」開始，什麼是「凱風」？「凱風」就是南風，中國是季風氣候區，刮南風往往是春天到了，所以南風又叫熏風，是和煦的風，促進萬物生長的風。「凱風」從南吹過來，吹到「棘心」，「棘」就是酸棗棵子，在北方的很多陽坡地上愛長這些東西，棗子味道很酸。這種樹春天返青晚（按：指植物的幼苗移栽或越冬後，由黃色變為綠色，並恢復生長的一段時間），不像桃花、柳樹等老早就應著時節紅了、綠了，春風是很難把它吹綠的，所以要等到凱風，也就是接近夏天的風來了，才能返青。

「棘心夭夭」，「棘心」的「心」，就是酸棗棵子上長的小嫩芽。「夭夭」就是在風吹拂下擺動的樣子。

最後一句說「母氏劬勞」，實際上前三句都是在反襯下面這一句，**母氏養育兒子是非常難、非常艱辛的**。「劬勞」的「劬」字是勞苦、勞累的意思。

第二章「凱風自南，吹彼棘薪」，這個「薪」是柴火、薪柴。這個「薪」指酸棗已經長大了，要成柴了，實際上就是在成長。「母氏聖善」，「聖善」就是高尚、善良，而下一句「我無令人」，卻是沒好人的意思，跟母親相比我們做得不好，我們讓母親失望了，這句話是一種自責。

接著第三章，「爰有寒泉？在浚之下」。「寒泉」就是寒冷的泉水，「在浚之下」是在浚這個地方。用泉水的寒來形容母親心境淒涼，在浚這個地方有些兒子，母親辛辛苦苦把他們養大了，他們卻讓母親傷了心。接著是「有子七人，母氏勞苦」。

今天我們讀「爰有寒泉？在浚之下。有子七人，母氏勞苦」，有點沒押韻，但是這個「下」字古代跟「苦」應該在同一個韻部。

最後一章，「睍睆黃鳥，載好其音」。睍睆是個聯綿詞，實際上在古代兩個字的聲母也接近，它是用來形容黃鳥的。它的解釋古來有兩種說法：一種是漂亮的羽毛，指它的顏色；另一種是指鳥的叫聲婉轉好聽，如果是這樣的話，實際上就和「載好其音」意思相同。最後「有子七人，莫慰母心」，也是強調七個兒子對不起母親，讓母親傷了心。這首詩歌也用了重章疊唱的方式。

凱風寒泉之思：要原諒親之小過

這首詩是唱給母親的，感念母親勞苦並充滿了自責之情。那麼為什麼自責？孟子在〈告子〉裡和他的學生公孫丑談《詩經》，公孫丑問：「〈凱風〉為什麼不怨？」孟子回答：「〈凱風〉，親之過小者也。」公孫丑又問〈小弁〉為什麼怨，孟子回答：那是親人，也就是父親、長輩那個過錯大。親人犯了大過錯，做兒子的再不抱怨，那是對他疏遠，在心理上疏遠親人。就是說作為孩子，**父母犯了錯誤，如果是大**

的過錯，應該批評，應該有點埋怨的情緒，這樣才是自己人。而**如果親人、長輩犯點小錯誤，孩子就沒完沒了的抱怨，孟子說這不是孝子的做法**。

公孫丑說「〈凱風〉不怨」，孟子也沒有反對，也就是說孟子認為這首詩中的母親沒有太大的過錯。實際上，一個家庭養七個兒子，家主是非常艱難的，張嘴吃飯的多，幹活的少，所以母子之間難免有爭執，母親也難免發生點小過錯，所以兒子自責，母親這麼辛苦，我們還不能原諒她，還讓她生氣，這樣就很通順了。

兒子埋怨母親之後深深的反省、自責，這就是一種情感之美。這首詩在後代的影響還是蠻大的。東漢的第三代皇帝漢章帝，給他的兒子東平王和琅琊王的詔書中就說「以慰凱風寒泉之思」，意為讓他們懷念母親，因為那個時候他們的母親已經去世了。陶淵明在為舊故寫〈晉故征西大將軍長史孟府君傳〉的時候，也有「凱風寒泉之思」這樣的句子。

這首詩的成功，除了表達了深沉的孝子之情外，還在於詩篇中的物象。「凱風自南，吹彼棘心。棘心夭夭，母氏劬勞。」意象極為溫潤。春風吹拂下，酸棗棵子生出葉芽，是多麼清新動人的景象，以此來表達對母親的愛，是非常適宜的。

2. 比男人還有見識的許穆夫人

——〈鄘風・載馳〉

〈載馳〉寫許穆夫人，她就是〈新臺〉中那位宣姜的女兒。宣姜婚姻不幸，嫁給衛宣公後作為遺孀又被迫嫁給了公子頑，但她的孩子都還不錯，有宋桓夫人、許穆夫人、戴公、文公等。許穆夫人是有遠見、有大局觀的人，西漢文學家劉向《列女傳》記載，她曾要求父親昭伯（即公子頑）把她嫁到大國去，這樣如果衛國有事可以幫忙，後來她嫁到許國。

〈載馳〉的寫作背景，與春秋時期的一件大事有關。從太行山一帶南下的狄（北方各個非華夏部族的統稱），擊潰了許穆夫人的母國衛國，衛這個被封建在文化非常發達的殷商故地的老牌國家差點亡國，跑到黃河對岸，不足八百號人，加上兩個未受戰亂地方的人口，只剩下五千多人。

當時，周王遷到洛陽以後，經過鄭伯的一番打擊，失去了號召天下諸侯的權力，面子上也非常難看。畢竟，連鄭伯都打不過，誰還搭理他？也正是周王室的衰落給了北狄機會，如〈小雅．常棣〉「兄弟鬩于牆，外禦其務（侮）」中所隱含的意思，如果兄弟內鬥，會招來外患。

衛遭難後，是齊桓公、宋桓公伸出援手，出兵相救並幫助他們在楚丘修了新的都城，安頓下來。這樣，後來的衛文公才得以復國。北狄滅衛，是齊桓公爭霸天下的代表性事件之一。

天下諸侯覺得齊桓公才是真正的號召天下的人，所以稱他為霸主。孔子說過：「微管仲！吾其被髮左衽矣。」他認為當年是管仲輔佐齊桓公尊王攘夷，救助衛國及其他被北狄侵略的諸侯國。如果沒有管仲，人們就會失落文明的生存方式，改為「披髮左衽」的蠻夷打扮。管仲說的一句話「夷狄豺狼，不可厭也。諸夏親暱，不可棄也」（《左傳．閔公元年》），第一次把民族大義揭出來了。

齊桓公號召天下諸侯救衛國，可以說是中國歷史上民族大義第一次高漲。在這樣的情形下，另一些諸侯的表現就差了一點，包括鄭國和許國。許國不僅沒有任何動作，還阻止許穆夫人回國。這就是〈載馳〉這首詩的內容。

載馳載驅，歸唁衛侯。驅馬悠悠，言至于漕。大夫跋涉，我心則憂。
既不我嘉，不能旋反。視爾不臧，我思不遠？既不我嘉，不能旋濟。
視爾不臧，我思不閟？
陟彼阿丘，言采其蝱。女子善懷，亦各有行。許人尤之，眾穉且狂。
我行其野，芃芃其麥。控于大邦，誰因誰極？大夫君子，無我有尤。
百爾所思，不如我所之！

文學史上第一次，巾幗壓過了鬚眉——許穆夫人

這首詩頭一句中的「載」是連接兩個動詞的結構詞。馳和驅都是奔跑。「歸」是回娘家。「唁」是弔唁、慰問，「唁衛侯」就是弔唁衛侯。此時衛懿公已經被北狄殺死，所以衛侯應指衛戴公。據說衛懿公喜愛仙鶴，整天讓仙鶴坐在戰車上，結果北狄入侵的時候，武士們就說既然仙鶴能坐戰車，就讓仙鶴去打仗吧。衛懿公只好臨時湊

了一支軍隊，由於缺乏武備，最終被北狄圍殲，他本人也被殺死了。「驅馬」就是趕馬，「悠悠」就是漫長。漕是衛國的臨時都城。「大夫跋涉」，跋涉就是過草地、河流，抄近路。

這句解釋有分歧：一種解釋是許穆夫人要回娘家，許國大夫抄近路把她攔下來，所以後面說「我心則憂」。另一種解釋則說，跋涉指衛國使者跋山涉水向許國求援。兩種解釋都可通，第二種解釋好一些。因為許國人根本就不讓她回家，所以開頭的「載馳載驅」，給人的印象是眼前一輛馬車快速奔馳。然後交代，車上的人要急著奔向母邦，但實際上，車馬並未真的如願在大路上奔馳，女主人公可能連門都未能出。這就是文學，虛虛實實，製造出一個想像的情形。如果不這麼寫，而是順著寫，恐怕就沒有味道了。

第二章，「嘉」就是贊許、贊成。「我嘉」就是嘉我。「旋反」是回國。「既不我嘉，不能旋反」，意思是許國人不同意許穆夫人回家，認為她回去了也不管用。後面「不能旋濟」的「旋濟」和「旋反」一樣，也是達到目的的意思，「濟」就是達到目的。所以她接著說：「視爾不臧，我思不遠？」視是相較的意思，「視爾不臧」就是相較於沒有一點良策的你們，「我思不遠」嗎？難道我的思路、想法是淺見嗎？

從西周初到春秋時期，嫁出去的女兒回家受到禮法的嚴格限制。「視爾不臧，我思不遠」、「視爾不臧，我思不閟」兩個排比句子是許穆夫人的反問，「閟」是思慮周密的意思，那麼許穆夫人究竟有什麼思慮？結合下文的「控于大邦，誰因誰極？」可以看出，她可能向當局者提出了向大邦求救的主張。當然也被無血性、無遠見的許國大夫君子們冷漠以對了。**連續的反問中，「問」出的是許穆夫人挺拔、高聳的性格。但是，越是有性格，在一群無血性的權貴面前，就越是苦悶。這是詩歌裡第一次直接寫女人的見識超過男人。**

詩讀到此處應該拍案，在中國文學史上，這是一次勝利，**讓巾幗壓過了鬚眉。這是《詩經》值得注意的地方**。中國古代歧視婦女，孔夫子這個人哪裡都好，就是有一點瞧不起女人，「唯女子與小人難養也」，「女子難養」是他說的。在《論語》中還有一句老話，周武王說「我有亂臣十人」，其中的「亂」字是治天下的意思，武王說有十個治天下的人。結果孔子非要站出來說，唉，有女人在，九人而已。他非要把這個女子挑出來，所以，這個問題沒法遮掩。但是，從這首詩我們看到，《詩經》對女性不是這樣的。

女人就愛哭？大男人主義在作祟

第三章，「陟彼阿丘」寫許穆夫人心裡悶得慌，就登上高丘。「蝱」（按：音同忙）是一種草，名叫貝母，據說可以治療淤積病症。「陟彼阿丘，言采其蝱。」這是《詩經》的慣用手法，有了憂愁出去登登高、採採藥，未必是實情。「女子善懷」，明代學者楊升庵認為「善」就是容易。這是許國人醜陋的指責許穆夫人的話，說這個女人不讓她回家就哭哭啼啼、吵吵鬧鬧。**詩人用這句話，巧妙的揭開大男人主義偏見的老瘡痂**，他們的智力和膽略都不如許穆夫人，就想用男權社會「嫁出去的女兒，潑出去的水」、「女人就愛哭」之類的禮法、偏見壓垮她。這裡也凸顯了許穆夫人面對的險惡環境。

「亦各有行」則是許穆夫人對這一指責的反駁，言外之意是她回家是因為大義。「許人尤之，眾穉且狂。」尤是責備，穉是驕傲，狂是發傻。「眾穉且狂」就是既穉又狂。說你們這些大夫責備許穆夫人，真是既驕橫又狂妄，是對許國人在盟邦遭難時只圖自保的指責。

「我行其野，芃芃其麥。控于大邦，誰因誰極？」、「我行其野」跟「陟彼阿丘，言采其蝱」是一樣的。「芃芃其麥」透露已經是春天了，衛國被北狄滅國的消息傳到許國已經有一段時間了。這時她想「控于大邦」，控就是控告、求助的意思。「誰因誰極」，因就是依靠，極是屋頂最高處的大梁，這裡也有依靠的意思。

這句意為：我們投靠誰才能夠得到幫助？這是詩人模擬許穆夫人的想法。「大夫君子，無我有尤。百爾所思，不如我所之！」意思是大夫君子們，不要責備我了。「百爾所思」，爾就是你們，百爾就是爾百。「百爾所思，不如我所之」是說你們的百種想法，都不如我所想到的。

在衛國遭受異族入侵的時候，按照「諸夏親暱」的原則，中原的各個諸侯國本應聯合對外，這是當時的民族大義。因為按照周代這種封建制，在一開始把王朝化整為零，各諸侯到各地方去鎮守，他們之間應有的關係，應該是「一方有難，八方支援」。本詩展現了許穆夫人為諸夏大義與許國一幫無血性的大臣的抗爭。這一不成功的抗爭，也讓她被時代所關注、所銘記。她是一個心裡有國家意識的女人，很不平凡，值得尊重。

有人認為這首詩是中國第一位女詩人的作品，但我有不同的看法。這首詩如果是許穆夫人的作品，那應該在許國流傳，用許國的曲調。可是這首詩是衛地的風詩，用的是衛國曲調。而且，許穆夫人與她的婆家，亦即許國的臣子們發生衝突了，她是為了在自己的娘家遭難時出把力。然後被那些沒有遠見的許國人攔阻了，這種事情在許國不容易引起共鳴。但是在衛國，尤其在他們遭了難的時候，會想到自己國家的姑奶奶（按：稱已出嫁的長輩女子）嫁出去以後，沒有忘記母邦，這對他們來說是一件溫暖人心的事情。所以**這首詩應該是衛國人寫的，在衛地流傳的**。

3. 有家在，我們就有底氣

——〈周南・汝墳〉

遵彼汝墳，伐其條枚。未見君子，惄如調飢。
遵彼汝墳，伐其條肄。既見君子，不我遐棄。
魴魚赬尾，王室如燬。雖則如燬，父母孔邇！

有一首詩大家很熟悉，那就是杜甫的〈春望〉：「國破山河在，城春草木深。感時花濺淚，恨別鳥驚心。烽火連三月，家書抵萬金。白頭搔更短，渾欲不勝簪。」這首詩歷來被視為杜甫沉鬱頓挫詩風的代表作，寫的是經過戰亂，原本繁盛的唐朝被叛軍搞得面目全非。但是在那樣的情形下，杜甫是怎麼想的？國家破了，但是生機還在，自然的生機是春天，深層的生機是「山河在」和抵萬金的「家書」。悲傷之後，有家在，我們就有希望。得了家書，內心就長了底氣。這是古典詩深層的家國意識。

《詩經》中有一首詩是這種意識的最早溯源，那就是「周南」裡的〈汝墳〉。這首詩一共三章，不長。

「遵彼汝墳」，就是沿著那汝水的河堤。墳有高起來的意思，指高土堆。「汝墳」就是汝水的河堤，因為河堤都要高起來。沿著河堤做什麼？「伐其條枚」，「條枚」是樹的細枝，條和枚都是枝條的意思。這句意為沿著汝水的河堤去伐樹。這可能是實指，也可能只是「起興」。但是它暗示了一個地點——汝水。汝水發源於河南省西南伏牛山北麓，流向東南江淮流域。而周代從早期開始，就不斷的向淮水流域擴張勢力，迫使那裡的人民臣服。

接下來，「未見君子，惄（按：音同逆）如調飢」。「君子」指自己的丈夫。這個詞在周代早期指的是統治者，有權有位的人，也可以指一個家裡的「統治者」，在古代就是丈夫。這句話是女子的口吻，她在思念自己的丈夫。見不到君子，心情如何？「惄」，內心焦灼、憂煩。此處用了比喻，「調」字的讀音同「輖」，是假借字，意為早晨，因而「調飢」就是早晨的飢餓。這個比喻比較新穎。早晨的飢餓感人人都有，用它去形容某種獨特感受更容易理解。「枚」字和「飢」字，實際上是押韻的。在《詩經》的時代，它們的讀音和今天不一樣，但韻母相同。

接著看第二章，「遵彼汝墳，伐其條肄」。什麼是「肄」？就是枝條砍掉以後再生的枝條。這不是說詩寫了兩年，頭一年伐了條，第二年再伐肄。「條枚」和「條肄」，我們不妨理解為一個意思。這樣寫詩出於古人要重章疊調、講究字句變化的需要。

下一句「既見君子，不我遐棄」。你沒有把我拋棄，也就是說你回來了，我還能見到你。再引申，就是你沒死在外面，終於回來了。古人特別怕出遠門。在宋代，老百姓給政府服徭役（按：從事無償勞動），比如把政府的一些貨物由甲地運到乙地去，就要出遠門，而為了逃避這個，很多人把手臂都弄斷掉。那時交通、通信等條件不發達，山川險惡，可能人文環境也險惡，有「在家千日好，出門一時難」的老話，所以大家不願意出門，一旦出門家人就惦記。詩的這幾句就是這個意思。更何況，當時周人要在淮水流域、漢水流域長期駐紮軍隊，所以詩裡的「君子」，可能是到了淮水一線去當兵、駐紮，或者支援軍事行動，甚至當民夫。因此，遠離家鄉是肯定的。

家是微縮版的國，國是放大版的家

第三章開頭用了比興手法。「魴（按：音同房）魚赬（按：音同撐）尾」，「魴魚」就是鯿魚，尾部特別紅，味道很鮮美。「王室如燬」，王室毀了，就像被火燒了，像魴魚尾巴一樣通紅。然而「雖則如燬，父母孔邇」，雖然王室毀了，但是爸媽離得很近。由這幾句可以判斷，這是西周王室剛剛崩潰不久之後的詩，「王室如燬」即指驪山亂亡之事，周幽王把國家弄崩潰了，他本人死在驪山一帶。而此時，詩中的「君子」正在南方。這些江南駐軍怎麼辦？家人很著急。此時再回頭看「既見君子」，家人終於千辛萬苦的回來了，我們能感受到一種振奮。這就與「家書抵萬金」意義相近。

一個古老的文化，經常會遭遇很多困苦、困難，甚至有中斷的危險。魏晉南北朝時，各邊地人群，實際上都是我們的兄弟民族，像潮水一樣洶湧的進入中原，中原王朝實際上遷走了。但是學術在中原和南方還是有傳承的。中國現代歷史學家陳寅恪說，當時學術不是在政府，是在家族。

中國古代老師和學生之間是一種人倫關係，老師傳學生是有譜系的。像孔子的弟子顏淵去世了，孔子很心痛，可是當時沒有相應的禮，規定學生死後老師應該如何弔唁，以什麼身分弔唁。於是，孔子「心喪」，以父親的身分，但是不穿孝。後來孔子死了，他的學生就像親兒子為父親守孝三年那樣做，但是也不穿孝服。所以，天地君親師就變成了一種人倫。而古代的學術，也不是在國家或者學校傳，那樣的話，遇上南北朝這樣的動盪，學術也就散亡了。但學在家族，保證了國家遭受大的變化之後，學術沒有斷絕，這也是一個生機，一個復原。

所以，在北方也好，南方也好，中國文化是遷移了，雖然整個西晉王朝崩潰，但是文化慢慢會恢復，究其原因，中國古代社會是家國一體化的。**家是微縮版的國，國是放大版的家**。中國古代治國講究忠孝仁義，治家、治身也講究忠孝仁義，這個倫理是徹上徹下的。

〈汝墳〉這首詩最後一章的振奮，就是因為國家、王朝雖然遭受了大的災難，但幸好丈夫回來了，父母也在身邊，只要人在，家在，我們就有希望。

《後漢書》中記載，汝南人周盤，早年為了養老母，不去做官，在家裡老老實實待著，是一個安貧守道的人。但是他讀到〈汝墳〉最後一章，慨然而嘆，覺得自己總得為國家做點事情，於是就把平時穿的服裝脫掉，去應孝廉之舉，就是接受國家選拔官員的考察。

這首詩雖然短，但寫得很有力道，也很感人，讓我們更深切的理解古人的家國意識。這種精神在現代人的觀念中還深層的存在著，是四、五千年來支撐著這個民族的骨血之一。

4. 人生自古傷離別，思之不盡

——〈邶風．燕燕〉

送別是人生中很重要的現象之一。中國的送別詩，從《詩經》時代開始，一直延續到近現代，可謂源遠流長。南北朝時期有一位作家叫江淹，成語「江郎才盡」說的就是他。他年輕的時候做了很多文章，到老了以後官越做越大，詩文卻做不好了，人們說他江郎才盡了。他有一篇很著名的〈別賦〉，其中有「黯然銷魂者，惟別而已矣」，就講送別是很讓人傷情的。

《詩經》中的送別詩，最早的是「大雅」裡的〈烝民〉，西周卿士仲山甫要到齊國，詩講給他送別。但那首詩給大家留下的印象並不是很深刻。真正開闢了中國詩送別傳統的，則是「邶風」裡一首很深情的送別詩——〈燕燕〉，後代好多詩篇都是仿照著它來寫的。

燕燕于飛，差池其羽。之子于歸，遠送于野。瞻望弗及，泣涕如雨。
燕燕于飛，頡之頏之。之子于歸，遠于將之。瞻望弗及，佇立以泣。
燕燕于飛，下上其音。之子于歸，遠送于南。瞻望弗及，實勞我心。
仲氏任只，其心塞淵。終溫且惠，淑慎其身。先君之思，以勖寡人。

最早的送別詩：眼力看不到人走得那麼遠

「燕燕」，「燕」字重複了一遍，就是燕子，燕子于飛，就是燕子飛。「于」是《詩經》裡常見的一個介詞，常用在動詞前面。這個字本來可能就有動詞的意思，後來虛化了。「差池其羽」，「差池」是一個固定詞，「差池其羽」就是參差其羽，燕子飛的時候，翅膀上下撲打，參差不齊。燕子又稱家燕，現在很常見，南方北方都有。在商代牠又被稱為玄鳥。商朝人有一個傳說，說他們的女老祖和姐妹一起在春天去踏青，正好趕上一隻玄鳥過來下了一個蛋，然後女老祖吞了那個蛋，就懷了孕，生了商朝的始祖契。所以，殷商人相信燕子和他們的祖先有關，認為自己是鳥的後代。可見，這句詩也含著很古老的含義。

「之子于歸，遠送于野」，「之子」就是這個人，指男指女都可以。他要歸，這個歸可能就是回家。至於這首詩的主人公是誰，古來說法可就多了。劉向認為是衛定公的妻子定姜在兒子死後送兒媳婦回娘家，這叫大歸。毛詩家說是春秋早期衛莊公死後，莊姜送陳國的一個女子、莊公的妾，叫做戴嬀。宋代學者王質則說是國君送妹妹嫁他國。

詩篇本身並沒有透露任何這方面的資訊，所以在現有的條件下，難以說哪個是定論。這就是「之子于歸」，然後「遠送于野」，遠遠的送到了哪？野外。就像今天出了北京城，還要出近郊再走好遠，到房山（按：位於北京市西南部）一代才能稱野。送得遠表明情感深、戀戀不捨，不忍離別。接著，「瞻望弗及，泣涕如雨」。送君千里終有一別，「瞻望」就是遠望，弗就是不，「弗及」就是看不到了，怎麼辦？眼淚嘩啦嘩啦的下來了，這就是「泣涕如雨」。到這裡，詩的深情就表現出來了。

宋代文學評論家許顗在《彥周詩話》中，說「瞻望弗及，泣涕如雨」這兩句詩真可以泣鬼神矣。他還說這是「眼力不如人遠」的詩，說我們的眼力看不到人走得那麼遠，沒辦法，就去登高遠望。這種深情就在這樣一個句子裡，表達得非常清晰、非常有氣力了。而且這也體現出中國詩的一個特點，就是含蓄，用很輕的手法表達很重的意思。即使有再深的感情，也不會大聲嚷叫。中國作家錢鍾書曾將中國詩與西方文學做對比，說莎士比亞的戲劇寫女主角送丈夫遠行，寫道：「極目送之，注視不忍視。」說她非常專注的送行，眼睛看著離開的人，片刻都沒有離開，即使眼中筋絡迸裂都在所不惜。而中國詩人不會這樣寫。只寫到行人越走越小，纖細得跟針尖一樣，微弱得和小飛蟲一樣，消失於空濛的天空中了。這時我的眼睛轉回來，眼淚馬上流下來了。他認為「西洋詩人之筆透紙背，與吾國詩人之含毫渺然，異曲而同工」。

這種寫法也引發了後代很多詩人的模擬，也可以說中國送別詩基本上走的都是這個路子。比如唐朝詩人李白的〈黃鶴樓送孟浩然之廣陵〉，就有「孤帆遠影碧空盡，唯見長江天際流」，他甚至都不說在瞪著眼睛，極目遠望去追尋那個離開者的蹤跡，只是寫他眼中的情景，孤帆變成了遠影，消失在碧空中了。眼前是汗漫的長江水，實際上這水就是那思之不盡的情緒。將送別之情表達得很含蓄，是從《詩經》又推陳出新的。

這就是詩的傳統，傳統有時是一種規範、典範，大家都心追手摹。詩人在遵循傳統的同時又有創新，這樣來表達每一個時代的真情。從中也可以看出詩的影響多麼大，《詩經》的影響多麼大。

離別中的勉勵

再看第二章，「燕燕于飛，頡之頏之。之子于歸，遠于將之。瞻望弗及，佇立以泣」。「頡之頏之」就是上下飛舞，燕子在春天到來時往往有成群的，也有成雙的，這句就是指燕子上下飛舞的樣子。「遠于將之」的「于」是語助詞，沒有實在的意思。將就是送。「佇立以泣」，佇立就是長久的站立，泣就是哭。這首詩用「頡之頏之」，**上下飛舞來寫自己的心緒，暗示自己的心緒，是一個新鮮的亮點**。

接著第三章，「燕燕于飛，下上其音」。「下上」就是上下，這是殷商特有的用語，不說上下，說下上。因為邶地過去是殷商之地，到了周代采詩觀風，採集這些詩篇的時候保存了一些當地語言，這是非常有意思的。

「燕燕于飛，下上其音」，就是燕子飛的時候，牠的叫聲一會兒高、一會兒低。「之子于歸，遠送于南」，這個「南」應該就指南郊，南郊再往南走就是南野了，這句交代了方位。「瞻望弗及，實勞我心」，「實」是實在，「勞」是憂愁的意思。第三章實際上是重章疊調。

到了第四章開始變了。「仲氏任只，其心塞淵」，仲氏就是老二，這個人排行老二。「任」指的是這個人很善良、很真誠，「其心塞淵」形容性格深沉、誠實。詩的前三章開頭都是用比興手法，現在突然改用了賦的方式，有話直說。說「終溫且惠，淑慎其身」，「終溫且惠」**這個「終」、「且」就相當於「既……又……」的結構，這在《詩經》裡較為常見。**淑是善的意思，慎是謹慎，「淑慎其身」就是修身很嚴謹。這兩句講這個人溫和、賢慧而且持身很嚴。

最後兩句，「先君之思，以勖寡人」，「先君」就是去世的君主。**凡在人的稱謂前加「先」字都是已經死去的，比如先父是指死去的父親，這個絕對不能亂用。**「以勖寡人」這個「勖」就是勉勵，「寡人」意為寡德之人，是古代君主的自稱。第四章變了調子，寫送別之後的沉思。詩人送別這個人，不忍、不捨得讓他離去，等到這個人走了以後就開始想這個人的人品，想仲氏這個排行第二的人是很有美德的。

接著開始說他的德行「終溫且惠，淑慎其身」，實際上是動了離別之情以後，寄之以思緒，還是蠻有餘味的。如果離別的兩人是兄妹的話，這裡實際上還暗示著一種勉勵。那就是說妹妹走了，生活中缺了一大塊，內心空落落的，所以想起了先君，他是我和妹妹的父親，想一想心裡就踏實多了，我們還有先君，思考他的美德，能夠幫助我自己。

這首詩的頭一章人見人愛，對後世送別題材詩篇的寫作，影響也是很大的。

5. 生活可以失敗，但人格價值千金

——〈邶風．柏舟〉

人總有逆境，〈柏舟〉告訴我們不論遇到什麼困難都要挺住。關於這首詩的題旨有不同的說法。《毛詩》說是「言仁而不遇也」，就是說主人公是個男子，在朝廷中像屈原那樣正直，但被懷疑、被毀謗。到了宋代，朱熹《詩集傳》認為是在一夫多妻的情況下，女子受到群小的陷害，被丈夫疏遠，是受迫害的女性的悲歌。現代人多相信後者的說法。

汎彼柏舟，亦汎其流。耿耿不寐，如有隱憂。微我無酒，以敖以遊。
我心匪鑒，不可以茹。亦有兄弟，不可以據。薄言往愬，逢彼之怒。

我心匪石，不可轉也。我心匪席，不可卷也。威儀棣棣，不可選也。
憂心悄悄，慍於群小。覯閔既多，受侮不少。靜言思之，寤辟有摽。
日居月諸，胡迭而微？心之憂矣，如匪澣衣。靜言思之，不能奮飛。

用鏡子、石頭來比喻人格

「汎彼柏舟」，汎意為漂蕩，柏木做的舟在漂蕩，「亦汎其流」就是隨波搖動，「亦」是語助詞，不用翻譯。「耿耿不寐」，與白居易「耿耿星河欲曙天」意思差不多，都是失眠，耿耿是內心中有火、有心事，不寐是睡不著。「如有隱憂」就是有隱憂，「隱」在先秦時期有痛的意思，這是打比喻，說內心出現了疼痛一樣的痛苦。

前四句詩起得很穩，但是意象生動，舟拴在暗潮洶湧的河上，在身不由己的擺動，接著寫自己糟糕的心情，心裡煩躁，睡不著覺，內心憂傷，就像某個部位作痛。「微我無酒，以敖以遊。」微我無酒就是「不是我沒有酒」，「以敖以遊」，「敖」

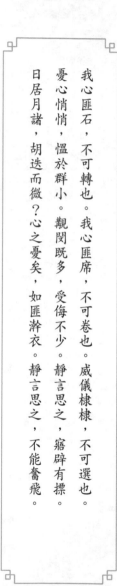

通「遨」，遨遊之意，也不是我沒有機會到外面去走走、疏散心情。言外之意是，**喝酒和遨遊，也無法排解我悲愁的心緒**。

第二章和第三章是詩篇藝術上的巔峰。「我心匪鑒，不可以茹。」鑒就是鏡子，我心不是鏡子。「不可以茹」，「茹」就是吞吃、接受。意思是**我的心是有原則的，不像鏡子什麼都照，我不是一個隨隨便便的人**。這是主人公在家庭或朝政鬥爭中失敗的原因。這個鏡子的比喻很特別，不是常用的取其明亮，不從光亮、瑩澈著眼，而從鏡子照物不加選擇一邊立意，很新鮮，出人意表。

「亦有兄弟，不可以據。」兄弟就是家裡面的兄弟，「不可以據」就是不可以憑仗、依仗。說我家裡面也有人，但是他們不給我做主。朱熹說這首詩是寫女子，就是根據「亦有兄弟」。如果寫朝政說家裡有兄弟，就有點不搭邊。「薄言往愬，逢彼之怒。」薄言是發語詞（按：用於表示事物的虛詞性助詞），愬就是告狀、訴說。逢就是遇到。她去找家裡的兄弟訴說，反而遇到他們生氣發怒。**這一段實際上寫女子因為有原則、不通融而陷於孤立**。

關於「薄言往愬，逢彼之怒」，還有一個小故事。《世說新語》中講漢代經學大師鄭玄整天念書，所以他家的僕人都會背誦《詩經》。

有一天，他家的一個小丫頭被處罰，正在地上跪著，有另一個小丫頭過來跟她掉書袋，說「胡為乎泥中」（《詩經．式微》），就是妳幹麼待在泥中，她就回了一句：「薄言往愬，逢彼之怒。」

第三章，「我心匪石，不可轉也。我心匪席，不可卷也。威儀棣棣，不可選也」。連續打了兩個比喻，講我心不是石頭，不是席子。這首詩打比喻和常情是相反的，〈孔雀東南飛〉[1]中說「君心如磐石」，是用磐石來比喻心意的堅定，但是這首詩反著來，說我的心不是石頭一推就轉動，也不像個席子可以卷來卷去。實際上還是延續前面的話題，都是在講她不是隨風倒的牆頭草。中國現代詩人俞平伯就說這首詩打比喻，起興又巧又密，還工整，在樸素的《詩經》裡不易多得。

這就涉及博喻的問題，博喻是一種修辭法，指比喻多。有學者認為，博喻是衡量一個作家才華的標誌之一。蘇東坡有一首詩〈百步洪〉，形容泗水的一個一百步長的激流，是這樣寫的：「長洪斗落生跳波，輕舟南下如投梭。水師絕叫鳧雁起，亂石一線爭磋磨。有如兔走鷹隼落，駿馬下注千丈坡。斷弦離柱箭脫手，飛電過隙珠翻荷。」連續打了好多比喻。博喻是想像力的標誌。而〈柏舟〉這首詩比喻的特點一是意象新奇、生動，二是擲地有聲，很有氣力的寫自己的人格。離了這些人格比喻，這首詩的藝術性就大打折扣，人格的震撼力也沒有了。

人格要有風範，房倒了、架子不塌

接下來，「威儀棣棣，不可選也」。威儀就是儀態，貴族應該有的做人做事的儀錶；「棣棣」是訓練有素。清朝文學作品《弟子規》一書就規定小孩行、住、坐的規範。《禮記》中的〈檀弓〉、〈曲禮〉都是講貴族應有的威儀規範。「不可選」，「選」讀作「算」，就是籌算、算計的意思。這是講我的威儀是不能夠有或然性的，沒有第二條選擇，一定要保證威儀。這是房倒了架子不塌的人格風範，值得尊重，也顯示了貴族文化的特點。

第四章，「憂心悄悄，慍於群小」。「憂心」就是內心憂慮，「悄悄」是憂愁的樣子，「慍」是惱怒，「群小」是成群的小人，這裡指眾妾。看來詩的女主人公是一個正夫人。因為做事情講原則，講正理，而被其他人算計。

1 中國漢樂府民歌中，最長的一首敘事詩。

「覯閔既多，受侮不少。」覯就是遭遇、遇到，閔就是憂愁。「既多」已經很多，「受侮不少」，受到不少侮辱。「覯閔既多」和「受侮不少」是早期詩歌的對偶現象，說明對偶意識已經出現了。「靜言思之」就是靜而思之。

「辟」是拍打，「寤」字，臺灣學者余培林《詩經正詁》認為是連續、持續的意思。「寤辟有摽」就是連續拍打，「摽」是象聲詞。夜深人靜的時候，她痛定思痛，內心的憂傷翻上來，瞪著眼睛睡不著，自己拍打胸膛發出啪啪的聲音。後來南宋詞人辛棄疾寫自己的孤獨：「把吳鉤看了，欄杆拍遍，無人會，登臨意。」辛棄疾拍欄杆，本詩是拍胸膛，表現一位無助女子身處幽暗無以排解的糟糕情態。第四章交代了她因為「群小」作怪而憂愁，但是對於怎麼作怪又沒有具體的說，這也是《詩經》的一個特點，它給人想像的空間。

最後一章，「日居月諸，胡迭而微？」。「居」是個語氣詞，就是「啊」。《詩經》用日月比喻夫妻比較常見，比如〈日月〉中「日居月諸，照臨下土」。「胡」就是為什麼，「迭」就是交迭。日月交迭就是日食月食的現象。日月本應該各行其道，你照你的白天，我照我的晚上，怎麼還出現日食月食這樣互相掩映的情況呢？這是比喻家庭矛盾。

「心之憂矣，如匪澣衣」，「匪」就是沒有，「澣衣」就是洗衣服，「如匪澣衣」是像不洗的衣服。這個解釋可以。但是「匪」也可以讀成「彼」，就是「那個」，就像那「澣衣」，亦即揉搓衣服一樣。這個解釋是說**我的心憂傷到像被揉揉搓搓的衣服。**

「靜言思之」，就是靜下來想一想，「不能奮飛」，和「汎彼柏舟，亦汎其流」，「微我無酒，以敖以遊」相呼應，就是煩惱無法擺脫，但離家出走在那個時代不是女子的首選，所以女子就想挺著，堅持下去。

所以，整首詩**寫一個女子在家庭生活中遭受了別人的暗算，失勢了、失寵了，因而苦悶。但是，之後她並沒有誇自己如何好，沒有強調自己做得如何對、群小陷害她如何錯誤。而是展現了面對生活不幸和逆勢的一種姿態，也就是挺立、挺著。**

在文學作品裡，的確是有一些人格力量，面對生活的廢墟和逆境，哭、鬧、求饒或者變節都不是好選擇，有時候就得人格挺立，**生活可以失敗，但是人格價值千金。有自己的人格，才能活得體面、有尊嚴。**

6. 不幸的婚姻，各有各的不幸

——〈邶風・谷風〉

《詩經》是個萬花筒，「國風」裡很多作品的顯著特點之一，就是同情弱者，同情那些經歷悲歡離合的或者生活失意的人。棄婦就是生活的弱者，她們往往在德行上沒有缺陷，但是被男子拋棄了。〈谷風〉講述的就是一位棄婦的故事，以及她在遭遇不幸以後的所思、所感。這個女主人公的性格跟〈氓〉和〈柏舟〉中的女子有所不同，相對而言，她是比較纏綿的，甚至是比較柔弱的，自有一種姿態。

> 習習谷風，以陰以雨。黽勉同心，不宜有怒。采葑采菲，無以下體？德音莫違，及爾同死。
>
> 行道遲遲，中心有違。不遠伊邇，薄送我畿。誰謂荼苦，其甘如薺。宴

爾新昏，如兄如弟。

涇以渭濁，湜湜其沚。宴爾新昏，不我屑以。毋逝我梁，毋發我笱。我躬不閱，遑恤我後。

就其深矣，方之舟之。就其淺矣，泳之游之。何有何亡，黽勉求之。凡民有喪，匍匐救之。

不我能慉，反以我為讎。既阻我德，賈用不售。昔育恐育鞫，及爾顛覆。既生既育，比予于毒。

我有旨蓄，亦以御冬。宴爾新昏，以我御窮。有洸有潰，既詒我肄。不念昔者，伊余來塈。

冷風冷雨中，被丈夫拋棄

「習習谷風」，「習習」是連續不斷，就像清風徐徐中的徐徐，就是習習的。「谷風」就是東風、大風。刮著風，「以陰以雨」，陰天風裡還帶雨。第一句就給全詩營造了一種陰鬱的氛圍。

下面說「黽勉同心，不宜有怒」，「黽（按：音同敏）勉」就是勤勉、努力，「同心」是指夫婦之間的同心同德，「不宜有怒」，不應該發火，不應該嫌棄對方。

接著打了個比喻，「采葑采菲，無以下體」，「采」就是採集，「葑」和「菲」跟蘿蔔類似，上面長纓子，下面長一個大的圓圓的根塊，可以做成醃菜。在生活中比較實用的是下面的根塊，這裡的「下體」就是指纓子。整句的意思就是：采葑采菲難道不是要採那個根塊嗎？言外之意娶妻應該取賢，跟你一塊過日子的人應該求賢明，這是女性的觀點。女性會這樣想問題，我對你好代表我有德行，就像蘿蔔根塊肥大的樣子，很實惠。這可能和男性對生活的理解有差異。

詩接著說「**德音莫違，及爾同死**」，「德音」在《詩經》裡反覆出現，大概就是德行的意思。這個「音」可以不翻譯。「不違」就是不背理，也可以說如果你不對我不好，「及爾同死」，我就跟你過到死。

到這裡，女子的人格特徵也展現出來了。她很善良，「**只要對我好，我鐵了心跟你一輩子**」的邏輯，表明她是十分明顯的依附型人格。這樣的性格如果遇人不淑，多半就只有被人欺負了。

第二章講的就是她挨欺負的狀況。「行道遲遲」，女子在路上走，腳步沉重、遲緩，「遲遲」就是遲緩。為什麼？因為「中心有違」，「違」是愇的假借字，是恨的意思。她不願意離開家。這暗示著她不是自己主動出來了，是身體被轟出來了，而心還不願意離開。前面展現的女子性格導致了她後面這種結果，就是已經走在路上了，被離棄而不得不離開。

接著來了一句「不遠伊邇，薄送我畿」，「不遠」就是「邇」，近的意思，「伊」是結構詞，「伊邇」也就是近，這句話的意思有點重複，是為了湊足音節，句子造得不是那麼好，但這畢竟是兩千多年前的詩，可以理解。

「薄送我畿」的「薄」是個詞頭，放在動詞前面。「畿」字的本意是門口的石頭，古代的門是兩扇門，門框要固定在軸上，這軸上下固定住可以旋轉，在下面為了旋轉方便，墊一塊硬硬的石頭，就是「畿」。所以，這一句的意思就是，這一送送到了門口，然後匡噹的把門一關。這是典型的掃地出門。從這裡可以看出男子對女子的刻薄。

所以，接著馬上來了一句「誰謂荼苦，其甘如薺」，誰說荼苦，「荼」就是苦菜，詩中人說誰說荼是苦的，它甜得像薺菜一樣，這個薺菜就是甜菜。形容自己現在心情的那種糟糕、難過、苦楚。

接著最讓她傷心的一句是「宴爾新昏，如兄如弟」，「宴爾」就是歡樂、安詳，「新昏」就是拋棄她的這男子又新結婚了。一對新人又親如兄弟，古代人重血親，兄弟如手足，**《詩經》中常用兄弟關係形容夫妻的感情親密**。這是講最令女子傷心的事，也交代出了她人生悲劇的直接原因，就是男子又有了新歡，並且娶進門了。這種現象在當時應該較為普遍，所以詩裡不斷的表現這種糟糕的事情。

面對爛男人，你需要的是決斷

女子被有了新歡的丈夫掃地出門，她該絕望，該清醒了吧？該認識到丈夫喜新厭舊的劣根性了吧？沒有。第三章的開頭說「涇以渭濁，湜湜其沚」。大意是說涇水本來很清，渾濁的渭水流進來，清澈的涇水就被攪渾了。她錯誤的把矛頭指向了那位新歡。同時還想，涇水雖然渾了，但是一旦水靜下來，沒有渭水搗亂了，它還是清的。這就是「湜湜其沚」的意思，「湜湜」就是清澈的樣子，「沚」是停下來。

詩中人這樣想，可以從兩方面解釋：一是還想有一天破鏡重圓；一是說早晚男子會想到自己的好處。不論如何，都是藕斷絲連，這個女子不是性格決斷的人。接著，「宴爾新昏，不我屑以」，屑就是「不屑一顧」中「屑」的意思。「以」就是用，「不我屑以」的意思就是不再理我了，不再拿我當回事了。

接著「毋逝我梁，毋發我笱。我躬不閱，遑恤我後」，什麼意思？「毋」就是不要，「逝」就是往，不要到我的梁上去，「梁」就是魚梁，捕魚的堤壩。古人為了撈魚，在河上修一些小石堤壩，留一些缺口，在缺口上下放簍子。下面「毋發我笱」的「笱」是竹簍子，「發」就是打開。你不要到我的梁上去，也不要去打開我的魚簍子。言外之意，你不要吃現成，這個家是我打的底子。但是說完這句很硬氣的話以後，她馬上又心緒蕭索，心情一轉，「我躬不閱，遑恤我後」，「躬」就是身體，「不閱」就是不容納。我自己都被趕出來了，哪裡還有功夫，或者說哪裡還有心情管身後的事情？這個「恤」就是體諒、照顧，就是管。「後」就是後事。這一段很悲哀，表現棄婦千迴百轉的心緒，看似不用力，卻深刻有力。

一想到那位鳩占鵲巢的新歡，氣就來了。可是，最讓女主人公枉凝眉、意難平的，還是自己的婦德無缺。「就其深矣，方之舟之」，「就」是針對的意思，是個介詞。就像渡河，假如水深我們就「方之」，「方」就是用木筏子渡，「舟」就是拿船渡。

「就其淺矣，泳之游之。」假如水淺我們就游泳。這是說自己做事會分情況，準則靈活，不是一個死板的人。「何有何亡」，就是家裡有的和沒有的，「黽勉求之」，我都努力去追求。「凡民有喪，匍匐救之」，凡是別人有喪亡之事，鄰里之間有點著急的事情，我都匍匐著，也就是手足並用、竭盡全力的幫助他們。這說明作為一個家庭主婦，她是會處理鄰里關係的，為人並不自私。清代學者陳震在《讀詩識小錄》中說，這一章寫得很直，甚至是偉岸雄直，寫自己的婦德表現，寫得很挺拔。這也體現了這個女子一直以來的思路，強調自己有婦德，對這個家有很實際的價值，甚至做得比別人還要好。

可是，越是這樣寫，女子對婚姻失敗理解存在的偏差問題就越嚴重。**負心男子拋棄妳，是因為妳婦道有虧嗎？總在婦道方面強調自己的作為，實際是沒有看清楚問題的實質，就陷入無謂的嘮叨了**。看詩篇，「宴爾新昏，如兄如弟」，女子遭受拋棄是因為年老色衰，男子有了新歡，不是因為她做主婦做得不好。對於男人這點德行，女子沒有找到要點。不知道詩篇這樣寫一位可憐的棄婦，是否有意如此，以此來向大家展示一種人生樣態，以引起大家的借鑑。然而生活中，就是如今，一些遭遇了負心漢的可憐之人，喜歡說自己行為的種種不差，不也很常見嗎？詩篇或許就是將生活中的常態如實的加以表現而已。這是《詩經》藝術現實精神的體現之一。

下面接著講，「不我能慉，反以我為讎」，我婦德這樣好，你卻不愛護我，「不能我慉」的「慉」是相好、愛護的意思。「反以我為讎」，「讎」就是對頭、仇人。**「既阻我德，賈用不售」，「阻」就是拒絕，你既拒絕了我的德行，「賈」就是做買賣，不售就是賣不出去，這是比喻，我就像一個滯銷品。**

接著就說「昔育恐育鞠，及爾顛覆」，這兩個「育」字都是結構詞，「恐」是恐懼，「鞠」（按：音同菊）是窮困，「顛覆」就是潦倒困苦。這兩句的意思是，當年艱難的時候，我們倆心懷恐懼，怕一同陷入困境，也就是說我們那會兒是同心同德、共患難的。接著「既生既育」就是已經養兒育女了，「比予于毒」，你卻把我比作有毒物質，認為我是仇人。詩的情緒在這非常劇烈的翻轉了。

當幸福成了苦難，任誰都不能失了自我

最後一章，「我有旨蓄，亦以御冬」。「旨蓄」是美好的積蓄，「亦以御冬」是

比喻的說法，抵禦艱難的意思。「宴爾新昏，以我御窮」，「御窮」就是抵抗貧窮，意為你現在有了新人了，把我的積蓄全部用到了新人身上。你當年實際上是拿我當禦窮的手段來利用。接著「有洸有潰」，「洸」的本義是水勢凶猛，在這形容態度粗暴、凶惡。「潰」意為糊塗。合起來就是糊里糊塗的生氣、打老婆。**原來，自婚變以來，女子在家總是挨打**。下面「既詒我肄」，「詒」就是給予、留下，「肄」就是憂愁、苦痛。也就是說，你現在給我留下的是無窮的苦難。好，「不念昔者，伊余來塈」。你忘記了過去我們一起共同創建生活的好，現在只對我暴怒。到最後，詩用一種怨痛之詞做結。所以這首詩我們念完了以後，心裡很不舒服，很壓抑。

實際上，我們當代生活中也有這種現象，有些男性具有渣男的特性。而如果再深入反思，這首詩和〈柏舟〉以及〈氓〉相比，女子那種依附的性格，實際上也是造成婚姻不幸的原因之一。對此我們應該有所戒惕，**中國古代往往把夫妻和睦比作琴瑟和諧，琴瑟有高音、有低音，但是低音可不是沒有音**，低音可不是說那個弦就不重要，每一個音都要有自己的主體性。即使在古代夫妻兩人一個主內、一個主外，各有分工，但是**誰都不能失了自我**。而這首詩裡女子的性格，就有一種失去自我的嫌疑了。這在生活中就容易被人家蔑視、輕視，因而出問題。

在一般的社會交往中，即使面對位高權重的人，也不要捨棄自我，要堅信自己的價值，堅持自己的立場。這樣一來，主體性確立了，性格才能堅強，才能夠有自己的生存之道。

所以，這首詩是一面鏡子。它的敘事比較簡要，但是裡面女子的性格、內心的思想邏輯是非常清晰的，詩塑造了一個人物形象。它寫得很動人，裡面有很多值得我們今人借鑑的地方。

7. 總有一些人，我們不該忘記

——〈召南・草蟲〉、〈小雅・出車〉

喓喓草蟲，趯趯阜螽。未見君子，憂心忡忡。亦既見止，亦既覯止，我心則降。
陟彼南山，言采其蕨。未見君子，憂心惙惙。亦既見止，亦既覯止，我心則說。
陟彼南山，言采其薇。未見君子，我心傷悲。亦既見止，亦既覯止，我心則夷。

「召南」裡的〈草蟲〉，寫的是女子在秋天思念在外的丈夫，詩一共是三章。這首詩也是重章疊調的結構，每一章都有重複的內容。第一章，「喓喓草蟲」，「喓喓」（按：音同腰）是蟲的叫聲，能發出叫聲的草蟲，就是蟋蟀、蟈蟈兒等昆蟲。當「喓喓」叫的草蟲出現時，已經到了秋天，所以這裡也暗指季節。在中國人的生活節律中，秋天是一個回歸的季節，是一年要結束的季節，這時如果家裡有人在外面，就容易出現思念的惆悵，思念之情會加劇。

從下一句的「未見君子」看，此處寫的是女子在深秋時節思念在外面的丈夫。接著是「趯（按：音同替）趯阜螽」，「趯趯」就是跳躍。從善跳躍可以看出，阜螽大概就是蝗蟲類。在〈豳風．七月〉裡也有「莎雞振羽」，「莎雞」也是一種蝗蟲。蝗蟲在草間跳、叫，很熱鬧，其實襯托的是詩篇女主人公內心的躁動。

所以接著就是對女子內心的描述，「未見君子，憂心忡忡」。成語的「憂心忡忡」就來自這首詩。「忡忡」形容憂心、精神不安的樣子，「憂心」就是憂慮之心、思念之心。接著下面一轉，「亦既見止，亦既覯止」，「見」是見到，「覯」就是會面，會合。「我心則降」，降就是平復了，也就是放心了。

第二章跟前一章的意思很像，只是出現了一個新的意象，就是「陟彼南山，言采其蕨」。「陟」就是登上，「言采其蕨」，蕨是一種野菜，多年生草本植物，它的根莖匍匐在地上，早春時就開始在根莖上長葉子，因為葉子的形狀像老鱉的腳，所以又稱鱉菜，嫩的時候可以吃，口感比較滑，味道也還不錯。這一句就是說採集山菜，表達一種思念。

在**《詩經》裡面，採集陸生植物，往往跟懷人有關係**，但兩者之間的聯繫到底是怎麼建立起來的？可能是一種非常古老的民族心理，或者說一種不自覺的習慣。因而，「陟彼南山，言采其蕨」是比興手法，不是女子真的到南山上去採菜了。「未見君子，憂心惙惙。」「憂心」還是憂慮之心，「惙惙」就是連續不斷的樣子。清代大學者俞樾說「惙惙」實際上就是「綴綴」，這樣解釋為連續不斷就容易理解了。「我心則說」這個「說」就是「悅」的意思，先秦時候還沒有「悅」字，就用「說」。「我心則說」和前面「我心則降」意思是一樣的。第二章意思變化不大，只是換了字，換了開頭。

第三章，「陟彼南山，言采其薇。未見君子，我心傷悲」。沒有見到君子，我心很傷悲。「亦既見止，亦既覯止。」馬上要見到了，馬上就會合了。「我心則夷」這個「夷」，是平復、平定的意思，也引申為高興。

這首詩讀起來很簡單，但是它**表達了思婦在秋天懷念身處外面沒有回家的丈夫，這樣一種社會情緒**。國風中有這一類作品，關注到了家中思婦的情感，也就是承認了一種社會現實，就是有些人在外面，會引起家人的思念。**它的特點是把懷人的惆悵放在秋聲之中**。一年的秋天，跟一天的黃昏差不多。

俗語說：「男子悲秋，女子懷春。」男子愛「悲秋」，古典的悲秋之祖作品即宋玉的〈九辯〉，寫男子漢悲秋悲得稀里嘩啦的，所以悲秋彷彿成了男子漢大丈夫的專職。其實，〈草蟲〉證明，在宋玉之前，秋風落葉的時候，敏感的女子也會悲，而且悲得頗有水準。有意思的是，這個作品的一部分曾經在〈小雅．出車〉裡出現過。

戰爭詩的人道精神

〈出車〉寫的是出征將士的心情，從它的第三章可以看出內容。

王命南仲，往城于方。出車彭彭，旂旐央央。
天子命我，城彼朔方。赫赫南仲，玁狁于襄。
昔我往矣，黍稷方華。今我來思，雨雪載途。
王事多難，不遑啟居。豈不懷歸？畏此簡書。

喓喓草蟲，趯趯阜螽。未見君子，憂心忡忡。既見君子，我心則降。赫赫南仲，薄伐西戎。

（節錄）

「王命南仲」，周王命令大臣南仲伐玁狁，玁狁是西周晚期最嚴重的邊患。這首詩是命南仲到方這個地方去修建防禦的城池。「出車彭彭」，「彭彭」就是指馬雄壯的樣子。「旂旐央央」，指旗幟隨風招展。「天子命我，城彼朔方。」意思是，天子命我們在南仲的率領下，到邊地朔方去鎮守。結尾說顯赫的南仲終於把玁狁給「襄」，也就是攘除、消除了，這裡的「襄」字通「攘」，就是趕出去、消除的意思。

這是這首詩創作的緣起。到了第四章「昔我往矣，黍稷方華……」和〈小雅・采薇〉最後一章的「昔我往矣，楊柳依依……」結構類似，表達的意味也很像，這是它們同時代的標誌之一。「昔我往矣，黍稷方華」，當初我出征的時候，黍子和稷兩種糧食正在開花，長得茂盛，是春夏之交。

「今我來思，雨雪載途」，我回來時卻是漫天大雪，道路泥濘。接著說，「王事多難，不遑啟居」，因為我們的王朝處於多事之秋，所以我們這些人不遑啟居。「啟居」這個詞也在「小雅」裡反覆出現，是一個固定詞，大致就是講和平生活，在家裡面過平常的、安定的生活。

接著說，「豈不懷歸？畏此簡書」，難道我們不想回家嗎？但是我們敬畏王的命令，要捍衛國家。「簡書」就是寫在簡冊上的王命。所以，第四章很明顯是男人、將士的口吻。

接下去，就是和〈草蟲〉篇完全一致的幾句：「喓喓草蟲，趯趯阜螽。未見君子，憂心忡忡。既見君子，我心則降。」後面是「赫赫南仲，薄伐西戎。」顯赫的南仲去伐西戎，「薄伐」的「薄」字，是一個詞頭，沒有實義。這說明，幾句女子的歌唱，被鑲嵌在了寫王朝派南仲北伐玁狁這樣一首典禮樂章裡了。

實際上，這就是「小雅」作品中的對唱。這就給我們讀詩提供了一種新思路，詩有兩個聲部，就像在國家典禮慰勞將士的時候，會出現男女對唱，男的唱「昔我往矣，黍稷方華。今我來思，雨雪載途……」接著有女聲唱「喓喓草蟲，趯趯阜龕……」，共同來表達家和國的情感。

從這裡我們接觸到中國文化的一些深層邏輯。戰爭、典禮讓男聲表達思鄉之情，讓女子表達對丈夫、對參與戰爭的那些男士的關心。它表明戰爭不單是男人的事情。一打仗會牽扯到千家萬戶的所有人，當然包括將士的妻子，那會使她們揪心。

戰場上一個男人去世了，那麼社會就有好多人受到影響，有人失去了丈夫，有人失去了父親，有人失去了兄弟，有人失去了兒子。實際上，女人對戰爭做出了貢獻，也做出了犧牲。她們起碼忍受了孤獨之苦。讓女子出聲，表明這個典禮注意到了戰爭也損害了女子的幸福生活。

所以，**這場典禮的目的就是向這些人表達崇高的敬意，撫平他們內心的創傷。這就是禮樂的精神。這種創作手法又影響了後代詩歌**。唐代著名邊塞詩人高適的〈燕歌行〉，以主要的篇幅寫完戰場、邊地的困境和苦難之後，插入一句「……玉箸應啼別離後。少婦城南欲斷腸，征人薊北空回首」，藉由家中女子的痛斷肝腸來深化主題。

《詩經》和當時的社會生活連結得很緊密。任何社會都有家和國的矛盾，這個主題不斷的在《詩經》中出現。面對這個矛盾，人們應該能夠透過適當的途徑發出聲音，社會要對他們這種犧牲表示尊重和敬意，否則這個社會就太冷漠了，人們也不會願意為這個社會做出犧牲。所以，這些詩篇有高度的社會功能，表示中國在三千多年前創建文化的時候，就具有人道精神。

〈草蟲〉這首詩可能是一個房中樂，專門演奏給女子們聽的。讓她們透過聽這種歌唱，排遣長期忍受的丈夫不在家的苦痛。它的感人之處，在於把一種情緒放到秋天特有的光景中，詩的味道就濃了，但是它更深層的含義，是表達敬意。

8. 風調雄渾，讚美軍士之歌

——〈周南．兔罝〉

風詩反映社會生活是非常廣泛的，除了婚戀、家庭方面的題材之外，還有其他廣闊的內容。〈兔罝〉就與戰爭和軍人有關。這首詩見於「周南」。

肅肅兔罝，椓之丁丁。赳赳武夫，公侯干城。
肅肅兔罝，施于中逵。赳赳武夫，公侯好仇。
肅肅兔罝，施于中林。赳赳武夫，公侯腹心。

風調肅整，氣格森森

這首詩聽起來，風調是很幹練的，很爽直，有一種英武之氣。歷代學者對這首詩題旨的說法有很多種，一直以來較無統一的定論。《毛詩序》說是「后妃之化」使「賢人眾多」。《毛詩》家認為〈關雎〉講的是周文王娶了一位賢德的后妃，他們家過得好，給天下人樹立榜樣，家庭好是因為有好妻子。所以，他們認為〈兔罝（按：音同居）〉講的是后妃導致好家庭，導致好的社會風化，於是人人好德行，這樣的話賢人也就多了。那麼這種說法跟〈兔罝〉沾不沾邊？也沾一點邊，比如「赳赳武夫，公侯干城」、「赳赳武夫，公侯好仇」。赳赳武夫，好像是有很多勇敢的人，這就是賢人眾多的表現。

但是，詩歌創作不是這樣的，當詩人寫一首詩，就像排隊一樣，先從家裡寫起，然後再寫社會上的所有人，好像詩歌創作是寫小說，第一章、第二章、第三章、第四章，寫教科書一樣，從前提出發，到中間部分再到結論，不是這麼寫的。所以，近現代以來，人們就開始懷疑這種說法，實際上它也的確有可疑的地方。那麼，這首詩到底寫什麼？有人說這是獵人之歌，可是，稱獵人為武夫也不合適。

要解釋這首詩，首先看它的內容，然後再結合一些新出土的金文[2]材料。

首先「肅肅兔罝」，「肅肅」形容網繩整齊嚴密的樣子，「兔罝」的「罝」字就是網，這沒有問題，那麼這個「兔」字是什麼？過去就認為是野地裡跑的兔子。但聞一多在《詩經新義》中，說「兔」應該是老虎，因為《左傳》中記載，楚國人把虎叫成「於菟」，這個解釋就和「肅肅兔罝」聯上了。因為「肅肅兔罝」下面還有一句「椓之丁丁」，就是打樁子。「椓」就是擊打的意思，「之」代表什麼？木樁。丁讀成「征」，「丁丁」指擊打木樁子的聲音。如果是逮兔子，就沒有必要打木樁了。可是要絆老虎、套老虎，用網子去逮捕，就和「椓之丁丁」相應。所以兔指的是於菟，也就是老虎，罝是捕老虎的網。要安這個網需要木樁，所以下面有「椓之丁丁」，肅肅、丁丁，就和老虎連結起來了。

這是比興之辭、自由聯想，古代的戰爭跟狩獵有很多相似的地方，另外挖陷阱、設網子，實際上也是國家整個防禦體系的一部分。西周時，為了捍衛邦國，國家要修一個土城防禦外敵，然後在城外的郊區，還要挖陷阱、設夾子，一方面防猛獸，另一方面也防敵人。

《尚書》就記載了魯國大敵當前，君主下令把套猛獸的夾子和陷阱都撤掉，因為要打仗了，魯國人在郊區要設防，別讓自己人陷進去。所以，「肅肅兔罝，椓之丁丁」這個比興讓我們聯想到這些。開頭寫了一個狩獵的事情，引帶出下面「赳赳武夫，公侯干城」，「赳赳」就是雄壯的樣子，「武夫」就是戰士，「公侯」就是諸侯，「干城」的「干」是盾牌，「城」是城牆，都是防護用的，這句話就是說武夫都是守護公侯的。我們現在也在用這個詞，比如「國家干城」就是指國家棟梁。

下一章，「中逵」就是陸地、原野。「肅肅兔罝，施于中逵」，就是施於原野，「施」是布置的意思。「赳赳武夫，公侯好仇」，這個「好仇」我們並不陌生，在〈關雎〉裡面有「窈窕淑女，君子好逑」，這裡的仇和逑意思一樣，就是夥伴、配偶，那麼「赳赳武夫，公侯好仇」的意思就是你們是公侯的好幫手。

接著「肅肅兔罝，施于中林。赳赳武夫，公侯腹心」，中林就是林中，這跟野外是相關的。「赳赳武夫，公侯腹心」，這個「腹心」就是公侯可以信賴的心腹。詩在寫作上是一層深於一層的——先說是干城，國家的捍衛者；接著說是好幫手，暗含著跟諸侯的關係很親密；到了第三章，就變成了是公侯最信賴的人。一首詩的不同章節

---

2 指鑄刻在殷商與周代青銅器上的銘文，也叫鐘鼎文。

換幾個字，但是意思一層層加深，這也是《詩經》重章疊調所具有的特點。

周王檢閱諸侯軍隊的樂歌

這首詩的主旨到底是什麼？我們可以結合一些金文來解釋。在周代，很多貴族參加戰爭，或者為王朝辦其他事情受了賞賜之後，會製作青銅器，在上面刻上他受賞的緣由和經過。這些材料可以與詩相互印證。

我們在西周大量的金文裡經常看到，周王朝打仗時，經常會調動諸侯的軍隊幫忙。而且，王要調諸侯的軍隊，不能直接去調，而是必須先調動諸侯，讓諸侯去調自己的部隊。賞賜的時候，周王也只能先賞賜諸侯，然後諸侯再賞賜出征的將士。西方中世紀流行一句話：「封臣的封臣，不是我的封臣。」西周封建制也是如此。它是一個貴族分權制，王的權力管到哪裡是有限的。

比如，從西周後期禹鼎的長篇銘文裡可以看出，當時的王朝直屬部隊西六師和殷八師作戰懦弱，於是周王就命令一個叫武公的人，讓他的軍隊直接投入戰鬥。而西周晚期的晉侯蘇鐘上的銘文寫道，晉侯蘇領著自己的軍隊去參加王朝向東、向東南去征服的一次戰役，詳細的寫了王檢閱晉侯蘇軍隊的場面，說周王大老遠的來到了前線，檢查軍隊。到了之後，王下了車站在那裡，臉朝南方，向晉侯蘇下命令。

這些細節告訴我們，王會和諸侯的軍隊見面，而且還要對他們講話。由此我們聯想到〈兔罝〉，就恍然大悟。「肅肅兔罝，椓之丁丁。赳赳武夫，公侯干城。」符合周王的口吻。實際上這個音樂是演奏給來自諸侯的軍隊，他們要參加王朝的軍事活動。所以，王在誇讚他們的時候，不能說你們是我的臣，而是說你們是公侯的干城、公侯的好仇、公侯的腹心。

這首詩是一首軍歌，唱給來自諸侯的那些參戰軍隊，與「后妃之化」風馬牛不相及。詩的年代我們不好一口咬定，但是根據常理推測，它可能產生在西周中後期，王朝調動了諸侯的軍隊參戰，要給他們獻歌，鼓舞士氣。這應該是中國歷史上相當早的軍歌了。

9. 如果你先欺負人，就會有人算計你
——〈周南・漢廣〉

南有喬木，不可休思。漢有遊女，不可求思。漢之廣矣，不可泳思。江之永矣，不可方思。
翹翹錯薪，言刈其楚。之子于歸，言秣其馬。漢之廣矣，不可泳思。江之永矣，不可方思。
翹翹錯薪，言刈其蔞。之子于歸，言秣其駒。漢之廣矣，不可泳思。江之永矣，不可方思。

〈漢廣〉這首詩和〈兔罝〉一樣是軍歌，都與王朝的軍事活動有關，但它不是鼓勵士氣，而是告誡軍人注意自己的紀律。過去它被認為是一首愛情詩，那是不對的。

告誡軍人：漢有遊女，不能求也

這首詩雖然有三章，但它每一章的最後四句都是一樣的，「漢之廣矣，不可泳思。江之永矣，不可方思」。「南有喬木」，南就是南方，是相對而言的，因為周人發源於陝北，然後漸次向南發展。「喬木」就是高大的樹木，「不可休思」，是不可停留、不可休息的。「思」是個語助詞，有點像屈原作品裡的「兮」。這句告誡大家在南方的喬木底下不能休息，實際上對南方帶有一種偏見或者恐懼。

現代南方的文化水準非常高，但是在遙遠的三千年前，那是一片荒蠻之地。所以北方人初到那裡，有不少的恐懼、新奇，還帶有偏見。所以又說「漢有遊女，不可求思」，說漢水兩岸，甚至包括水面上、船隻上，有些遊女是不可求的，這個「不可」意為不可能、禁止。「遊女」指到外面遊遊晃晃的。我們知道〈關雎〉中講淑女是好詞，但遊女可就不一定了。《詩經》裡其他地方提到的遊女，也往往不是好女人。

下面接著說「漢之廣矣，不可泳思」。說漢水好寬闊，是不可以游泳渡過的，「江之永矣，不可方思」，江就是長江，永是長，實際上也是寬大的意思，方是什麼？就是渡長江的小木筏子。這四句講的是害處，你要是裸身渡漢水，或者隨便找個小木筏子去渡長江，可能有滅頂之災，這跟前面的「南有喬木，不可休思。漢有遊女，不可求思」就連上了，實際上都是勸誡。

解釋《詩經》的著作《韓詩內傳》裡，講了一個鄭交甫的故事。說他到南方去做買賣，結束之後在漢水旁邊遇到了兩位女子，他看她們長得很漂亮，就送她們東西，然後這兩個女子還贈給他一顆珠子。鄭交甫覺得挺好，跟她們搭訕還得到了禮物，結果走了沒幾步，回頭一摸珠子沒了，再一回頭看兩個女子也沒了。所以，這就是遇到鬼或者遇到仙了。

《韓詩內傳》用這個故事解詩，實際上也是一種勸誡，說到了南方以後，不要看女子漂亮，就跟人搭訕，搞不好你遇到的不是人類，到時候把你的東西也拿走了。這個有趣的故事，就包含了三千年前的周人對南方的偏見。

「翹翹錯薪，言刈其楚」是個比喻句，「翹翹」就是高聳的樣子，「錯薪」就是雜亂的柴草。「言刈其楚」的「言」是個語助詞，沒有實義，「刈」（按：音同意）就是割取，「楚」就是荊楚，這裡指那些「錯薪」裡面的高大者，我們今天還在說某某是哪方面的翹楚，這個詞就來自《詩經》。這兩句說你要割柴、打柴，要專門挑那些高大的。

下面一句，「之子于歸，言秣其馬」。你要娶媳婦，先把迎親的馬秣好，「秣」就是用飼料餵好，這是講做事有前提才有結果，要講究手續。比喻合法的婚姻要有父母之命、媒妁之言，不能自己胡亂去做。詩讀到這裡，後面暗含的意思就清楚了，這是從北方來的周王軍隊中，有人不守紀律跑到外邊去欺負人家南方的女孩。

據文獻記載，周王在經營南方的時候是有營盤的，有營盤就有駐軍，這些駐軍不守紀律、不遵規矩，也會出於寂寞或者別的原因出去追逐人家的女孩，可能有人吃了虧，所以這首詩說「之子于歸，言秣其馬」。接著下面又說：「漢之廣矣，不可泳思。江之永矣，不可方思。」這句很含蓄，但是強調你要是不守法、不管不顧，可會有滅頂之災。

下一章的意思大致相同：「翹翹錯薪，言刈其蔞。之子于歸，言秣其駒」。「言刈其蔞」的「蔞」指高大的蒿子。「言秣其駒」的「駒」是小馬駒，在這就是馬的意思。你要是割柴就割好的；你要娶媳婦，就先把迎親的馬餵好。

反覆詠唱，實際上是反覆告誡

〈漢廣〉這首詩的意思不是一些人想像的那樣，說想追求南方的女子卻追求不到，於是隔著漢水在那望洋興嘆，失戀了。它的意思完全相反，它的本事和社會現實聯繫得非常緊密。針對周代在南方駐紮軍隊，有些軍人仗著自己手裡有武器、身高力壯出去欺負人家女孩的情況，詩人進行告誡，說**如果你欺負人，就有人算計你**。

所以詩反覆說「漢之廣矣，不可泳思。江之永矣，不可方思」。要小心，水深得很，是這樣的語態。**詩的大意是關乎軍紀的，體現了禮樂的教育意義**。

所以，**讀詩也是讀社會生活**，孔子說詩可以興、觀、群、怨，其中的觀就是了解社會生活。很多文獻裡面都不會寫周代軍隊在南方的作風問題、軍紀問題，但是這首詩含蓄的告訴我們，出了這個問題了。

說到詩的含蓄，這首詩實際上對南方是有偏見的，雖然不明說，但他對周公的軍隊不是斥責的口吻，而是教誨的口吻，警告他們不要吃虧，不要做錯事，不要犯糊塗；這是一種偏愛，體現了詩人是站在周人的立場上而寫。

這首詩的價值，在於它反映了當時的生活，透過它，我們發現《詩經》裡常有一些意想不到的東西讓我們驚奇，它是一個萬花筒。而且這首詩也很有特點，「南有喬木，不可休思。漢有遊女，不可求思」、「漢之廣矣，不可泳思。江之永矣，不可方思」反覆詠唱，實際上是真真切切的反覆告誡。

〈漢廣〉這首詩涉及南方的女子，水上的女子，後來人們把她誤解成一種神或者一種仙，於是由這個現象開始構造自己的文學作品，如三國詩人曹植的〈洛神賦〉，這是文學衍生當中很有趣的現象之一。

10. 戰爭帶來的，只有一去不回

——〈邶風．擊鼓〉

擊鼓其鏜，踴躍用兵。土國城漕，我獨南行。
從孫子仲，平陳與宋。不我以歸，憂心有忡。
爰居爰處？爰喪其馬？于以求之？于林之下。
死生契闊，與子成說。執子之手，與子偕老。
于嗟闊兮，不我活兮。于嗟洵兮，不我信兮。

〈擊鼓〉這首詩中最廣為流傳的名句「執子之手，與子偕老」，表達的是亂世中的夫妻真情。

第一章，「擊鼓其鏜（按：音同湯）」，鏜形容鼓聲，咚咚咚個不斷。古代擊鼓是召集大眾的，一敲鼓，大眾就聚集。「踴躍用兵」中的「踴躍」本義是「積極的」，這裡則是暗指國君窮兵黷武的瘋狂模樣，一個國家喜歡打仗，整天沒事也要加強國防。

所以下兩句就是「土國城漕，我獨南行」。「土」，以土築城，「國」就是城郭。「城漕」，「城」也是築城的意思，「漕」就是城牆外的護城河。古代建城市就地取土，用土來築城，挖出的溝正好當護城河。

中國古代護城河的歷史也很久遠了。「土國城漕」就是為了加強國防，大家都忙著修築城市。但是，又派出了一些人去遠征，就是「我獨南行」，這句話把不高興的意味帶出來了。大家都留在國內，為什麼我偏偏要遠行？所以第一章頭兩句用咚咚不斷的鼓聲，寫出一派兵荒馬亂的景象，國家處於一種備戰狀態，人心惶惶。就在這樣的情形下，「我」被徵調了，離開了故國。

第二章接著就說，「我」去做什麼？「從孫子仲，平陳與宋。」從就是跟從，孫子仲這個人，《毛傳》中說是公孫文仲，也就是這一次出征的主將。下面一句「平陳與宋」，「平」就是調停，調停陳國與宋國的關係。也就是兩國打仗，第三方站出來調停一下，大家各讓一步，或者交換一些條件，重歸和平。詩一開始，寫了打仗、加強戰備，還要派出將軍帶著軍隊去調停別的國家。把君主好事好戰的狀況寫出來了。「從孫子仲，平陳與宋」，帶著軍隊去，這也是諸侯的一個慣態，帶著軍隊，不服就征伐你、糾正你。所以中國古代把出征叫「征」，征從正字來，就是糾正。這就是列國關係。

要了解《詩經》，需要先了解這個時期的戰爭觀念。在《國語》中有「大刑用甲兵」，甲兵就是鎧甲、兵器，大的刑法實際上就是糾正一些諸侯國的錯誤，這叫大刑。那麼，這種糾正錯誤就是一種征討，向你討說法，從道義上來譴責你。這是春秋時代的一些特徵，到了戰國，這種理念就沒有了，打仗就變成為了消滅你，掠奪你的土地和人口。

春秋時期的國家都由周王朝封建而來，國與國之間都是兄弟關係，所以戰爭不能打得太殘酷，要講究一些規矩。列國之間發生衝突以後，其他國家有調停的義務，所以「從孫子仲，平陳與宋」講的就是這樣的事情。

如果國君是和平主義者，去調停也沒有什麼不好，可是他的國內也不太平，邦國的環境也不好，可以說這是一個好惹是生非的人，在這亂世當中，又無事生非的到陳和宋去調停。

一去戰場永不回

接著下一句，「不我以歸，憂心有忡」。「不我以歸」就是不讓我歸，這個「以」字有攜帶、允許的意思。因為是去平陳與宋，可能將部隊長期駐紮在某個地方了，所以我回不去，想家，憂心忡忡。這就很有意思了，如果這個國君做的是一個正義的事業，他的國民也不至於這麼說話。所以從「我獨南行」到「不我以歸，憂心有忡」，都表現了人民的不情願。

第三章，「爰居爰處？爰喪其馬？」。「爰」是在這裡、在此的意思，我們在這裡居，我們在這裡處，我們在這裡「喪其馬」。喪馬就是丟失戰馬，是一個含蓄的說法。打仗時戰車需要用馬拉，馬丟了意味著人和車就跑不動了，實際上就是喪命了。這句話和前面的「我獨南行」、「不我以歸」互相照應，前面的意思就是「我」總是在這待著，早晚把性命丟了。

「于以求之」中的「于以」就是在何處。我死了以後，到哪裡去找我的屍骨？「于林之下」，到山路的樹林之下。這個解釋，是從《左傳》得出來的推測。

《左傳》中記載，一次楚莊王跟晉國打起來了，這場戰爭在春秋時期很著名，叫

「邲之戰」。晉國渡過黃河跟楚國人打，結果慘敗。楚莊王是一代賢王，很有作為。晉國則是心也不齊，力也不齊。晉國打敗了以後渡黃河逃跑，其中有一個逢大夫，他在戰車上帶著兩個兒子逃。兩個兒子年輕，在車後面坐著。晉國有個將軍叫趙穿，趙穿丟了馬和車，正在那裡東張西望，看到逢大夫來了。逢大夫也看到了趙穿，就跟兒子們講，別往那邊看，言外之意就是咱們假裝沒看到趙穿，就過去了。結果，他越不讓兒子往旁邊看，兒子越往旁邊看，有個兒子還喊了一句：哎，是不是趙大夫？這個逢大夫一聽心想，這兩個不懂事的東西，不讓你們做什麼，你們偏做什麼。沒辦法，因為他看到趙穿了，只能先救趙穿，於是把兩個兒子轟下去了。

逢大夫指著兒子說：「你們倆要死，死在某棵樹底下，我好找你們。」然後拉著趙穿跑了。這兩個兒子後來被楚國人殺掉了，之後逢大夫在樹底下找到了他們的屍骨。古代戰爭結束了以後要收屍，這在列國之間也是允許的，可見春秋的戰爭很文明。「于以求之？于林之下。」是什麼意思？是說他的屍骨在林子底下。

打仗不是男人的事業，而是一種社會傷害

前面說到一去戰場永不回，接著筆鋒一轉，開始懷念妻子了。讓他最放心不下的就是妻子。所以說「死生契闊，與子成說。執子之手，與子偕老」。這首詩就像是一封寫給妻子的信。「死生契闊」，「契」是密切的；「闊」是遠離、闊別的意思。「契闊」是個偏義詞，雖然用到了契字，但不取它的意思，只取闊的意思。「死生契闊」就是「死生永隔」，我這次出來以後，可能就跟妳永遠離別了。

於是「與子成說」，我曾經跟妳有過約定，我們永遠手拉著手，要一起過到老，就是「執子之手，與子偕老」。把家庭、把最眷戀的人拿出來，是在反襯戰爭的殘酷無情，反襯戰爭本身的非人道，是非常有力度的。

中國古詩寫戰爭，總會把家屬拉進來。戰爭不只是男人的事業，它也是一個社會行為，會傷害社會。這裡是這首詩的一段高潮。接著就說「于嗟闊兮，不我活兮」。「于嗟」就是感慨，哎呀哎呀。「闊兮」就是闊別。「不我活兮」，不讓我活下去了。「于嗟洵兮，不我信兮」，「洵」是遠離。這個「洵」字，漢代流傳的另外一本解釋《詩經》的書——《韓詩》中就解作「迴遠」。可見，「闊兮」跟「洵兮」是一

個意思，也可以理解成時間長。

「不我信」，指自己有悖當年的盟約，曾跟愛人說「執子之手，與子偕老」，可是現在自己回不去了，失信了。後面連用了四個「兮」字來感慨，連用了兩個「于嗟」來抒情。清代學者陳繼揆在《讀風臆補》中點評此詩說，連用兩個「于嗟」，鼓蕩的聲音是非常高亮的，表達出人生的無限酸楚。

11. 為了虛頭名利不顧生活，是不知德行

——〈邶風・雄雉〉

雄雉于飛，泄泄其羽。我之懷矣，自詒伊阻。
雄雉于飛，下上其音。展矣君子，實勞我心。
瞻彼日月，悠悠我思。道之云遠，曷云能來？
百爾君子，不知德行。不忮不求，何用不臧。

〈雄雉〉見於「邶風」。雄雉就是雄性的野雞，有著非常美麗的羽毛。這首詩講的是什麼情感呢？先說一首唐詩，王昌齡的〈閨怨〉：「閨中少婦不知愁，春日凝妝上翠樓。忽見陌頭楊柳色，悔教夫婿覓封侯。」詩寫得一看就懂，在家中等待的少婦，本來心情平靜，春天來了，打扮好了，登上自己家的樓遠望，忽然發現遠方春色

一片，在大好時光中，突然一股悔恨之情湧上心頭。她後悔當初勸告自己的丈夫外出建功立業，因而虛度了大好時光。這首詩講的是真情，在情和事業之間，詩人更珍惜這種真情，因為這才是真正的人生，而一切的功名利祿都是虛的。這種情感的表達，不是從唐詩開始的。〈雄雉〉這首詩，可謂王昌齡詩的源頭。

遠行的丈夫像炫耀羽毛的雄雉

第一章，「雄雉于飛，泄泄其羽」。「雄雉」，一種山雞，又叫翬，在〈小雅．斯干〉裡有「如翬斯飛」，就是指野雞。「泄泄」，翅膀扇動的樣子。這裡的「雄雉」暗指自己的丈夫，就是下文說的君子。「泄泄其羽」就是雄雉飛起來，羽毛閃耀，比喻男人好虛榮，整天在外尋找機會建立功名，經常忘了家。所以下面有「我之懷矣」，「我」是指詩中的女子，「懷」就是想念，我現在懷念那只整天在外面飛的雄鳥，也就是自己的丈夫。

「自詒伊阻」，我是給自己找麻煩，這個「阻」本來是艱難的意思，在這引申為煩惱。抱怨之情，在頭一章後兩句已經展露無遺了。這個女子和王昌齡筆下的人不一樣，不像中國古代的很多賢妻那樣，整天攛掇著自己的丈夫去完成事業。相反，她對自己的丈夫遠離在外煩透了，這裡不能理解成這個女子沒有志氣，她實實在在是因為男人不在家糟透了心。從中也可以窺測出，春秋時期男子經常出於各種各樣的理由，自願或不自願的被徵調走，離開家鄉。

接著，「雄雉于飛，下上其音。展矣君子，實勞我心」。「下上其音」，雄雉在飛的時候，發出來的叫聲也在上下飄動。按照殷商的語言習慣，將「上下」說成「下上」，《詩經》裡保存著一些殷商古語，很值得重視。下面「展矣君子」，「展」就是指實在、真實，「君子」就是丈夫，在《詩經》時代，可以稱自己的丈夫為君子，有的時候君子也指國君或周王，總之是稱呼尊者。「展矣君子」就是真的君子。「實勞我心」，「勞」是憂傷、操心的意思。這句話是直接對君子發話：君子呀君子呀，你不在，讓我糟透了心。開始的「自詒伊阻」是氣話，此處「展矣」、「實勞」兩句，則是真情呈現。心直口快，非常直切，離別的煎熬太真切了，傷得她太深了。這是第二章，其中的女子非常有性格。

接著，「瞻彼日月」，看那日月，這句詩話裡暗含著離別的時間太久了，成年累月。「悠悠我思」，「我」的思緒也隨著時間的延續而延續。「道之云遠，曷云能來？」又是講丈夫離別的空間很遠，什麼時候才能回來？這裡的情感很有深度，前面是埋怨，可是不能一直埋怨，到了這裡，是用一種平穩的或者正面的語態來寫自己的思念，交代了丈夫離開的時間、地點，時間跟空間成正比，時間越長，離得越遠，你什麼時候才能回來？

整天為了虛頭名利，不顧生活，是「不知德行」

最後一章的調子又不同了，「百爾君子」，「百爾」指所有的你們這些君子，你們不知「德行」。你們整天在外邊奔走、建功立業，反而不知德行。這個「德行」應該打著引號，特指守護家庭，在平凡的生活當中完成自己的職責。而**整天為了虛頭名利，忘了自己是誰，不顧生活，則是「不知德行」**。

「不忮不求，何用不臧」，「忮」是貪心，「求」在這裡指過分地追求名利。這幾句的意思是：你們這些男人如果不過分的追求名利，不過於貪心，還有什麼不好的？歸於對男性追求的名利的看破。

這是一首極有性格的詩。《紅樓夢》裡賈寶玉厭惡那些成為「國賊祿蠹」的男人，其實，「水做的女兒」在《詩經》裡就已經有了，男人那點名利心，在這首詩裡，也早就被女主人公戳破了。她說他們不過是為了虛頭名利在忙，忘記了家庭，也忘記了生活的真意。真正的德行是守本分，在平凡中過得充實，過得有價值，這其實是對人生的一種警告。**我們經常為了一些大家都推崇的東西，跟著世俗走，而忘記了生活的真意，這是一種媚俗、不能脫俗的表現。**在《論語》中，孔子表揚過子路，說子路這個人，穿著破棉襖，跟穿著名貴狐貉皮衣的人站在一起，也不覺得慚愧。這就是脫俗，就是「不忮不求」。

這首詩的最後四句是非常富於趣味的，詩中的女子並不是「悔教夫婿覓封侯」，不是悔，而是對夫婿這個覓封侯行為的一種甄別，這是一個很脫俗的形象。這就是《詩經》可愛的地方，它表現人物不俗氣、很靈動，雖然詩歌形態古老，但它裡面的人物卻非常鮮活。而且把男人比喻成整天展現漂亮羽毛的雄雉，不斷的在那裡飛呀飛呀，忘了自己是誰，卻成為一種被獵取的物件，體現出一種智慧，說明追求虛名的人也將被世俗所俘虜。

第四章——長得好是先天的，姿態好是修養出來的

1. 雖種忘憂草，思念不曾斷

——〈衛風．伯兮〉

伯兮朅兮，邦之桀兮。伯也執殳，為王前驅。
自伯之東，首如飛蓬，豈無膏沐？誰適為容！
其雨其雨，杲杲出日。願言思伯，甘心首疾。
焉得諼草？言樹之背。願言思伯，使我心痗。

「衛風」裡有一首詩叫〈伯兮〉，女主人公的性格很像唐代詩人王昌齡〈閨怨〉詩中那位「悔教夫婿覓封侯」的女子，但這首詩寫得比王昌齡詩更有深度。寫思念這種很抽象的情緒，王昌齡讓一個女子打扮後上樓看遠方的春色，勾起無限的悲傷和後悔，唐詩這種表達方式很輕靈、形象也很生動。它實際上秉持著一種古老的文學基因，這種基因我們在〈伯兮〉中可以看到。

女為悅己者容的始祖

這首詩的開頭豪情萬丈。「伯」就是大哥，實際上是指自己的丈夫，這個稱呼和稱君子有所不同，「哥哥」是很親密的稱呼。「朅兮」，「兮」相當於「啊」，「朅」就是英武、勇武，這個字在〈碩人〉裡出現過，寫莊姜的衛士們。「邦之桀兮」意為邦國裡面傑出的人物，「桀」就是傑出。這未必是真實的情況，可能是情人眼裡出西施，反正在女子的眼中，自己的丈夫是邦國的傑出人物。

「伯也執殳，為王前驅」，「伯也」跟「伯兮」的「伯」是同一個人，「執殳」的「殳」（按：音同書）是古代的一種兵器。這種兵器在考古中發現過，比如湖北省隨縣有個擂鼓墩墓葬，曾經出土過戰國時期的一件殳，長一丈二尺[1]，由柄和金屬

1 古中國傳統的長度單位，十尺為一丈，但不同朝代的長度是不同的。

的殳頭兩部分組成。金屬殳頭是個三棱形的矛頭，矛頭上有銅箍，銅箍上還有一些像銅刺的東西，便於刺傷敵人；柄就是長柄。遠看就是一支可以擊打、刺殺的長槍。「伯也執殳，為王前驅」，說得多麼豪邁，王在這裡是指諸侯，伯在王的軍隊裡做前驅，執著長槍，走在隊伍前面，這是一副非常自豪的口吻。漢代有執金吾這個官員，就是在皇帝出行時在前面打著旗子、拿著長槍做守衛，屬於古代公卿級[2]官員，九卿之一。

據說光武帝劉秀年輕時到京城裡觀光，看到執金吾走在前面，好威武雄壯，心中就開始羡慕，心想這輩子能做個執金吾該多麼好。對他來說，這個志向低了一點，他後來當了皇帝。可見，在王的隊伍前面做前驅是榮耀的，所以詩篇一開頭就展現了這個場景，寫了妻子眼中的丈夫。這種自豪是一種世俗之情。如果僅寫這個，這個女子就是樂羊子妻[3]之類的人物了，就是整天給丈夫上發條、敦促丈夫求取功名的那種人了。

第二章詩篇馬上一轉，說：「自伯之東，首如飛蓬，豈無膏沐？誰適為容！」丈夫走了，人間的榮耀也過去了，下一句就寫無休無止的離別的煎熬。「自伯之東，首如飛蓬。」有一句俗語，叫「士為知己者死，女為悅己者容。」但是詩人不這麼說，而說自從我親愛的大哥到東方，我就整天不梳不洗，頭亂得像秋蓬。李商隱有「走馬蘭臺類轉蓬」的詩句，秋蓬是一種植物，到了秋天就乾了，根斷了，之後隨著風飄，「首如飛蓬」是很具體形象的詩句。

接著說「豈無膏沐？」難道我家裡窮到連洗髮乳都沒有嗎？連沐浴露都沒有嗎？洗頭要用一種脫掉油膩的東西，另外要加膏脂潤澤一下，古代也知道這樣做，也有這些東西。接著，「誰適為容」，「適」在這裡讀作「迪」，就是當著、對著，意思是我對著誰打扮呢？容指梳妝打扮，古代講禮容，包括打扮、走路的姿態、跟人說話的狀態等。這句說我最心愛的人走了，我打扮給誰看呢？把人的真情寫出來了。從第一章看這女子雖然有一點俗氣，但詩裡展現的更多的是真情，這就寫出了一個真實、性格豐滿的人。

2 三公九卿的簡稱。三公，即丞相、太尉、御史大夫。九卿，即奉常、廷尉、治粟內史、典客、郎中令、少府、衛尉、太僕、宗正。

3〈樂羊子妻〉是一篇人物傳記：它透過兩個小故事，讚揚了樂羊子妻子的高尚品德和過人才識。

用反常行為，展現內心的思念

第三章開始用比喻寫思念。詩含蓄的說「其雨其雨，杲杲出日」。「杲杲（按：音同搞）」就是太陽冉冉升起的樣子。說每天我都盼著下雨，結果每天杲杲然太陽從東邊就出來了，每天都事與願違。我每天都眼睜睜的盼著丈夫回來，這個願望卻無法實現。接著說「願言思伯，甘心首疾」，「願言」就是寧願，「首疾」和我們今天常用的「痛心疾首」的「疾首」是一個意思——頭疼。有人願意整天處在思念的煎熬之中嗎？沒有，但是這裡她就說自己願意。甘心首疾，就是說我思念伯思念得頭疼，但仍忍不住還要思念，把思念的折磨非常巧妙的表現出來了。「願言」、「甘心」這兩個詞用得非常痴情，寫得深刻有力。

為了拯救自己的沉陷，她還想了很多辦法，其中之一就是「焉得諼草？言樹之背」。「諼草」就是忘憂草，有人將其理解為黃花菜，這不一定對，因為現在已經無法確知古人把什麼草當成忘憂草。她當然知道忘憂草不能忘憂，只是為了消除內心的苦痛，總得找點事情做。種在哪？「言樹之背」，「背」就是北堂、背陰，種在隱蔽的地方。太想丈夫了，要是被人發現、被恥笑可不好。這樣做的結果是，「願言思伯，使我心痗（按：音同昧）」，「痗」是心病，思念之苦還是無藥可救。

總之，後兩章的事都是些無厘頭的動作，又和老天爺鬧彆扭，又無事忙的種諼草，然而這正是文學在表現真情。越是無厘頭，表現真情就越有力。詩篇正是以一種頗為出奇的手段，把一個活潑潑的、可愛的、真誠而且痴情的女性形象展現給讀者。

《詩經》寫女性的風格，篇篇不同。〈雄雉〉是一個聰明女子把男人那點不切實際的事業心看破了。〈伯兮〉則不表現為睿智，而是著重表現思念的深度，以顛三倒四的行為，把人物的性格描寫得非常生動。這種審美不來自女子的外表，而是來自一種反常情的表現中，人物內心的優美和動人。從〈草蟲〉等作品也可以看出，《詩經》是千姿百態的。一個思念丈夫的主題，就變換出不同的樣式。而且，每一種樣式，在表現上都稱得上深刻有力；人物的心境，也都是那樣活靈活現。

這首詩內容豐厚，人物性格在整體上也非常多元。雖然語言障礙阻礙了我們對《詩經》的欣賞，但當我們把語言障礙解決以後，會發現這是一個生動活潑、沁人心脾的世界。這就是《詩經》的魅力，是中國文學在兩千五百年以前就獲得的成就。

2. 因誇飾而雋永的思歸詩

——〈衛風．河廣〉、〈王風．采葛〉

誰謂河廣？一葦杭之。誰謂宋遠？跂予望之。
誰謂河廣？曾不容刀。誰謂宋遠？曾不崇朝。

誇飾是文學藝術裡必不可少的手段，比如「白髮三千丈」，形容愁緒像三千丈的白髮一樣，說人的白髮有三千丈，就誇張得出奇了。誇張的手法由來已久，《莊子》中的「（大鵬）其翼若垂天之雲」、「展翅九萬里」，都是屬於誇飾的說法。當然，文學裡的誇張還是有數的，印度人則一誇張就是「十萬八千劫」，就是「恆河沙數」，像恆河裡的沙子那樣多，沒邊沒沿，無窮大。「衛風」中的〈河廣〉就運用了誇張的手法。

詩的誇飾：踩一條葦子渡黃河

「誰謂」就是誰說，「河廣」的「河」就是黃河，「廣」是寬闊。「一葦杭之」，拿個葦子就可以渡過去。誰說黃河寬，我們踩一個葦子就可以航過去，這個「杭」實際上就是「航」。這句說話的口氣多大！誇張的氣氛和意味就出來了。說黃河的寬不在話下。

這個「一葦杭之」後來還衍生出另外一個故事。中國古代佛教有禪宗，當年的禪宗老祖達摩來到中國以後，先到了南朝，見到梁武帝，但兩人怎麼也談不攏。於是達摩就渡江，南方人不給他船，他就弄了一根葦子，「嗖嗖嗖」踩著葦子就過去了，也是「一葦杭之」，當然是渡長江。

「誰謂河廣？一葦杭之」，接下來就說一句：「誰謂宋遠？」意思是誰說宋國遠。宋國在今天的商丘，衛國在黃河的左岸，也就是今天的河南省新鄉一帶，兩國之間有一段距離，在古代的交通條件下得走幾天，所以宋國本來很遠。但是詩說「誰說宋遠」，「跂予望之」，「跂」就是踮起腳，這句說踮起腳望。可是人的肉眼怎麼望也就是幾公里的路程，不可能望到宋國。當然，這個宋國不是指靠近衛國邊境的地方，而是指都城。所以，「跂予望之」又是誇張，強調「近」，近到踮起腳來就可以看到。

接下來「誰謂河廣？曾不容刀」，「曾不容刀」是一個強調的否定句，「曾」就是強調一點也不。「容刀」的「刀」可以照字面解釋，一把小刀。黃河水就這麼寬，在我眼裡面，它就像一把長條刀一樣寬，也是說不在話下。還有一種解釋說「刀」就是刀條形的小船，一種小舢板。也就是說，比葦子稍微寬點的船。「誰謂宋遠？曾不崇朝」，「崇朝」就是終朝、一個早上，也就是強調我一個早上就可以過去。

關於這首詩要表達的感情，有人說是宋襄公的母親思念宋國，有人說是僑居衛國的宋國人想家，還有人說是衛國的移民感激宋國相救。但是詩篇本身顯示的內容太少，到底哪一種說法正確很難確證。實際上，它真正有意思的、能感動人的地方，在於那種誇飾和爽朗。**它的語言很單純，快言快語的調子，既豪邁又誇張的氣概**。詩寫得很簡潔也很活潑，句子非常秀麗、雋永、耐人尋味，其中運用的誇飾藝術手法，讓人印象深刻。

用誇飾法，寫相思之情

「王風」中的〈采葛〉，也很典型的展現了誇張的藝術力量。

彼采葛兮，一日不見，如三月兮！
彼采蕭兮，一日不見，如三秋兮！
彼采艾兮，一日不見，如三歲兮！

這裡面出現「葛」、「蕭」、「艾」三種植物，都是有味道的草，在今天生活中用得比較少了。在〈葛覃〉中，曾講到抽取葛的纖維製成葛布。「蕭」就是香蒿，又叫牛尾蒿，晒乾了以後燃燒有香氣。古代祭祀時，經常將牛尾蒿和動物的油脂一起獻給神靈。「艾」就是艾草，中醫用來治病。詩講采這三種植物，實際上都是詩篇開始的方式。詩的誇張表現在下面說的「一日不見，如三月兮」、「一日不見，如三秋兮」、「一日不見，如三歲兮」。三歲跟三秋意思差不多。三章九句，反覆強調一日不見，感覺時間長得跟三個月、三秋、三年一樣，不斷的重複這層意思。

對此詩的解釋歷來也不外兩種，**一種是愛情關係，一日不見如三月、如三秋、如三歲，是情人最容易產生的情感**，通常用來形容戀愛中人的如膠似漆。還有一種解釋是憂讒畏譏，說君主和大臣之間一日不見就像三月、三秋、三歲，因為君臣之間如果見面的時間隔得長了，就會有人挑撥離間。這種解釋說君臣之間要互相溝通，是一種患得患失的情緒，也是可以通的。這首詩和〈河廣〉一樣，語言單純，透露的本事方面的資訊太少，一味求其本事就是徒勞。

所以，回到詩本身，它在藝術上的長處，就是那種言簡義豐、高度的誇張，寫人情、相思之情深刻有力。

3. 受重用要自豪，但低調

——〈鄭風．緇衣〉

緇衣之宜兮，敝，予又改為兮。適子之館兮，還，予授子之粲兮。
緇衣之好兮，敝，予又改造兮。適子之館兮，還，予授子之粲兮。
緇衣之蓆兮，敝，予又改作兮。適子之館兮，還，予授子之粲兮。

國風裡的詩篇以民間故事、民間情感，特別是愛情、婚戀內容居多，不過也不是完全沒有和政治有關的內容。「鄭風」的〈緇衣〉就涉及鄭國的大人物——兩代鄭國君主鄭武公和鄭莊公。鄭這個國家的來歷，我們在講〈褰裳〉篇時已提過。鄭武公就是鄭國始封君鄭桓公的兒子，鄭莊公是鄭武公的兒子。周平王東遷的時候，主要仰仗的是黃河北岸的晉和鄭州附近的鄭。

用新衣服比喻受重用

三章的後三句是一樣的，這是《詩經》中典型的重章疊調。這首詩的特別之處在於不是四言，「緇衣之宜兮」是五個字，「敝」是一個字。有人說這叫**雜言詩**，魏晉南北朝以後這種詩體有很多，用長短不齊的句子，最短一個字，實際上這種現象從《詩經》就開始出現了。

「緇衣之宜兮」，「宜」就是穿著合適，「緇衣」就是黑色的絲綢製品，或者黑色的衣服。這在周代，是周王和諸侯級別穿的衣服，和後世皇帝穿黃袍不同。按照古代的記載，一件衣服的絲麻染成黑色，要經過「七染」，染料應該包括茜草和一些礦料等，工藝比較原始，所以衣服一開始染髮綠，慢慢發黃，發紅，深紅，然後變成黑色，經過七染才成緇衣，這是很貴重的。

研究《詩經》，要將名物搞清楚，比如有些人說這首詩是愛情詩，因為詩中說衣服很合適，破了，我幫你再做一件，很像愛情中獻殷勤的口吻。而事實上，緇衣已經限定了詩的內容。若我們能了解到**緇衣是諸侯的衣服**，就知道它不是愛情詩。

詩的頭一句說緇衣很合適，穿破了，我給你再做一件，不單再做，還要「適子之館兮」，到你的館舍裡面，迅速的把舊的拿回來，「予授子之粲兮」，再給你一件光閃閃的新衣服，粲就是鮮亮，這個「予」就是我，實際上指代周王。這裡有一個隱喻，緇衣代表卿士。周王請一些諸侯來幫他打理國政，這些人叫卿士。

《左傳》記載，鄭武公為平王卿士。這首詩涉及的兩個諸侯，就是鄭武公和他的兒子。這個「緇衣」之「宜」，之「敝」，合適的緇衣破了，實際上比喻的是鄭武公死了，死了以後我（周王）是不是還用你們鄭國的諸侯做卿士？還用，所以詩中說「改為」，就是我再給你新做一件。鄭武公死了，鄭莊公接著繼續做王的卿士。所以這首詩是鄭國人的口吻，用衣服來打比喻，敘述自己國家的君主受平王重用，武公去世了，又用新的君主鄭莊公，周王不僅給了一件燦爛的新衣服，而且是親自送過來的。這首詩講周王對鄭武公、鄭莊公非常寵愛，表達一種自豪之情。

曲折纏綿的折腰句

下面兩章的意思基本相同，只有字句略有改變，「緇衣之好兮」的「好」跟「宜」是一個意思。第三章，「緇衣之蓆兮」。「蓆」是寬大的意思。「敝，予又改作兮」。「改作」，跟「改為」、「改造」也一樣。所以，重重疊疊的就唱一個意思。陳繼揆說「敝」字一句，「還」字一句，是詩家折腰句之祖。**折腰句就是一個長句子跟著一個字的句子，在這首詩中出現了兩次，在中間折一下，頓挫一下**。清代文學家牛運震說這首詩非常巧妙的用轉，曲曲折折的轉折，重重疊疊的，卻並不使人感到厭煩。

三章都提到了「館」，館就是館舍，用後來的語詞解釋就是官邸。因為當時都城在洛陽，鄭國在鄭州附近，實際上還挺遠的，到洛陽去要穿山越嶺，不可能每天在兩地之間往返上下班，所以要修官邸，好多諸侯國在都城都有官邸，到了洛陽以後住下，朝拜周王，有自己的住處，這就是「館」。

這首詩寫政治，又不明說，而是用做衣服來打比喻，又用雜言體，五字句、一字句，交錯進行，寫得曲折纏綿、委婉含蓄，代表了「鄭風」的基本特點。

4. 河上演兵是一種暗諷

——〈鄭風．清人〉

清人在彭，駟介旁旁。二矛重英，河上乎翱翔。
清人在消，駟介麃麃。二矛重喬，河上乎逍遙。
清人在軸，駟介陶陶。左旋右抽，中軍作好。

「鄭風」中的〈清人〉，可以幫助我們了解一些古代戰車和作戰的情況。

在商代，中國出現了車，有考古文物為證，當時是兩匹馬來拉，車比較小。到了周代，戰車大發展，流行的是四匹馬拉一輛戰車。在洛陽的一個博物館，有四個大字是它的標誌，就是「天子駕六」，意為周天子的車用六匹馬拉。所以，周人的戰車是更高明的。在周武王滅商的時候，《詩經》寫道：「牧野洋洋，檀車煌煌，駟騵彭彭。」車是用檀木做的，檀木很硬，衝殺搏擊，明晃晃的。這是一般的戰車知識，下面來看〈清人〉。

友軍在奮戰，我軍在擺 pose

一共三章，「清人」是清邑的人，「清」是地名，是一個城邑，相當於後來的城鎮，所以「清人」的意思是，這些軍隊的成員主要是清邑的人，它的主帥是誰？主帥叫高克。《左傳》中有記載，在閔公二年，「鄭人惡高克，使帥師次於河上，久而弗召，師潰而歸，高克奔陳。鄭人為之賦〈清人〉」。閔公二年發生了一件大事情，黃河北岸的衛國遭遇了北狄入侵，齊桓公、宋桓公這些諸侯奉行了「諸夏親暱，夷狄豺狼」的民族大義，說我們諸夏是一家人，夷是豺狼，所以要尊王攘夷，救衛國。齊桓公的霸業就因為這一事件如日中天，因為大家明白了，真正能救天下的是齊桓公，他能夠號令諸侯使華夏團結起來抗擊外敵，周王反而不行了，這就是霸主。

就在這件事情發生的同時，鄭國的君主在幹什麼？他對這次齊桓公、宋桓公主導的諸侯團結行動，基本上就是冷眼旁觀，這多少有點不仗義。北狄人在洶湧澎湃的進攻衛國，形勢很嚴峻，鄭國人不能不防，可是他們又覺得自己在黃河南岸，問題不大，怎麼辦？就讓清邑人高克率領一些軍隊在黃河南岸巡弋、防守，因為厭惡高克，就讓他帶軍隊在那待著，既不給軍餉，也不召回，最後軍隊就散了，高克一看君主是有意陷他於不義，就自己跑到陳國。鄭國民眾認為君主這件事情做得不對，所以就有了〈清人〉這首詩。

這首詩對鄭國君主的做法有針砭之意，在華夏的兄弟之邦遭受外敵入侵的時候，一些諸侯國已經伸出援手，而鄭國卻做出這種離譜的事情，但這種表達是非常含蓄的。借助《左傳》的記載，我們分析詩裡面的一些字句，是可以讀出這層意思的。

第一章，「清人」就是清邑的軍隊，「彭」是地名，應該是靠近跟衛國接壤的黃河南岸，在鄭國的北郊一帶。「駟介旁旁」，「駟介」就是披著甲的馬，「介」就是鎧甲，因為打仗，馬在前面衝鋒陷陣就披著鎧甲，「旁旁」就是盛壯貌，這在《詩經》裡面反覆出現，有的時候寫作「彭彭」。

「二矛重英」，「二矛」就是戰車上的矛，古代戰車上通常要裝備各種長短兵器，二矛按照古代注釋，一種叫酋矛，一種叫夷矛，酋矛短，夷矛長。這是作戰的需要，長兵器適於遠處，短兵器適於近距離，實際上還有其他的武器，比如弓箭等。

「重英」就是兩層羽毛做的裝飾。「二矛重英，河上乎翱翔」，「翱翔」就是飛翔，在這裡意為來回轉悠，所以這個詞多少有點貶義。軍隊「二矛重英」，老遠就看見這兩個槍桿子在那招招搖搖，本來「英」是修飾矛的，很顯眼很威風，但是在這裡加了「翱翔」兩個字，就是徘徊、進退不定，在那瞎逛蕩的意思。

接著「清人在消」，「消」也是地名，應該離「彭」不遠。「駟介麃麃」，裝備很精良的馬匹、戰車，很威武。「二矛重喬」，「喬」就是羽毛，跟「英」同義。「河上乎逍遙」，假如我們是鄭國人，北方正在尊王攘夷，友邦在遭難，我們的軍隊卻在國境線逍遙，這樣放回當時的情境，詩的貶義就出來了。

周代車戰總是向左轉

第三章，「清人在軸，駟介陶陶。左旋右抽，中軍作好」。「軸」是地名，跟彭和消離得也不太遠。「陶陶」，就是輕飄飄的在那裡奔馳。「左旋右抽」，是戰車的作戰方式。周代的戰車上一般有兩個人或三個人，假如車上有兩個人，就是駕車的在左邊，負責作戰的兵士「甲士」在右邊。假如是三個人，中間的人駕車，左邊負責射箭，右邊也是甲士。而右邊的甲士往往手執戈矛，叫做車右，車右通常都是大力士，這是古代戰車的安排。所以，如果車上坐的是君子，那麼他一定在左邊。

《左傳》裡講過一場戰爭很有趣，晉國和齊國打了一仗，叫鞍之戰，就在今天濟南北部的一個小山頭華不注附近。戰爭的頭一天晚上，晉國主將的爸爸托夢給他，說明天作戰你千萬別在左邊待著，那樣必死。他是主將本應該在左邊，聽了爸爸的話，他就跟中間駕車的人換了位置。果不其然，戰爭一開打，射手就把左邊右邊的人全射死了，他在中間就沒事。這告訴我們假如戰車上有指揮官，他一定在左邊。

接著說「左旋右抽」，古代打仗講究的是兩軍擺好了陣勢以後，兩邊的戰車相向而行，那總要有一個交錯，不可能四匹馬撞到一起，所以一定要閃，而這個閃一定是左轉，這就是左旋的意思。就是向左拐，因為這樣一左拐，就把右邊的大力士亮出來了，大力士拿著長矛或者短矛，可以近距離攻擊敵人。

右抽指的是在戰車左旋的時候一定要把弓箭和戈抽出來，做刺擊動作。但這首詩說的是好像在左旋右抽的練兵，其實只是在做一些動作。「中軍作好」，「作好」就是擺各種 pose，弄花拳繡腿，這也是貶義，是譏諷之義。

所以，這首詩如果僅從字面判斷，從「作好」、「逍遙」等可以看出一些意思，但是如果沒有《左傳》做參照，就很難肯定它是一種諷刺。可見，有時一些歷史文獻對我們解釋詩歌幫助很大。〈清人〉是一首很含蓄的批評詩，實際上就在說風涼話，別的國家正在跟北狄浴血奮戰，我們的君主卻派了高克領著一幫人在黃河南岸逍遙，無聊的擺各種pose，用了皮裡陽秋的手法。

5. 青青子衿，悠悠我心

——〈鄭風・子衿〉

青青子衿，悠悠我心。縱我不往，子寧不嗣音？
青青子佩，悠悠我思。縱我不往，子寧不來？
挑兮達兮，在城闕兮。一日不見，如三月兮。

〈子衿〉中有個好句子，由於後世一個人的幫忙而更加廣為人知。這個人就是曹操曹操。曹操有一首詩叫〈短歌行〉，其中就有「青青子衿，悠悠我心。但為君故，沉吟至今」，抒發了他思賢才的心情，借用了〈子衿〉裡的「青青子衿，悠悠我心」。這兩個句子造得也實在是好，所以到今天仍然流傳甚廣。那麼這首詩是什麼樣的？也是三章，很短。

愛戀之心的曲曲折折

第一章「青青子衿」，「青」就是黑色，比如戲劇裡的青衣，就是黑衣。但是有時青也指綠，這就體現出中文的詞語比較靈活，像青可以說是黑，反正綠到底大概就是黑。還有一些顏色很難說，比如說碧綠的「碧」，它是什麼顏色？有時指綠色，但在碧血一詞中，就是形容顏色很純正。

此處「青青子衿」就是黑黑的子衿，「子」就是你，「衿」是什麼？過去有一種解釋是衣領，所以後來人們一說青衿就理解為黑色的衣服。那麼什麼樣的人穿黑色衣服？當然這裡是指黑麻布，料子不會太高級，不像〈緇衣〉裡所講的那樣。

根據《禮記．深衣》，父母雙全的人穿這種純黑色深衣。所以，過去一種解釋說這首詩是講學子，說春秋時期學生都穿這種純黑的衣服，看起來是有偏頗的，因為爸媽健在的人都可以穿這種衣服，不一定是學子。但這裡透露出一個資訊，詩描述的是父母都健在的年輕人。若聯想到「鄭風」多男女思念的篇章，就有一種可能，像朱熹說的這是一首「奔淫者之詩」。**「奔淫者」在古代指沒有經過爸媽同意，男女私自結合**，這個詞用得難聽，但是他說這首詩是表達男女愛情的作品，這是可取的。它擺脫了《毛詩序》把主旨歸為「鄭國衰亂，不修學校」的說法，看詩的眼光還是有的，只是心態不好，把男女自由戀愛視為不正經，這是古人的一種偏頗、老封建了，我們今天倒也不必過分苛責。

也有學者講，衿是指佩玉的帶子，依據的是《爾雅．釋器》，說「佩衿為之褑」。「佩衿」就是指佩戴的衿，它叫做「褑」，褑就是佩玉帶子的上段。所以這些學者認為「衿」跟下邊的「青青子佩」是連著的。

「青青子衿，悠悠我心」，「悠悠」就是指思念很長，為這個事翻來覆去的想了好長時間，傷心了好久。清代牛運震在《詩志》裡，點評悠悠二字「有無限屬望」。「屬望」就是殷切的期望對方、盼著對方。這就是「鄭風」，它表現人的心情，「青青子衿，悠悠我心」，我見了你，一顆心就怦怦怦跳，心旌搖動。接著馬上責怪對方，**「縱我不往，子寧不嗣音」，我不去找你，難道你就不給我個信嗎**？「嗣」就是詒，詒就是給，「嗣音」就是向我傳信、遞消息，就是指主動跟我聯絡感情。

這是非常精細的，精彩的刻畫了戀愛中人的心理。男女青年戀愛時常常看到對方就馬上失落，馬上無限的嚮往，但又很矜持，於是就指責對方不主動，**越是指責對方，就代表把對方看得越重**，這兩句詩把心裡這般的曲曲折折，非常簡明扼要的表現出來了。這就是戀愛中人的心情，總是想對方能夠主動點。所以我們說《詩經》**擅表人情，話不多但是能抓住要點，這是詩的妙處**。

第二章，「青青子佩，悠悠我思」。「我思」跟「我心」是一樣的。「子佩」就是指那個佩戴物，這裡不是寫他的衣服，而是寫衣服上的配件，這就有意思了，這跟「悠悠」是連著的，就是說**你身上所有的部分，只要它一動就牽著我的心思**。「縱我不往，子寧不來？」上一章是責備對方不向自己傳遞消息，這裡說難道我不去找你你就不來找我嗎？這是戀愛中人，實際上她是很自信的，也挺矜持。愛情往往是這樣，不合邏輯，不講道理。能把這些表現出來，正是詩的好處。「子佩」指的是佩戴的玉石，《禮記．玉藻》裡面就講男人、女人佩戴的一些物品，其中有一句話就說，凡是帶子上都要拴個玉，這是一般貴族打扮。「子寧不來？」，「寧」也是難道。

接著第三章，「挑兮達兮」，這個「挑」也作「佻」，輕滑不可靠的意思，就是太活絡、蹦蹦躂躂，所以他們總是行不相遇，老是錯過。實際上「挑達」講的是在城闕往來。城闕是什麼呢？「城闕輔三秦，風煙望五津。」這是唐代詩人王勃的詩。古代城門左右兩側有高臺，那是可以上去的，可以上去看一看風景，也可以掛出一些政令，當然後代這樣做的比較少了，在周代是有的。

這兩句話，女子就想你也不來找我，也不給我送信，卻滿城牆在那裡跑，是她埋怨對方的話。所以，這個情感還頗有點不明朗，可能女孩子看上了對方，而且覺著對方對自己也有意思，所以就等著、矜持著，想讓男方來主動向她這座空城發起進攻，可是對方，可能有點傻乎乎的沒感覺，對這個女孩子冷著、撂著，反正不理睬，還在玩，在城牆上「挑兮達兮」。女孩子已經深深的陷入了單相思，說：「一日不見，如三月兮。」這個詩顯得很活潑。

曹操的點化：從古詩裡找句子，加以改造

「青青子衿，悠悠我心。」曹操把它改了，當然曹操讀這個詩大概就把它理解成《毛詩序》中所說的那樣，是指學校。《毛詩序》說私校廢了，廢了以後老師看到這些年輕人不好好讀書，整天在城牆上晃蕩、發愁，說「悠悠我思」。但是，古代講師道尊嚴，如果學生不念書，老師肯定不這麼客氣，而且「縱我不往，子寧不來？」、「縱我不往，子寧不嗣音？」這些也和老師不搭調。但是曹操可能是這樣理解的，然後把學校的意思順便一轉，變成思賢才，還加了兩句「但為君故，沉吟至今」，就是

只為你的緣故，「沉吟至今」，「沉吟」實際上就是「悠悠我思」的意思，我在那默默的思念。

曹操這個人作詩很有特色，他善於從古詩裡面找一些句子，加以改造。比如他的〈觀滄海〉裡有「日月之行，若出其中。星漢燦爛，若出其里」這樣的句子，是借自司馬相如。司馬相如是漢大賦的作家，他寫上林苑，說太陽、月亮從園子的東邊出來，從它的西邊落下去，寫得很誇張，誇張到有點不太相稱。畢竟一個皇家園林再怎麼大，用「日月出入」形容總讓人感覺是在吹牛，但是曹操用「日月之行」、「星漢燦爛」、「若出其中」、「若出其里」來形容大海，那可就妙了，這就是曹操的一個手法，點石成金了。

過去南京有位沈祖棻，是個女詞人，一代才女，寫過《宋詞賞析》。她說曹操借用了司馬相如的句子就像「卓文君再嫁」，你看這個說法多妙。卓文君是守了寡以後遇上司馬相如，目挑心招嫁給了司馬相如，成為司馬相如的夫人她就名垂青史了。「青青子衿，悠悠我心」這個句子也是如此，經曹操這麼一點化也就不朽了，流傳千古了。這裡可以看出沈祖棻談詩的妙處，這個比喻打得很漂亮。好的語言，入心，想忘都忘不掉。《詩經》裡面這樣的好語言就特別多。

6. 風雨如晦，雞鳴不已

——〈鄭風・風雨〉

風雨淒淒，雞鳴喈喈。既見君子，云胡不夷！
風雨瀟瀟，雞鳴膠膠。既見君子，云胡不瘳！
風雨如晦，雞鳴不已。既見君子，云胡不喜！

這首詩是寫風雨懷人、風雨歸人的。詩寫人見了君子，在什麼情形下見的？這正是詩的妙處，在「風雨淒淒，雞鳴喈喈」的時候。而黎明前天色的特點是黑暗，黑暗的天氣又加上風雨，這個開頭濃雲密布，有點像魯迅所講的「風雨如磐暗故園」。

那麼，什麼樣的力量可以衝破它？這就是詩的張力，它在開頭讓人感覺到壓抑，但是「雞鳴喈喈」，雞鳴代表天要亮了，這之間就有一個衝突、一個矛盾，一個壓抑和反壓抑。「既見君子」就是已經見到了君子，但是沒見之前的情況他沒有寫，見之前怎麼傷感，怎麼懷念，**怎麼憂心忡忡，都不說，這是《詩經》中常見的手法**。已經見到君子，前面的黑暗就不在話下了，也就是說這首詩雖然寫黑暗和風雨，但並沒有拿把它們當回事，已經閃過了它們，實際上是一種豪邁，一種志氣上的超越。這就是詩的硬氣，很有啟發性。

那麼，這個「君子」指什麼？

在先秦時期，「君子」的含義在《論語》裡曾經發生過變化。《論語》裡的「君子」有兩個含義：一個是指身分，一個是指品德。比如，「君子之德風，小人之德草」，這個君子指的是身分，意思是在位者是風，不在位者小民則像草一樣，要受風的影響。

而「人不知而不慍，不亦君子乎」的「君子」指的是品德，別人不了解你，也不因此生氣，不也是有修養之人的表現嗎？。在比《論語》早的時候，君子則往往指身分，而所指的身分有不同，一般來說貴族都可以稱君子，另外家裡的丈夫也可以稱為君子。

這首詩中君子的含義，歷來就有兩種說法：一種說法出自《毛詩序》，說這首詩講的是**君子在憂患之世、逆境之下不改變原則**；另一種認為是丈夫歷經千難萬險回來了。根據詩中天亮之前見到君子的內容，倒是很像家裡的君子回來了。

詩寫到這裡，讓人想起唐代「大曆十才子」之一劉長卿的一首詩：「日暮蒼山遠，天寒白屋貧。柴門聞犬吠，風雪夜歸人。」這詩是非常有韻味的。單純從文學表現上說，唐代詩人劉長卿這首〈逢雪宿芙蓉山主人〉寫得比〈風雨〉還要動人。想一想，一個半山區，遠遠有蒼山，冬天的山，在殘陽斜照下山顯得很遠，這個光景有多漂亮。然後家家的寒屋為了防冷都閉起來，準備進入到寂靜的夜，這個時候突然狗叫，這就像〈風雨〉裡突然雞叫一樣。這就是遺傳基因，我們有《詩經》的偉大，才有後面唐詩的非凡。

君子回來了，我們可以想見這個人走了多遠的路，他趕在黎明前到家，一定是盼家盼得非常厲害的，不管怎麼樣，都想早點到家。在黑漆漆的黎明前很壓抑，但雞在叫，接續的在叫，這個時候見了君子，對於長期分離的人，就有爆發性，所以這首詩的爆發力是《詩經》裡比較強悍的。「云胡」就是怎麼會，「不夷」這個「夷」本來是平的意思，在這裡它有一個新含義就是喜悅，是引申義。「云胡不夷」，怎麼會不高興？

第二章，「風雨瀟瀟，雞鳴膠膠」，前面是「淒淒」，這裡是「瀟瀟」，「淒淒」形容的是那種風、雨的冷颼颼的感覺，「瀟瀟」形容它的聲音，嘩啦啦，而「雞鳴膠膠」用「膠膠」二字，雞鳴聲更高亢。前面講「喈喈」還有點時斷時續，這裡就響成一片了，風聲雨聲大、雞鳴聲也大。

「既見君子，云胡不瘳」，病癒叫「瘳」，在這實際上講心情好了，跟「夷」是一個意思。第二章的意思跟第一章有遞進關係，這個遞進主要表現在光景，從「風雨淒淒，雞鳴喈喈」，進而到「風雨瀟瀟，雞鳴膠膠」，響成一片，黑暗與光明、沉悶與希望在搏鬥。

接下來「風雨如晦，雞鳴不已」，「晦」就是黑暗，它具有高度的概括力，雞鳴不已，把「膠膠」跟「瀟瀟」全部去除，天要亮了。前面的「雞鳴喈喈」、「雞鳴膠膠」是借實景描寫聲音，它具有形象的價值，但是當把這兩個關於形象的東西撤去，就是強調黑暗和光明在交錯。所以這個句子是最動人的，具有了哲理性。「風雨如晦，雞鳴不已」，這八個字把黑暗、晦暗與光明、希望的交織，用非常凝練的句子充分的表達出來了，好像在寫一種天地間的精神。

君子不改其度

第三章是詩的高潮，「風雨如晦，雞鳴不已」這個句子一直流傳到今天。它告訴我們，**任何困境、任何艱辛都是短暫的**，人類會走向光明，這是人類的本能追求，也是一種希望。詩的這種象徵表達出的精神力量，超越了它那個久別之人在特殊光景下團圓、聚首的故事本身。所以，這首詩到底是愛情詩，還是其他主題，實際上已經變得不重要了。它的要點在於用高度概括的語言，無意間寫出一種天地間的情感，一種大情懷。

史書中記載了一些有趣的故事，體現了這首詩的影響。《毛詩序》曾說這首詩是表現「君子不改其度」。《南史．袁湛傳》記載袁湛的兒子袁粲，特別講究舉止行為、君子風度。宋廢帝就想你不是講究風度，那麼脫了你的衣服，你是不是就只能捂著這裡、捂著那裡，丟盔棄甲的跑？就迫使他一絲不掛，想逼迫他跑，結果袁粲雅步如常，看見其他人就說「風雨如晦，雞鳴不已」。說我雖然遇到這種黑暗，但是《詩經》告訴我們君子不改其度。

可見，《詩經》這部著作之所以是經典，就在於它對很多人的性格起到了塑造作用，告訴我們在風雨如晦的時刻應該怎麼做。〈風雨〉在歷史的風雨中穿行，產生過積極作用。

7. 長得好是先天的，姿態好是修養出來的

——〈齊風・猗嗟〉

猗嗟昌兮，頎而長兮，抑若揚兮，美目揚兮，巧趨蹌兮，射則臧兮。
猗嗟名兮，美目清兮，儀既成兮，終日射侯，不出正兮，展我甥兮！
猗嗟孌兮，清揚婉兮，舞則選兮，射則貫兮，四矢反兮，以禦亂兮。

「齊風」裡的〈猗嗟〉寫了一個很著名的人物——魯莊公的射箭表現。魯莊公在《左傳》名篇〈曹劌論戰〉中出現過，「十年春，齊師伐我，公將戰」中的「公」，就是魯莊公。一首詩和一個人物能完全對應上，這在《詩經》裡面是比較少見的。這首詩一共三章。

好風度映現內心修養

詩篇中有很多「兮」字，幾乎每句都有這個用於末尾的感嘆詞。這首詩到底講什麼？我們先從第一章看。「猗嗟」就是感嘆詞，嗟嘆，就相當於「啊」，我們現在很少用了。「昌」是盛壯的樣子，也有人說是姣好的樣子。實際上兩者也差不多，一個男子很強壯，本身就是一種美麗。接著，是「頎而長兮」。「頎」我們今天還在用，說某人身材頎長。「頎而長」，就是身材高眺。這就是魯莊公，這個長相是可以印證的。在史書裡面，還真有人說到魯莊公的武藝和長相。

《公羊傳》寫到，魯莊公在即位後十一年的時候，曾經打過一仗，叫「乘丘之役」。在乘丘之役中，魯莊公拿了一支叫金僕姑的好箭，將宋國一個很生猛的大力士南宮長萬一箭射傷，然後抓了南宮長萬，養在宮廷裡面。因為那時，魯國跟宋國有婚姻關係，也都是西周的國家，所以如果將來哪一天外交關係恢復了，俘虜是要放回去的，而且南宮長萬也是一個有身分的宋國貴族。所以，南宮長萬在魯國宮廷裡待了一段時間就回去了。回去以後，他當著自己國家君主的面就誇魯莊公長得好，說：「甚矣，魯侯之淑，魯侯之美也！」「甚」就是很美啊！「淑」，就是善。還說：「天下諸侯宜為君者，唯魯侯爾！」就是說看長相，天下其他諸侯都是獐頭鼠目的，只有魯莊公長得最好。他說這個話有個緣由，實際上因為他和君主宋公下棋，兩人爭棋，鬧翻了以後，他就當著宋國君主的面誇魯國君主好。這是發洩情緒，見了矮人說短話。

詩與文獻相印證，可見魯莊公的確是長得不錯。接著下面，「抑若揚兮，美目揚兮」，「抑」在這裡是美好的意思，實際上它有可能就是「懿」的借字，「懿」就有好的意思。「抑若揚」，就是抑然上揚。若就是然，是個語尾的詞，我們今天還在用，比如茫茫然。「抑若揚」是說既美好，又朝氣蓬勃。這是寫魯莊公的身段。「美目揚兮」就是眼睛明亮。

我們都知道一個人長得漂亮，身材要好，但是真正動人的地方，還在於眼睛。由他總體身材的漂亮，進而寫他的眼睛、眉目之間。接著，「巧趨蹌兮，射則臧兮」。「巧」就是步子巧妙、輕盈。「趨」是古代的一種步伐，行禮的時候要走趨步。

〈猗嗟〉所寫的這個禮是射箭禮，為了表示對在場的諸侯和其他老年人的尊敬，有時候走趨步。這個趨步在《周禮》等相關文獻裡描述過，就是小步趨近，有點像麻雀走路，把兩手張開，讓袍子下垂，身子略躬，顯出恭敬的樣子快步向前。「蹌」也是步伐。實際上這一句寫的就是他射箭的時候，腳底下的步伐特別漂亮又合乎禮法，輕盈、準確。說「射則臧兮」，射箭禮總得射箭，「臧」就是好，箭法好、姿態好、準確度高，都屬於「臧」的範疇。

第一章寫的就是魯莊公在射箭禮儀方面的總體表現。清代學者惠周惕在解釋這首詩時，重點分析了這一章寫作的順序。詩先給我們浮現出一個美男子，在射箭場合下有高銚身材，眉目漂亮，然後他走起步來、動起來，身上怎麼樣，動作怎麼樣，最後總說他「射則臧」。

這對我們寫作有一個啟發，不會寫作往往是不知道從哪裡下筆。知道說話從哪裡開始說起，不至於語無倫次。有了一個次序以後，寫文章就順暢了。

第二章，「猗嗟」還是感嘆詞，「美目」就是美麗的眼睛。「猗嗟名兮」，這個「名」其實是「明」，指額頭和眉眼之間，從額頭到鼻子上部和顴骨這部分，寬寬闊闊的，很明亮、很舒展。這也跟我們今天的審美觀離得不遠。說「儀既成兮」，「儀」是射箭儀式。

古代貴族最基本的功夫就是會射箭，不但要求拉弓射箭準確，還要講儀度、講風采。比賽射箭的時候，兩個人一伍，要先跟人行禮，上臺走到位置去，然後彎弓，還有音樂伴奏！這種禮儀所講究的，就是在音樂伴奏下，步伐、姿態要優雅，拉弓射箭時，在眾目睽睽之下、壓力很大的時候，內心保持平靜，瞄準靶子。

《禮記》裡面就說，射箭禮可以考驗人的素質，你是不是個仁者？仁者要把自己控制好，這和老子說的「自勝者強」是一個意思。「終日射侯，不出正兮」，說他連續射一天，箭射出去都不出「正」，什麼叫「正」？就是靶心。這裡當然略有誇張。「射侯」的「侯」就是靶子。從射禮可以看出，古代貴族文化在很大程度上也是一種審美文化。後來貴族階層衰落了，孔子用「六藝[4]」來教他的學生，培養好的外在表現、好的風度。實際上，映現的是內心世界的一種素養。

第二章的最後一句是「展我甥兮」，齊國人在這流露出情感深層的東西。「這是我們的外甥」，說到了魯莊公的身分，他的母親來自齊國，是齊國的文姜。大家一看英俊的外甥，有一種讚嘆。

4 當時孔子以禮、樂、射、御、書、數等「六藝」為必修科目，其認為一位君子必須具備這六種基本能力。

齊國外甥的國事訪問

接著第三章，「猗嗟孌兮」，「孌」也是美好，一般是形容女子。「清揚婉兮」，「清揚」就是眼睛有神，「婉」是眉清目秀。「舞則選兮」，「舞」是說跳舞，古代射箭禮有一個環節，是拿著弓箭伴隨著音樂舞蹈，「選」就是齊齊整整、合拍，跳舞的步伐和音樂節奏合拍。還是形容他姿態優雅，**長得好是先天的，姿態好是修養出來的**，古代貴族特別強調這兩者。「射則貫兮」，「貫」就是正中靶心。「四矢反兮」，「四矢」就是四支箭，「反」就是反覆射，嗖嗖嗖嗖四箭。「以禦亂兮」，就是國家有了外敵可以禦亂，有內亂也可以消除，讚美他治國安邦有辦法。從哪兒看出來的？從他四支箭都射到靶心上。

以上就是三章的內容。齊國人做這首詩的創作機緣，在《左傳》裡有記載，是魯莊公二十二年，魯莊公親自到齊國去納幣，什麼叫納幣？實際上就是納征，是古代婚姻六禮的一步，指向女方送訂婚物。原來魯莊公到齊國是為了娶媳婦，他娶的就是哀姜。魯莊公前往齊國締結婚姻，兩國之間又有老親戚關係。新外甥來了，不僅長得很漂亮、帥氣，而且又是齊國姑奶奶生的，所以整個詩就寫得非常高興，調子非常昂揚，**這是詩中用那麼多「兮」字的原因，它顯示了一種獨特的人情。**

這首詩從藝術上講，寫得很靈動，每一句用「兮」字表現情感，但並不讓人感覺重複沉悶，這是因為詩調造得抑揚頓挫。整體來看，詩從外在的長相到內在的修養，描摹了一個很英武的形象，把魯莊公寫得風流俊雅，是它的成功之處。

8. 人情，生活的一種真實

——〈衛風・木瓜〉

投我以木瓜，報之以瓊琚。匪報也，永以為好也。
投我以木桃，報之以瓊瑤。匪報也，永以為好也。
投我以木李，報之以瓊玖。匪報也，永以為好也。

臺灣有個女作家叫瓊瑤，寫了很多言情小說，曾經風靡一時。「瓊瑤」這兩個字就出自〈木瓜〉。這首詩唱的實際上是一種人情，直到我們今天的社會交往中也難免的一種人情。

你小小的投，我重重的報，這就是人情

寫人情的深刻細膩，正是中國文學的特點之一。中國詩從《詩經》開始，很少看到完完整整、有枝有葉的、很詳細的講述的故事。比如〈木蘭詩〉，木蘭替父從軍十年，但這十年她是怎麼過的，詩裡沒有說，如果是真正的敘事詩，這樣寫肯定是不行的。可是讀者對此習以為常，有些故事不講，不講也罷了，只要詩裡寫得動人就可以了。可見，它不是以敘事見長的。像〈木瓜〉這首詩，寫的實際上是一種很世俗的情感。

第一章，「投我以木瓜」，「投」就是扔，這個木瓜到底指什麼？大體有兩種說法：一種說就是一種水果，又叫榠楂，木本植物，果實是橢圓形的。就有點像我們夏天常吃的哈密瓜。有一端還有一個鼻狀的突起，用水煮了以後可以吃。北方有這種水果。還有一種說法，木瓜就是木頭做的瓜，跟下文的木桃、木李都不是真正的果實。我們現代生活中，有的地區辦事擺酒席時，如果沒有魚，就刻一個木頭魚，往上面澆汁（按：中國農村酒席上的一道菜）。

這種說法認為，木瓜的做法類似於這種木頭魚。這兩種說法到底哪個正確？因為

史料不足，現在很難判斷。不過，這個問題並不重要，因為這首詩的要點不在瓜、李、桃是真是假，而在於「投」和「報」。這就是下句「報之以瓊琚」要講的。「瓊琚」是指美玉，比木瓜可貴重多了。這句話的意思就是**你送給我小的、輕的東西，我回報你大的、重的東西**。**這就是人情**。你哪怕只有一點小意思，我也會重重的回報你，「受人滴水之恩，必以湧泉相報」。

接著就來了一句：我不是為了報答，這不是物質交換，是什麼？是為了加深我們持久的情感，即「匪報也，永以為好也」。

下面兩章的句式、意思和前一章重複。「投我以木桃，報之以瓊瑤」，確實有一種樹木叫「木桃」，可以做觀賞植物，枝上有刺，果實比木瓜要小一點。

此處理解成果實或木頭做的桃子都可以，「瓊瑤」也是美玉。今天叫榲桲（按：又名木梨）的一種樹，也稱為木李，是落葉灌木，枝葉比較細，長果子，味道酸，但也挺香。據說形狀和木瓜很像，只是沒有那個鼻狀突起。「瓊玖」是美玉。這是三章的大意，講得都是為了加深情感、持續情感，你小來我大往，你小小的投，我重重的報。

回禮，是暢行江湖的必要禮數

關於這首詩的題旨歷來說法比較多。《毛詩序》認為是讚美齊桓公，這就要論及《左傳》裡的一個小故事。在今天河南省北部，當時的西周封國叫衛國，有一年衛國被北狄侵略戰敗，差一點就亡國。而當時齊國的君主桓公在管仲的輔佐下，幫助衛國遠離北狄侵害，把國都遷到了黃河南岸，建立新城，還送給他們很多器材。所以衛國人為了感激齊桓公，做了這首詩，意為桓公投衛國以「木桃」了，衛國人將來要重重的報答桓公。這種說法對嗎？畢竟詩中沒有齊桓公的字樣。

雖然「投我以木桃，報之以瓊瑤」這個說法，和想報答齊桓公的意思大致相同，但是仔細琢磨起來，就不對了。把齊桓公救衛國這樣的大事說成是投以木桃、木瓜、木李，就太輕了。當然，你也可以理解成這個詩的重點不在投我什麼，而在我們要還美玉、還寶貝。所以，假如當時衛國人唱過這個詞來報答齊桓公的話，也是借用。但對詩義的這種解釋有點牽強，還是把它理解為一般的人情的表達比較好。這樣說我們也有根據。

出土文獻《上海博物館藏戰國楚竹書》（以下簡稱上博簡）中有〈孔子詩論〉，

裡面記載了兩句孔子對〈木瓜〉的評論。其中一句的意思是：我們看〈木瓜〉就知道，幣和帛，也就是**金錢、絲綢等財物作為禮品，是人情交往中離不開的。這是人性的本來要求，是人們內心中藏著的一種情感**。確實，一個人對另一個人好，總得有個表達手段，光是嘴皮上說不行。另一句是說，〈木瓜〉中是含有怨氣的，是在埋怨對方不送禮物給自己。所以才說假如你送點禮的話，我的回報會更多，言外之意是你怎麼那麼不懂事呢！

實際上，孔子是不是這麼說過，也就是《上博簡》的記載是否可靠，我們也不敢一口咬定，但儒家是這麼理解的。〈孔子詩論〉裡對〈木瓜〉的這兩種說法，都不離於人情大道理。**人畢竟是物質動物，情感上說得再怎麼天花亂墜，如果不落實到物質層面就不真實**。這種人情是恆定的，一直到今天都是如此。朋友見面送一點小禮物，表示一種尊重。當然，如果有些人做得過分了，就不是在傳達人情，而變成一種收買或者賄賂，收買和賄賂的用心都很險惡。因為被收買和接受賄賂的人，為了一些錢，喪失了人格的自尊和獨立性，變成了別人的奴才。

另外，古代還有一種風俗，那就是沒有市場，人們的日用是靠互相投報實現的。到了一定時候，缺什麼、少什麼，大家交換，所以禮物在人類社會生活當中是不可缺少的。它在凝結社會、傳達社會情感方面，是永遠不可或缺的。這首詩就把基本的人情寫出來了。所以無論〈孔子詩論〉是否真是孔子說的，都代表了一種睿智，他對這首詩所傳達的人情是認可的。

對這首詩，還有另一種解釋，說它是愛情詩。男女在一定的時節見面，大家互相投東西，投桃報李以加深情感，締結兩性關係。今天西南的一些兄弟民族還保留著類似的風俗。但如果把它理解成愛情詩的話，「投我以木瓜，報之以瓊琚」，把美玉扔給對方，就有點嚴重。所以，就不如回到傳統儒家所說的，這是一種人情，可以正面理解，就是我對你好，我什麼都敢給你。愛情也可以包含在裡面。

總而言之，這是一首在刻畫人情方面非常有特點的詩，而且文從字順，非常平易。儘管這些道理粗看起來有點世俗，但實際上是人情所難免的，是一個常道。所以我們不必輕視它，輕視了它，你在社會生活中可能就不這麼順暢。這首詩就提示我們通點世故。

第五章——

人生既要快樂，又不過分

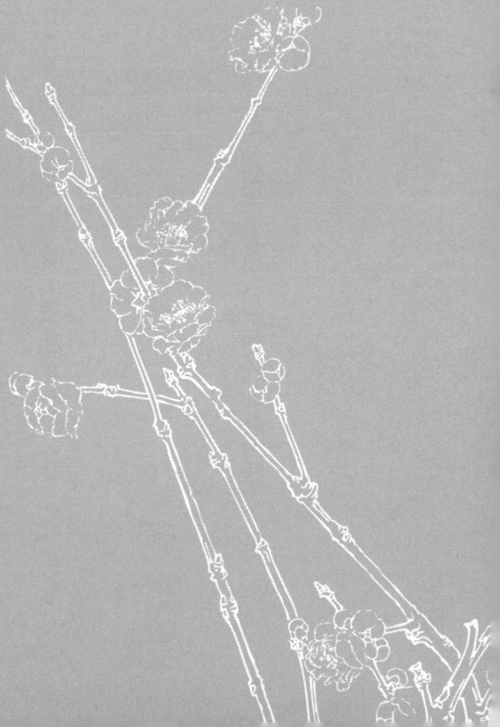

1. 好樂無荒：既要快樂，又不過分

——〈唐風・蟋蟀〉

蟋蟀在堂，歲聿其莫。今我不樂，日月其除。無已大康，職思其居。好樂無荒，良士瞿瞿。

蟋蟀在堂，歲聿其逝。今我不樂，日月其邁。無已大康，職思其外。好樂無荒，良士蹶蹶。

蟋蟀在堂，役車其休。今我不樂，日月其慆。無已大康，職思其憂。好樂無荒，良士休休。

「唐風」部分的〈蟋蟀〉篇，是一首過年的歌曲，體現了古人生活的中庸之道，這首詩一共是三章。

生命追求的，當然不是艱苦

「在堂」就是在屋子裡，〈豳風．七月〉裡寫蟋蟀到了九月、十月就開始到堂下鳴叫了，今天生活在城裡的人感受不多，但在鄉村生活的人，北方深秋、初冬季節以及冬天，蟋蟀總是窸窸窣窣的叫不停。因為古代女子在農閒的時候，就該紡線織布了，總有蟋蟀在那裡叫，就好像在催促著織布一樣，所以蟋蟀又叫促織。

「歲聿其莫」，「歲」就是一年，「聿」是語助詞，「莫」字就是「末」的本字，這句話講歲末了，一年到頭了。「今我不樂，日月其除」，今天到了歲末了，我們再不歡樂一下，日子就沒了。「除」，就像我們今天在「除夕」一詞所用的，這是去了、除去的意思。

我們知道農耕生活很苦，一年四季都守著非常清苦的生活，現在一年都快過去了，我們應該消費消費，享樂享樂，所以這首詩首先就提倡享樂，但馬上接著來一句「無已大康」，這個「大康」就是指太過分的享樂。「職思其居」，職是語助詞，這句的大意是還要想一想平時，「居」就有平時的意思。過年了，如果大吃大喝，把儲蓄全耗光了，未來的日子怎麼過？所以最終歸於中道——**「好樂無荒」。既要快樂，**

又不過分。這個「荒」字不是荒涼的意思，而是荒廢。「良士瞿瞿」，「良士」就是好的人，有思想的人、有尺度的人，「瞿瞿」就是戒惕、警惕。

第二章的意思和第一章差不多，「蟋蟀在堂，歲聿其逝」，「逝」跟「除」意思相同，日子要過去了，「今我不樂，日月其邁」，前進叫「邁」，就是日月不再等待我們。下面接著說，「無已大康」就是不要太過分，「職思其外」，這個「外」有意外的意思，我們還要想一想，出了意外情況怎麼辦，也就是說如果現在沒有節制的消費，一旦出了狀況就不好應付。「好樂無荒，良士蹶蹶」，這個「蹶蹶」跟「瞿瞿」意思相同，就是警惕、戒惕。

既要快樂，又不過分

第三章「蟋蟀在堂，役車其休」。「役」就是行役、勞作，出遠門駕的車休了，就是所有的事情都停止了，要休息，這就是文武之道，一張一弛（按：語出《禮記・雜記下》，後用以比喻生活上的事物，鬆緊之間才能配合得宜）。「今我不樂，日月其慆」，這裡的「慆」和〈豳風・東山〉「我徂東山，慆慆不歸」中的「慆」字意思相同，「慆慆」就是遙遙，日子遠去了，就是慆。「無已大康，職思其憂」，就是不要過分，還要想想一旦出了憂患怎麼辦。「好樂無荒，良士休休」，「休休」就是快樂、美好。

所以，這首詩一方面**強調過年了，應該歡樂、應該享受，不能過分吝嗇，畢竟追求幸福生活是人的基本願望**。農民一整年過的都是乾枯的生活，**過度勞作會導致人生命的枯竭，也不符合生命的意義，生命追求的當然不是艱苦**。另一方面，馬上又說不要過分，還要想想平時、意外和憂患，傳達一種中道觀念。

《荀子》中說過，人與動物的不同就在於能夠長慮顧後，能從未來的角度想一想。這是中國農耕文明造就的特有生活智慧，要在消費享樂和節儉儲蓄之間，達成一種平衡。

漢代晁錯著〈論貴粟疏〉、賈誼著〈論積貯疏〉，特別強調國家層面要注意儲蓄，實際上這不但是國家觀念，也在日常生活中被奉行，它源於中國的農耕。漢語裡的「青黃不接」、「三年耕則有一年儲」，講的都是中國的農耕儲蓄力比較低。中華文明誕生在黃河流域的黃土地上，要艱苦的勞作，才能豐衣足食，也才能留點積蓄，但是如果有一年不行，就會出現短缺、飢荒，甚至挨餓受凍、喪命。古人生存非常不容易，自然環境在漫長的時間裡造就了民性，使人產生第二天性，重視儲蓄。

這首詩的觀念非常古老，但是從詩篇的形式看，它的創作不會太早。應該是周王朝采詩觀風的下層官員，在山西聽到了這樣的旋律和基本題材，他們採集到的詩可能比較儉樸，經過加工，又經過他們上級音樂官員的加工，就形成了這首詩，它真正的文獻寫定應該是比較晚的。這就是中國最古老的過年歌唱。

2. 既然憂思不被社會所接受，那就不思

——〈魏風・園有桃〉

園有桃，其實之殽。心之憂矣，我歌且謠。不我知者，謂我士也驕。彼人是哉，子曰何其？心之憂矣，其誰知之！其誰知之，蓋亦勿思！

園有棘，其實之食。心之憂矣，聊以行國。不我知者，謂我士也罔極。彼人是哉，子曰何其？心之憂矣，其誰知之！其誰知之！蓋亦勿思！

魏風的魏不同於邶、鄘、衛的衛，而是「王鄭齊魏唐」的魏。魏風所在地也不在今天河南省，而在山西省西南部。魏這個國家是怎麼來的？有記載說，周初，周文王有個兒子叫畢公，跟周公同輩，他的兒子輩封建在今天的運城地區，是為魏。但是關於魏在西周的情況，文獻很少記載，到了春秋初期說，魏國的君主被他的母親給驅逐

了，因為他沒出息，只有這麼一句，見於《左傳》，然後這個國家就亡了。

詩一定是產生於魏亡國之前，據此，有學者認為〈園有桃〉產生於西周後期，從西周崩潰到東周初期這段時間。那麼〈園有桃〉講的是什麼？憂患者的苦悶和悲哀。

屈原〈離騷〉的先驅

「園」就是園林、園囿，園子中有桃樹，桃樹的果實就是我們說的桃，是可以吃的，所以「其實之殽」這個「之」字有點判斷詞（按：聯繫名詞的主語和謂語，意思為「是」）的意思，就是桃樹能產生可以吃的佳餚，就是桃的果子。那麼，「園有桃」是什麼意思？它沒有實義，就是興，起個頭。就像「一二三四五，上山打老虎」一樣，一二三四五，「五」跟「虎」押韻，這可以說是興這個手法最簡單的應用了。

接著下面才是正文，「心之憂矣，我歌且謠」。「心之憂矣」就是我內心充滿了憂慮、憂患甚至憂傷，於是我要歌、我要謠。歌和謠，今天常常連用，如果仔細區分起來，歌是有伴奏、合樂的，而謠是沒有合樂的，就是清唱。內心有憂，我要把它發洩出來、宣示出來，所以要透過歌和謠的形式。不論用什麼方式表達，重點在於我內心中有憂慮，至於憂慮是什麼，詩人沒有說，這是詩的特點之一。其實，有些時候我們處在同一個社會，面臨著同一個問題、大家都感覺到的問題，那麼不說也是說。這種情況每個時代都有。

過去有些學者結合魏國滅亡的史實，認為這是因為君主不思進取、魏國要被別的國家吞併，所以有識之士開始憂慮，這從道理上講是可能的，但是並不十分確定，因為社會的矛盾有很多種。所以，詩人的內心確實要表達悲傷。但是，接下來卻是「不我知者，謂我士也驕」。「不我知者」是指不同意我的人，**當任何社會面臨問題的時候，有些人包括有權力的人、已經得到某些好處的人，都不願意揭露這種問題，也不願意別人提**，因為他們的利益是透過不合理的規則而得以實現的；如果某些不合理被更正，他們就會遭受損失。

這種人就和「心之憂矣」這個憂慮者站在對立面，所以「不我知者」實際上就是反對者，詩中的矛盾、張力就出現了。這是一個憂患之士和一些社會的反動、腐朽或者保守分子之間的對立。

「不我知者」怎麼樣？他們「謂我士也驕」，給「我」扣個「士也驕」的帽子。士在《詩經》裡出現了好多次。比如〈衛風·氓〉說「士也罔極，二三其德」，士就是指男子。在這裡，實際上就是指這個人，當然也可以理解成這個有知識的人，但不如理解為這個人更穩妥。「士也驕」，「也」字沒有實際意思，「驕」就是驕傲。不聽話、不安分，就是驕。所以，**從詩裡我們看到，一個有思想、對社會問題有反思的人，被扣了個帽子，被說太驕傲**。

這種情形在中國古代經常出現，這首詩算是比較早的、有文獻記載的源頭。這就是思想者的苦悶，他們不是不被理解，而是被扣了帽子，被打成了社會的不和諧分子，那下一步也可想而知了。

所以，「彼人是哉，子曰何其？」句中的「其」是表疑問。「彼人是哉」字面的意思是「那些人是對的」，但這個「對」不一定是道理上的對，而是「我」惹不起他們，打不倒他們，所以他們才是對的。這裡面包含了深深的無奈。「子曰何其」，意為「你又幹什麼」、「你又能怎麼樣」。這兩句實際上是內心的另外一個聲音，就是「我」也在內心勸自己：不要再這麼想了，反正也打不敗他們，你這樣想有什麼用？

在〈離騷〉裡，就有「女嬃之嬋媛兮，申申其詈予」。屈原說自己要追求美政理想，遭到了奸邪之人的誣衊和王的疏遠。這時就有另外一個人女嬃，據推測可能是他姐姐、妹妹，或者僕人，就罵他：你不要那麼講、你不要那麼想，這個社會舉世渾濁，你幹麼要這麼想呢？和這首詩的意思是一樣的。

因為這些人反對「我」，可是社會大眾往往跟著他們走，受他們的愚弄，「心之憂矣，其誰知之！」我內心的憂傷又有誰真正了解？「其誰知之！蓋亦勿思！」**既然憂思不被社會接受，那就不如不思**。「蓋」就是何不，你為什麼不能不思？為什麼不裝糊塗？這也是自己勸自己，實際上表示那種憤懣、壓抑到無以復加的地步。所以，**這首詩是中國歷史上較早表達不被理解、不被同情、不被接受的苦悶的作品**。在「魏風」裡出現這種作品是比較特別的，也可以說這是它的價值。

而實際上，除了中國古代的王權專制社會，在西方的民主社會也很常見。比如大哲學家蘇格拉底本是古希臘社會最有智慧的人，但他經常找那些自以為有知識的人，問對方是否真的有知識，以及什麼是知識。三問兩問，最終把人問得理屈詞窮，所以很多人就討厭他。他後來被民主社會判了死刑，十個人的陪審團，以六比四的比例宣判。這種不被人知的社會境況是很普遍的，所以說這首詩也有它的普遍意義。

舉世皆濁我獨清的苦悶

第二章，「園有棘」，「棘」就是酸棗，「其實之食」就是它的果實也可以吃。「心之憂矣，聊以行國」，聊就是姑且，行國就是周遊國中、漫遊，詩人不被承認、也沒有放棄，到處去遊走。說到出遊，《詩經》裡有這樣的現象，比如在「小雅」裡講西周崩潰的時候，有些明鑒之士、壓抑之士就想駕車出遊，但是「蹙蹙靡所騁」，沒有地方可以馳騁，這是最早的出遊主題。

後來屈原遭到了很大的壓抑時，精神漫遊，所以這在中國文學裡也是一個話題。詩中的「我」實際上是被排斥了，然後就成為小小邦國之內的異己，所以他無所歸屬，就去「行國」。當然，這個「行國」也是他爭取被人理解、被人接受的一種努力，隱含著這種意思，但不是很清晰。「心之憂矣，聊以行國」就是在國內行走、漫遊，作為一個孤獨者。

「不我知者，謂我士也罔極。」那些不知我的人，就是前面說的打擊我、要清除我的人。這些人掌握著引導民眾的權力。他們說「我」、「士也罔極」，「罔極」就是沒準則。極端的極，本來是屋子上的大梁、最高的梁，因為它最高，所以有標準的意思，而「罔極」就是沒有準則。「彼人是哉，子曰何其？」意思是他們是「對的」，他們既然這樣想了，「我」又能幹什麼？「心之憂矣，其誰知之！其誰知之！蓋亦勿思！」**這樣憂來憂去，誰又能搭理你、了解你，就不如不思、裝糊塗，難得糊塗也是無奈之舉。**

這首詩的普遍意義在於，**對未來有憂患、對現實有思考有不滿的人，可能不被社會所接受。**而「不我知者，謂我士也驕」和「不我知者，謂我士也罔極」這兩句話告訴我們，他們不被社會所接受，不單是因為社會愚昧，或者思想不被理解，還因為被扣了帽子，不僅有人不願意知道你，還有人不願意你被人所知，所以社會大眾認為「我」是壞人，是個罔極者、驕傲者。

詩寫了這樣一種苦悶，在某種程度上可以說是屈原〈離騷〉的先驅，它是一首長歌當哭的作品，很憂傷、憂憤，也很有力度。詩在形式上屬於雜言，「園有桃」是三言，「其實之殽。心之憂矣，我歌且謠」是四言，接著「謂我士也驕」、「謂我士也罔極」是五言、六言，句式長短不齊，雖然四言居多，但也可以歸到雜言類。古代的雜言詩從先秦一直延續到近代，一直有人寫，因為它的表現比較自由。

3. 君不君，臣不臣，政治流氓的嘴臉

——〈唐風．無衣〉、〈唐風．杕杜〉

《詩經》中除了我們熟悉的「豈曰無衣」那個〈秦風．無衣〉（請見第三五一頁），還有一首與政治、與較大歷史變故有關的詩，也叫〈無衣〉。《詩經》裡有些詩會有重名現象，比如〈揚之水〉等。

在古代，與儒家思想對比的是法家思想，法家思想不相信人情。韓非子就說，為了奪權，兒子殺父親，父親殺兒子，兄弟不相親，夫妻之間也存在各自的心術。如果我們稍加觀察，就會發現法家來自韓、趙、魏三晉地區，這裡有商鞅、吳起等法家人物。那麼，為什麼三晉盛產這種思想？它的文化淵源可以追溯到《詩經》時代。

〈唐風．無衣〉就與此有關，這首詩並不長。

豈曰無衣七兮？不如子之衣，安且吉兮。
豈曰無衣六兮？不如子之衣，安且燠兮。

政治流氓曲沃武公的嘴臉

「豈曰」的「豈」就是豈敢的「豈」，「豈曰」就是怎麼可以說、難道說。無衣的「衣」指的是章服、禮服，或者叫法服。貴族穿衣服講究等級，主要體現在紋飾上。地位越高，服裝等級就越高。這個「無衣七」叫七命之服，是諸侯的命服，一共有七種花紋。

所以，「豈曰無衣七兮」，可以譯為：難道說我就不能夠找到七命的衣服嗎？我可以獲得，但「不如子之衣」，「子」指周王，春秋時期周王的地位雖然下降，但他還是合法的，他賜的衣服是名門正出，所以「安且吉兮」。自己可以獲得的衣服，不如你周王賜我的七命之服穿上「安」——安樂、舒適，「吉」——美、善。

第二章大意和第一章差不多。注釋上有難度的是「六命」之服。《毛傳》解釋說天子的公卿是「六命」。清代陳奐《詩毛氏傳疏》說周天子的公卿在朝廷穿六命之服，可是當他被封建出去做侯伯，就被加一等，變成七命之服了。還有一種說法，說「六命」有退一步講的意思，就是給我個六命之服也好。「不如子之衣，安且燠（按：音同玉）兮」，這個火字邊的「燠」就是暖和。

哪裡是我沒有七衣？但是不如你給我的，穿上安樂、吉祥。我哪裡找不到六衣呢？也不如你給我的好、溫暖。這是在跟天子要命服，要七衣、六衣——侯伯的命服，命服當然不是隨便穿的，要命服實際上等於要地位、要權力，這就麻煩了。所以，這首詩的字面意思說起來很簡單，可是它所涉及的背景可就不簡單了。

背景首先要追溯到晉國封建立國，晉國最初是周武王的兒子受封。當時還有一個傳說叫桐葉封晉，說周成王，也就是周武王的兒子有個弟弟叔虞。叔虞有一天玩，拿著個桐葉削，削成了玉圭的形狀。而那時玉圭是諸侯的執照之一，拜周天子時要拿著。那時候成王還小，就對弟弟說要封他，把像圭的桐葉賞給了弟弟，這本來是兩個小孩扮家家酒。後來，有個大臣就說天子無戲言，於是就請周王真的封了叔虞。

對這個傳說，唐代柳宗元曾寫文章辨析過，他說這是一個段子（按：相聲、評書等，可以一次表演完的節目）、一個八卦，為什麼？有文獻記載，叔虞曾在一個叫圖林的森林裡射了一頭兕，就是犀牛，然後做了一副大甲，就是鎧甲，用犀牛皮做甲。他是因為射術高得封晉侯。有一個出土文獻也說到了叔虞善射箭，也可以作為證明。但桐葉封弟的故事流傳甚廣。

這就是晉，所以晉國早就被封建為諸侯國了，那麼，怎麼還要七命之服、六命之服呢？這不太合理，這就涉及一層曲折——旁門奪嫡。晉侯叔虞的這一支，一直往下傳，傳到西周晚期的時候，出了一件事情，《史記》和《左傳》都有記載。那就是周宣王時，是西周後半段了，晉國有一個穆侯有兩個兒子，一個叫仇，一個叫成師，穆侯要立仇為太子。

但是，成師的名字源於一回勝仗，這個名字起出來以後，有些盲樂師，也就是古代有學問的樂官，就說太子叫仇，仇就是對等的意思，而穆侯的另一個兒子叫成師，成是成就，師可以解釋成軍隊，也可以解釋為大眾，那樣的話，成師就是能得大眾，這名字起得不好。晉穆侯也沒有在意這個話。

後來晉穆侯死了，他弟弟篡權，太子仇就把他叔叔趕跑了，成為晉文侯。晉文侯曾輔佐周平王，所以地位很高。晉文侯死後，他的兒子昭侯即位。昭侯上臺後第一年，就把他的叔叔成師分封到曲沃，就是今天的山西省聞喜縣。成師被稱為曲沃桓叔，他很有本事，曲沃慢慢發展，後來就變成了尾大不掉的局面。

當時晉國的都城在翼。西元前七三九年，就有大臣殺昭侯，迎立曲沃桓叔，可是晉國人不同意，認為他們旁門奪嫡沒有資格當政，於是發起反擊，把桓叔打跑了。這個事件就開始了，晉國立了孝侯，曲沃桓叔把孝侯殺了，之後晉國繼立鄂侯，曲沃這一支又把鄂侯殺掉，之後晉國又立哀侯，曲沃一支又殺哀侯。

再立小子侯，小子侯也被曲沃武公，也就是曲沃桓叔的後一輩所殺，他年輕，死後連個謚號都沒有。在這個過程中，周桓王聯合鄭國、邢國干涉，伐曲沃武公。曲沃武公沒辦法，又立了哀侯的弟弟緡為晉侯，這就是晉侯緡，結果到了晉侯緡上臺二十八年以後，曲沃武公終於又把緡滅了。那時的周王是周釐王。《史記》中說，西元前六七九年，距晉國第一次旁門殺正支，已經有六十週年，武公徹底把晉侯滅了，晉國都城的老百姓沒有反抗。

然後，曲沃武公拿著一些晉國的美玉、貴金屬、皮革等，各種寶貝應有盡有，賄賂周釐王。當時的周王室已經不像西周時期，東遷以後物質財富短缺，而且也不能夠給天下人做主。所以不能像他的上一輩那樣堅持正義，而是做了順水人情，搞權錢交易，讓旁門奪嫡這一支當上了君主。於是曲沃武公就順理成章、合理合法的變成了晉侯，把晉國的土地都囊括為自己的轄地。

這首詩產生的情境有兩種可能。一種是，晉國的使者見到周天子，周天子問晉國的情況，晉武公就讓自己的使者抬著金銀珠寶來到周天子的使者面前，雖然是對使者說，實際上是在向周王請命，說：「我哪裡是沒有七命之服，六命之服，我自己可以做，我不是沒有這個手藝。」或者，「我可以到齊桓公那去找，讓他向你要，你敢不給嗎？」當時齊桓公已經稱霸。

總而言之，六命之服、七命之服實際上包含一種要脅，就是你要知道，今天真正當家的不是你，我也可以越過你。但終究你是正頭香主，你給我蓋個章，那我的當政就合理合法了。如果真是這樣，就等於曲沃武公在向周天子耍流氓。

還有一種可能，就是詩人們模擬上述史事。無論哪種可能，寫的都是奸雄嘴臉。感慨世道變了，對於弱小的周王就這麼欺負，先把周王朝的基本秩序打亂，再拿著錢財想要脅周王，問他要不要，所以周王實在可憐，成了窮酸，缺東西、缺錢，就拿原則換財寶。

為什麼晉國盛產法家思想？

所以，為什麼說周王朝「君不君，臣不臣」，這個世道為什麼傾斜？讀這首詩可以深切的感受到，那是活靈活現的。讀詩有好多方法，有些學者說，不管什麼歷史本事（按：指文化上的詮釋），自己讀著好就行！有些人說讀者有權利按照自己的理解去讀詩。

可是遇到這首詩，如果你不了解歷史本事，不把詩跟那段歷史聯繫起來，這個詩就是一朵死花、乾枯的花。把兩者聯繫以後，就像燈泡通了電，馬上亮成一片，這就有意思了。詩把晉國人當時曲沃奪嫡的那種嘴臉，勾勒得太清楚了，同時也看到，周天子受諸侯要脅，做事已經不能像個天子了。周天子應該維持天下秩序，一支旁門奪了嫡，上一輩還能派軍隊，派一些人去征伐。這種征伐才是王者的做法。征服二字，「征」的雙立人是行動，正是糾正，春秋時期列國之間打仗是糾正對方的錯誤，所以敲著鑼、打著鼓，約好時間地點將其打敗；服，指到了你的國家，我不欺負你的人民，不掠奪你的財富。這是王者之師。

但現在的周王，旁門奪嫡了不但不管，反而接受人家賄賂。這件事情發生在春秋早期，證明春秋是一個正在倒塌的世界，到了戰國，就變成誰有力氣、誰傢伙硬，誰就掌權，實際上這種政治一定是獨裁專制，耍流氓更是一種常態。這首詩雖然很短，看起來文采也不高，但是它對政治流氓嘴臉的勾畫，是入骨、入木三分的。

再往深處說，回到開頭的問題，這首詩跟法家有關，三晉是法家的生產地，這是為什麼呢？

曲沃桓叔奪的是親姪子的位子，韓非子不是說過這種話嗎？在政治權力面前可不要相信德行，有時候德行管不住權力欲，就是親情也不管用。法家不相信親情，像這種思想跟三晉文化不是有直接關係嗎？六十週年，親人之間互相爭奪、殘殺，對世道人心的震動，對人們對生活的看法的影響，要好好估量。

曲沃武公上臺以後，就開始防範自己的親人，他死後，晉獻公即位，他也就是晉文公重耳的爸爸。在武公和獻公之間，這些公子就開始被懷疑，獻公上臺以後，曾經採取計策，「盡殺群公子」，把曲沃那一支的很多人除掉了。而且從晉獻公開始，形成了一個習慣，諸侯有多個兒子，如果選定了一個人上臺做君主，其他公子就不能再待在國內，都要到國外去。為什麼？怕他們有樣學樣，學老祖宗旁門奪嫡。

排斥親人，是捨本逐末

《詩經》裡有一首詩就是專門針對這種現象的，那就是〈唐風．杕杜〉。

有杕之杜，其葉湑湑。獨行踽踽，豈無他人？不如我同父！嗟行之人，胡不比焉？人無兄弟，胡不佽焉？
有杕之杜，其葉菁菁。獨行睘睘，豈無他人？不如我同姓！嗟行之人，胡不比焉？人無兄弟，胡不佽焉？

杕（按：音同地）杜就是一種樹，又叫杜梨，結小果子。這種樹往往是一棵一棵的長，沒有人成群的栽杕杜、種果園，因為又酸又澀，賣也沒人要，所以它孤獨。然後詩就說到路上的行人，「獨行踽踽，豈無他人」，像杕杜樹一樣孤孤單單的，難道沒有夥伴嗎？「不如我同父」，但是他們不是我的同父，也就是跟我沒有親戚關係。

「嗟行之人，胡不比焉？人無兄弟，胡不佽焉？」這裡感慨那些行人，怎麼不去結個伴？要是沒有兄弟，怎麼不去找個外人當兄弟？實際上反襯親情關係是重要的。可是人們寧願忍受路上的孤獨，也不去主動跟誰認個好朋友，因為他們不是親人。

這首詩也是皮裡陽秋，用春秋筆法來諷刺當時的晉國曲沃，從桓叔、莊伯到獻公以來，不相信親人。他舉例子，馬路上那麼多人孤孤單單的走，都不去跟人搭伴，為什麼？他們不是親人。那麼反過來，你把親人都排斥在外，是捨本逐末，是忘本。

所以，後來晉國就變成了「六卿專政」，他們把自己的親兄弟殺掉，或者放到外面去，但總得有人幫忙執政，於是就任用一些關係遠的或沒有血緣關係的大臣，形成了異姓大臣執政的狀況，最後韓、趙、魏三家分晉。這段歷史對後人的影響，就是不相信親情。所以，法家出在三晉，起碼這是重要原因之一。

4. 生死是常態

——〈唐風・葛生〉

葛生蒙楚，蘞蔓于野。予美亡此，誰與獨處。
葛生蒙棘，蘞蔓于域。予美亡此，誰與獨息。
角枕粲兮，錦衾爛兮。予美亡此，誰與獨旦。
夏之日，冬之夜。百歲之後，歸於其居！
冬之夜，夏之日。百歲之後，歸於其室！

悼亡是中國文學史上一個悠久的題材，悼亡詩就是寫詩悼念自己的親人、朋友、詩友等。西晉有一個潘岳[1]，就是我們常說的「貌比潘安」那個潘安，很漂亮，據說他一出門，大家都投鮮花給他。他寫過悼亡詩，很出名。蘇軾寫過悼亡詞，就是

〈江城子〉的「十年生死兩茫茫」，懷念他去世十年的妻子。但他們都不是起頭的，**悼亡詩源於《詩經》**，〈唐風．葛生〉就是其中藝術水準很高的一篇。

活人最大的苦楚，就是念念不忘

這首詩比較沉痛，語調凝重。第一章，「葛生蒙楚」，「葛」就是葛藤。遠古有一種很古老的風俗，人死了以後就用葛藤一裹，扔到溝壑裡。詩用「葛生蒙楚」開頭，或許與這種風俗有關。但此處寫的「葛」不是裹屍體的葛，也許有關係，但這種葛會繼續生長，所以「葛生蒙楚」，就是葛的枝葉蔓延在荊棘上。「蒙」的用法就像我們今天說「蒙頭巾」的「蒙」一樣，那個「楚」就是荊棘。「蘞蔓于野」，「蘞」也是一種草本植物，又名烏蘞莓，通常生長在田野、岩石的邊上，「蔓」就是指藤蔓，它枝枝節節的，在荒野上蔓延。也就是這個墳已經有年頭了，上面長滿了葛，長滿了蘞。

1 西晉文學家、政治家，中國歷史上有名的美男子。

接著，「予美亡此，誰與獨處」。「予美」就是我那個美人，「予」就是指我，「美」就是美好的人，我的愛人。「亡此」就是埋藏在此，這個「誰與獨處」的大意就是他在獨處。「誰與」有兩種解釋：一種說「誰」就是「唯」，就像〈碩鼠〉裡的「誰之永號」，有人就說是「唯與永號」，「唯與」是語助詞，就是「只有」的意思，所以「誰與獨處」也就是他一個人獨處。另一種解釋，就是把「誰與」讀成問句，「誰與？獨處！」他跟誰在一起？只有獨處。但是後面的解釋跟《詩經》的一般句法不太合，所以取前一種意思。

第一章詩人營造悲哀的氣氛，寫蔓延的植物葛和蘞。人死了、物化了，然後消失得無影無蹤，墳上長滿了綠色的植被，但是活著的人卻念念不忘，認為死去的人獨處在此很孤單，但**其實，死去的人感覺不到孤單，這是活人的苦楚**，這是常情，我們到今天還這麼說。

接著，「葛生蒙棘，蘞蔓于域」，棘就是荊棘，和「楚」是同一個意思，「蘞蔓于域」的「域」就是地域，在這裡指墳塋地。過去有一部書叫《肇域志》[2]，在河北省也出土了中山王的兆域圖，兆域指的就是墳塋地，這個詞很古老，在《詩經》裡就出現了。此處說在墳塋地裡面，這些植被在蔓延。下一句又重複了一次：「予美亡此，誰與獨息」。

接著第三章有了些新內容，「角枕粲兮，錦衾爛兮。予美亡此，誰與獨旦」。「角枕」就是方形枕頭，有八個角，先秦典籍《周禮》提到「大喪共角枕」，所以這是在回想當年下葬的情形，下葬的那個角枕光燦燦的。錦衾就是織錦做的被子，唐詩有「狐裘不暖錦衾薄」這樣的句子（按：出自〈白雪歌送武判官歸京〉）。「爛兮」也是光燦的樣子。死亡也可以寫得比較明燦，這種光燦的形容反而反襯悲哀的淒涼。

「角枕粲兮，錦衾爛兮」還有一種解釋，說當年他死的時候，我們那個枕頭還是新的，那個錦衾也還是光燦的。他們是新婚別。這個解釋也不錯，就是想起往日的美好，可是如果接著下面的「予美亡此」，此是指墳塋地，第一種理解就更妥當一些，就是指當年下葬的時候，我們給他裝裹，用的枕頭和被子都是最貴重的。從中也可以看出詩人對他所懷念的這個人是多麼在意。「誰與獨旦」，獨旦就是一個人到天亮，這一句還是講這個人的孤獨。

---

2 明末清初顧炎武撰寫的全國性地理總志。

悼亡題材的開創

最後兩章就開始變調歌唱。在這裡，室就是墓葬，居就是墓地。「夏之日，冬之夜。百歲之後，歸於其居！冬之夜，夏之日。百歲之後，歸於其室！」句法和前三章是完全不同的，我們可以推測音樂變調，情緒經過重疊、反覆，到這時達到高潮了。姚際恒在《詩經通論》中對這兩章如此評論：「冬之夜，夏之日。此句特妙，見時光流轉。」說夏之日，冬之夜，反正就是人過日子，一夏一冬，一冬一夏，人生再長也就是百年，我死了以後要歸於其居，也去找他。第四章也是如此，這兩章反覆，反覆是為了強調、為了加重。

詩篇到了最後兩章，音樂形式變了，句法也變了。這是因為《詩經》產生之初是有音樂伴奏的，甚至有些詩篇還有舞蹈。這也是我們讀《詩經》時，頭腦中應該經常有的一根弦。

關於這首詩的背景，東漢《毛詩序》對《詩經》的解釋文獻說，這首詩諷刺晉獻公，就是晉文公重耳的父親，說他「好攻占則國人多喪矣」，指晉獻公早期開邊拓土，滅同姓之國，滅異姓之國，在今天的汾河兩岸擴張，把國土擴展得很大，但這是要死人的。

《毛詩序》解釋《詩經》好從政治角度入手，但是詩篇反映社會生活是多方面的。這首詩本身沒有顯示晉獻公，沒有出現這三個字，但是可能發生在戰爭多、人死喪比較多的時代。按照這種說法，它可能是女子懷念男子，也可能是男子懷念女子。戰爭消耗了社會的能量，百姓的抵抗力弱，死亡率也就高。當然不這麼想也可以，和平時期也會死人，要點不在這裡，而是這首詩那種真摯的情感，以及營造的一種情境，就是前面的「葛生蒙楚」、「葛生蒙棘」，籠罩在一片哀傷的氣氛之中。

這首詩的藝術水準還是蠻高的，而且它開了一個傳統，就是古代的悼亡這個題材。**生死是人生常態**，人與動物的不同，就在於我們對逝去的人有持久的懷念，這種特有的情感，顯示了人性的某種高貴。

5. 只要是理想，就有求之不得的缺憾

——〈秦風・蒹葭〉

蒹葭蒼蒼，白露為霜。所謂伊人，在水一方。
溯洄從之，道阻且長。溯游從之，宛在水中央。
蒹葭淒淒，白露未晞。所謂伊人，在水之湄。
溯洄從之，道阻且躋。溯游從之，宛在水中坻。
蒹葭采采，白露未已。所謂伊人，在水之涘。
溯洄從之，道阻且右。溯游從之，宛在水中沚。

如果問《詩經》中哪首詩在比興手法、詩歌境界方面最突出，能夠代表國風的水準，那一定是〈蒹葭〉。這首詩見於「秦風」，「秦風」多慷慨悲歌，有不少像〈無

衣〉那樣激昂豪邁的作品，但是這首詩卻非常柔婉。

所謂伊人，在水一方：追求理想的困境

「蒹葭」就是蘆葦。「蒼蒼」是什麼色？人上了歲數，就說「兩鬢蒼蒼」，「蒼蒼」不是徹底的白色嗎？也不是，而是在白與黑之間，即灰白色。老人的頭髮是灰白色，「蒹葭蒼蒼」的「蒼蒼」卻不能這樣死板的理解。「蒹葭」盛壯的時候是綠色的，剛剛長出來時是錐狀的；再長，長到夏曆五月，要過端午節了，人們該包粽子了，這時葦葉肥大，正好劈下來一些，包粽子，包出的粽子味道清香得很；再長，就秀出蘆花，九、十月分以後，綠色減退，變成了淡綠發黃，蘆花就成了大片的灰白，這樣的形貌就是蒼蒼然了。大片的蘆葦，一片蒼蒼，是何等景象！而「蒼蒼」這個疊音詞，讀起來的感覺，又是那樣既響亮又有氣派。無形中，句子的韻味變厚了很多。

還有，「蒹葭蒼蒼」一面是形容葦子長勢，一面也道出了時節。什麼時節？「白露為霜」的秋冬之際，空氣中有水，氣溫高，天暖和，落在葦葉子上就是露珠，即「白露」。隨著天氣變冷，露珠就開始結成霜了，晶瑩剔透的圓形小顆粒。不經霜，

葦叢也不會「蒼蒼」然；因經歷寒霜，所以「蒼蒼」才越見味濃。「所謂伊人，在水一方」，從整體詩篇境界來說，讀到第四句即「在水一方」時，畫面差不多就要活起來了：一大片蘆葦，還有一大片的秋水，組成的光景中，莽蒼的是葦，碧陰陰的是水，有光有影、有明有暗；特別是秋水，自有色澤。春天的水泛綠，夏天的水發黃，而秋天的水，一切都沉靜了，清澈得見底，全是透明的。春日，水欲清而草動；夏時，水欲止而魚躍；也只有秋天的水面，可以水波無痕，靜如明鑑，映現葦叢的倒影，格外明朗、空靈、純淨，真可以過濾人的心緒！這實際上就是我們的古典詩歌特有的境界的大致了。

生活中，我們為什麼要讀詩歌？這就如同春光秋景中，我們為什麼要去田野、山林的問題一樣。因為那裡有無限的美好。中國古典的詩歌，可以毫不慚愧的說，在全世界來說，也是很早就懂得用簡短的語詞，抓住大自然宜人光景的某一片段，構成一幅風景，成為永恆的瞬間。〈蒹葭〉頭幾句所營造的境界就是證明。古代的詩人已經找到了營造詩篇美境的祕訣，從而為古典詩歌鑄就了藝術的魂靈。從先秦的《詩經》一直到很晚的近代，古體詩詞不正是以其融情入景的藝術迷倒眾生嗎？〈蒹葭〉，就是這一偉大詩歌藝術傳統的開山作之一。

當然，只有秋水、蘆葦，構成的畫面雖然清靈，終是嫌空。然而，不是還有「秋水」中的「伊人」嗎？伊人就是「那個人」，第三人稱形式。第三人稱在《詩經》中並不罕見，但經常用的是「彼」、「彼其」。可是，「彼」的第三人稱，就把他或她推得太遠了。「伊」則不同。**「伊」所指的他或她，可能實際空間距離「我」也遠，但是，卻是「我」關切的人，遠而不遠，心理距離很密切**。那麼，「伊人」何在？「在水一方」，一方就是「那一邊」，也就是可望而不可即的彼岸那一方。

正是這個「一方」，轄著下面的意思。所以，詩篇繼而說：「溯洄從之，道阻且長。溯游從之，宛在水中央。」溯洄從之，溯洄就是逆流而上，溯本來有溯源的意思，洄是指逆流。溯洄從之，逆著水流去找她，「道阻且長」，道路上有艱難險阻，不好走，而且漫長。長到什麼程度？長到你走不盡，沒法到達。「溯游從之」，溯本來是逆著走，但是在這裡不取這個意思，用「溯」是為了湊足音節，這句話取「游」的意思，順流而下。順流而下去找這個人，伊人「宛在水中央」，好像又在水中央，被水隔著。順流、逆流都無法找到，暗含著伊人和我之間，有什麼難以逾越的間隔。

詩人沒有先交代「伊人」的方位，就是說，先表逆流、順流尋求的不遇，是有意遮掩伊人就在「水中央」的事實；而且「溯洄從之」、「溯游從之」的尋找還煞有介事，這樣做，實有其目的，那就是想造成一種出人意表的效果，為「宛在」的忽然出現開路。也正因此，詩篇才虛幻縹緲，如海市蜃樓，如仙風，似竹影。詩要的就是這個境界，這正是詩人的匠心所在。同時，也正由於「宛在水中央」出人意表的出現，明澈的「秋水蒹葭」之境，才算最終完成。

試著閉目想像吧，碧透的秋水，周圍是蒼蒼的蒹葭，忽然間，一個「宛在」句子的飄然而降，真彷彿靜水面上的蜻蜓一點，波紋渙渙，這又是何等的光景。秋水蒹葭，是靈；「宛在」一出，全篇則靈而妙！而且，還帶有了某種猜不透的神祕。那位「所謂伊人」旁邊有什麼？忽而遠，忽而近，可望又不可即，這不是神祕得叫人猜不透嗎？

〈蒹葭〉最富境界的是第一章；若在唐宋詩人，有這第一章就足夠了。但是，出於歌唱的需要，要重章疊調，這樣也好，可以使文義豐富。

「蒹葭淒淒，白露未晞」，「淒淒」實際上就是萋萋，形容茂盛的樣子，晞就是乾。「所謂伊人，在水之湄」，「湄」是水邊。「溯洄從之，道阻且躋」，躋就是升，不斷的升高，高到人上不去，還是說尋找的艱難，而伊人卻仍然「宛在水中坻」，在水中的高地。這一章的意思和前一章一樣，在意境上反而不如前一章，但延伸了主題。樂章不斷的反覆，也是詩在當時歌唱的需要。

「蒹葭采采」，蘆葦茂盛。「白露未已」，還有白露。「所謂伊人，在水之涘」，涘和湄一樣，伊人在水的那一邊。「溯洄從之，道阻且右」，這個「右」，在這裡不是「左右」的「右」，是迂迴的意思，就是不斷的在轉。「溯游從之，宛在水中沚」，「水中沚」就是水中的小洲。

你踏遍青山，她又宛在水中央

這首詩的好處首先在於營造了一種秋水伊人的境界，後來這個詞就變得有點像成語了。秋天本來就是令人惆悵的季節，所以中國的很多詩篇都悲秋，尤其是戰國後期楚國辭賦作家宋玉的「悲哉！秋之為氣也」。在這樣的季節找一個深深眷戀的人，卻被水隔絕著，永遠也找不到，詩的情緒很深，感動著我們。

古代解釋這首詩，往往跟政治相聯繫，說賢人可望而不可即，或者君主不重視賢人等，實際上那樣反而不通達。

那麼，詩篇除了意境的美之外，還有什麼其他意味嗎？

有的，前人曾用「企慕之境[3]」來表述詩篇特有的意味。至於詩篇「企慕之境」的深邃內涵，可用英國哲學家伯特蘭·羅素（Bertrand Russell）一篇文章中的幾句話來表達：

「有三種激情支撐了我的一生：對知識的渴望、對愛的追求、對苦難的同情。每當我激情之中那個理想的境界升起的時候，我就會感到在我腳下，在我與那理想之間，馬上會出現萬丈深淵。」

這樣一個精神境況，就是在講，理想之境升起之時，現實和理想之間的深淵也隨之出現。**誰都有理想，可是，只要是理想，就有其難以企及的一面，就有追求不到的缺憾**，就有「我」與目標之間難以遇合的隔絕，這就是羅素所說的深淵之感吧。因而，理想之境出現，人激情澎湃的熱望時，也會深深感到自我的無力和無奈，也就是強烈的失重感。

人生中常常出現無形的障礙，這是一種常態性的困境。當人有了理想，比如想當一個書法家，最初明明感到，拿起毛筆來大家都會寫字，臨帖也能寫得有模有樣，好像我們具備一般條件就可能成功，但是當理想升起、你真正開始行動時，又會感覺到有一種無形的力量在隔絕著，感覺到自己的力量不夠。真正成為一個書法家這個理想，有的人一輩子也實現不了，它永遠在「水的那一邊」。

「蒹葭蒼蒼，白露為霜。所謂伊人，在水一方。」詩篇的「水」在完成畫面營造時，也代表著另外的東西：無可逾越的隔絕。「河漢清且淺，相去復幾許」，水是沒有多少，卻可以隔絕有情人之間的來往。也大體**從〈蒹葭〉開始，「水」就成了無可逾越的禮法限制象徵**。魏晉時期曹植的〈洛神賦〉，在「我」與「翩若驚鴻，宛若游龍」、「凌波微步，羅襪生塵」的女神之間，不就是一水之隔嗎？可就是這一水之隔，使得雙方永遠不得交往。

這在後世的小說裡也有。你看《西遊記》，唐僧師徒要過通天河，是多麼困難。他孫悟空一個筋斗十萬八千里，到西天，把師父背起來，半個筋斗差不多就到了。可是，不行！肉身比泰山還重，誰都背不動。這也是一種限定。說這種限定離譜嗎？不

3 企慕，即企羡、仰慕，是一種情感心理；企慕情境，是指作者用藝術的形式、形象，表現內心強烈的情感，而形成一種可望不可及的美學境界。

離譜，人類是有限的，正因為其有限，才知道追求理想。這就要有無盡的勞累和艱辛了。**追求美好時的困難重重、無窮勞苦，就是有理想人生的基本境遇**。

所以，所謂的「企慕之境」，就是人的現實與理想之間的真實情況。不想追求「在水一方」的物件，就沒有詩篇的奔走焦慮。但是，人不正是因為這無限的追慕和悵惘，而深感生活的莊嚴和美麗嗎？正因如此，只要有人類存在，這首詩就永遠會打動人心。

6. 三思而行，三聽而行

采苓采苓，首陽之巔。人之為言，苟亦無信。
舍旃舍旃，苟亦無然。人之為言，胡得焉？
采苦采苦，首陽之下。人之為言，苟亦無與。
舍旃舍旃，苟亦無然。人之為言，胡得焉？
采葑采葑，首陽之東。人之為言，苟亦無從。
舍旃舍旃，苟亦無然。人之為言，胡得焉？

——〈唐風・采苓〉

成語「兼聽則明，偏信則暗」，是警示耳根子軟的人。人容易聽進別人的傳言，這不僅指普通老百姓，有些官員甚至德行很好的人，也容易產生這種偏差，這是一種相當普遍的缺點。為什麼？因為讒言或謠言往往好聽，「小雅」裡就有「**盜言孔甘**」的句子，意思就是**盜言很甜，盜言就是謠言**。〈唐風．采苓〉這首詩就是針砭那些耳根子軟的人。

你不信讒言或謠言，小人怎麼會得逞

「采」當然是採集了，「苓」是什麼？就是甘草，又名大苦，就是現代常用的甘草片那種甘草，在中醫裡用得很普遍，苓喜歡生長在乾爽之地，嫩芽也是可以吃的。另外，也有人說這個苓不是甘草，是指蓮。總之，可以肯定的是一種植物。

「首陽」這個山名，很容易讓人聯想到伯夷、叔齊，因為他們兩個反對周武王伐商紂，周王朝得了天下之後，就在首陽山上採蕨，堅決不吃周朝的糧食，後來餓死了。可是這個首陽山未必就是伯夷、叔齊餓死的地方，因為在古典文獻裡，有五、六處地點都叫首陽，甘肅省那一帶也有。這首詩中的首陽山，學者一般都說是雷首山，在今天的山西省永濟一代，這就跟「唐」接近了。

「人之為言」的「為（ㄨㄟˋ）」字，就是惡，為言就是讒言、謠言，說瞎話

（按：即謊話），這是一個通假字。我們看到在戰國竹簡裡面有很多這樣的現象，比如「勉勵」的「勉」就寫作「免除」的「免」。「苟亦無信」的「苟」就是姑且，實際上它還包含著最好的意思，表示一種企望、勸告，說人的瞎話、謠言最好還是別信，如果不信有多好，有這樣的意思。下面接著就叮嚀「舍旃舍旃」，「舍」就是捨棄、丟開，「旃」就是「之焉」，「之焉」兩個字讀快了就是旃（音同沾），類似的現象在《詩經》裡出現了不止一次。「舍旃舍旃，苟亦無然」，「無然」就是不要以為然、不要信，實際上是補充說明「人之為言，苟亦無信」，強調、叮嚀，加重了語氣。「人之為言，胡得焉？」是說如果你耳朵根子硬點，別人的瞎話、「為言」怎麼會得逞？這裡實際上是從反面來說。

對於開頭的「采苓采苓，首陽之巔」，也有學者說到首陽山采苓在古代本來就是一句瞎話，首陽山上並沒有苓，就有點像大海裡種田的意思。現在我們已經無法從字面上看出這一點，但也許在古老的年代，采苓指瞎話這種說法傳了很多年，到春秋時代，就有采詩官把它採集下來，也是可能的。總而言之，「采苓采苓，首陽之巔」有兩種解釋，下面接著的就是**人的瞎話最好不要信，如果不信該多好，捨棄它不要信它，那麼人的瞎話怎麼會得逞！**

第二章，「采苦采苦」這個「苦」可能就是苓，因為苓如果解釋成甘草的話，又叫大苦，但是苦也可以解釋成苦菜，像過去曲曲菜（按：即苣蕒菜）就是苦的，但是不妨礙它味道很好。「首陽之下」跟首陽之巔差不多，反正都離首陽山不遠，「之下」就是山下，這個「下」字跟「苦」字在古代應該是押韻的。「苟亦無與」的「無與」也是不信，就是不要贊成，「與」是動詞，後面「苟亦無然」的「然」、「苟亦無從」的「從」也是動詞，就是說不要偏信他、不要順從他、不要被他欺瞞。「舍旃舍旃，苟亦無然。人之為言，胡得焉？」後面的意思跟前面是一樣的，用的是一種重章疊調的音樂形式，和我們今天唱歌的第一段、第二段一樣，這在《詩經》裡面已經非常常見。

所以，中國歷史地理學者顧頡剛就說，這種重章疊調反而證明詩是加工過的，因為民間那種小調、歌謠一般就那麼幾句，采詩官把它製成音樂時如果只演一遍，那就不能滿足樂章的需要，所以要敷衍、敷衍。這可以證明，我們現在看到的《詩經》是經過了專業音樂人員加工的。

「采葑」，「葑」在〈邶風．谷風〉裡出現過，又叫蕪菁、蔓菁，是一種根塊碩大的植物，上邊長葉子，根可以醃製鹹菜。在首陽之東采葑，「東」也是講方位。

「人之為言，苟亦無從。舍旃舍旃，苟亦無然。人之為言，胡得焉？」意思和前面的章節都一樣。

不要馬上相信，要三思而行、三聽而行

明朝進士戴君恩說，這首詩各章上四句就像一池春水一樣，有點煙籠霧繞，映著月光，很有姿態。接著下四句就像突然起了風浪，龍也被驚動了，鳥也被波瀾震動了，發生了不可預測的突然變化。他體驗這首詩的語氣、句法變化等，感覺還是比較準的。這首詩實際上是一種警醒，針砭那些聽信讒言的人。

關於這首詩，古代提出了一些有意思的說法，比如有人就說這詩是針對晉獻公，他聽信驪姬的謠言害了自己的兒子。說到驪姬這個女人，她的人生就像一部陰謀教科書。因為她是晉獻公的小妾，自己生了兒子以後，就要奪太子申生的地位，於是就用了各式各樣卑鄙的手段，造了各式各樣的謠言。她鼓動晉獻公派太子申生帶兵打仗，沒想到太子申生打了勝仗立了功，而晉獻公的心態又發生了微妙的變化，然後在驪姬的陷害下，針對申生的讒言越加興起、猖獗。最終申生被驪姬害死，晉獻公的另外兩

個兒子夷吾和重耳出逃，整個晉國到處都是謠言。

這首詩有可能創作於那個時候，針砭晉國這種現實，它作為這樣一首諷喻之詩是可能的。當然，因為詩篇本身沒有顯示這樣的意思，所以這仍然是一個猜測，但它有可取之處。

總而言之，這首詩揭露了人性的一個弱點，人類的認知有局限，我們對事物往往聽說的比實際看到的多，所以在聽的時候就難免被人矇騙，這實際上包括了讀古書和平時做人。它告訴我們要始終保持頭腦清明，始終有點智慧，**對一些言論，聽了以後不要暴跳如雷，不要馬上相信，而要三思而行、三聽而行**。這在現代還沒有失去價值，聽了這個勸告，你不容易被人家牽著鼻子走。

7. 望月懷人，見月思人

——〈陳風・月出〉

月出皎兮，佼人僚兮。舒窈糾兮，勞心悄兮。
月出皓兮，佼人懰兮。舒懮受兮，勞心慅兮。
月出照兮，佼人燎兮。舒夭紹兮，勞心慘兮。

古人喜歡月亮，喜歡月圓，不喜歡月缺。李白、杜甫、蘇東坡都寫過關於月亮的膾炙人口的作品。《詩經》之前，甲骨文中有對月亮的記載，但並非詩，是古代根據月亮的圓缺判斷時令。〈柏舟〉有「日居月諸，胡迭而微」、〈日月〉有「日居月諸，照臨下土」，像這樣的描寫是打比喻，不是在寫月亮和月光，而是用日月兩個天體比喻夫妻關係。《詩經》中正面描寫月亮、月光的，就是〈陳風・月出〉。

曲曲折折的三聲字

第一章，「月出皎兮，佼人僚兮」。皎就是皎潔，「月出皎兮」就是月亮出來非常皎潔。「佼人僚兮」，「佼」通「姣」，就是漂亮的人。「僚」通「嫽」，是嬌美的意思。「舒窈糾兮」，「舒」是發語詞，「窈糾」意思是窈窕，儀態優美。「勞心」就是愁心，「悄兮」是憂愁的意思。看到別人美好發什麼愁？因為愛上她了。這很符合戀愛心理，情人眼裡出西施，對所愛之人怎麼看都覺得好，她的一舉一動都彈在自己心弦上。這裡的憂傷，就是單相思的惆悵。

陳國風俗很奇特，男女在晚上活動並非偶然，「陳風」中還有一首詩〈東門之楊〉：「東門之楊，其葉牂牂。昏以為期，明星煌煌。東門之楊，其葉肺肺。昏以為期，明星晢晢。」說黃昏是我們約好見面的時間，現在已經明星煌煌然了，半天等不到人，表達了一種埋怨的情緒。

這首詩寫得也很漂亮，用「明星煌煌」、「明星晢晢」等句，將焦急、惆悵、失望的心情，表現得情景交融。陳國就在今天的河南省淮陽市，被認為是伏羲和女媧的故鄉。在古老的宗教習俗裡，伏羲女媧是講男女之間結合的故事。有學者考察，今天在那裡還可以找到男女結合的宗教習俗痕跡。孔夫子是在尼丘山生的，宛丘也保存著這樣的風俗。文獻記載子路和巫馬期兩人在宛丘砍柴，發現很多富貴人家在那裡奏樂，吃吃喝喝。實際上那是祭祀生育之神、祈求繁殖的宗教風俗，在春秋時期還保存著。那麼，男女晚間約會也可以理解成以前風俗的延續。古代「采詩觀風」，在某種程度上，也是一種文化的傳承與保存，假如沒有《詩經》記錄這些風俗，我們就難以拿這樣豐富的文獻和現在的一些遺俗相對比、印證。

第二章「月出皓兮，佼人懰兮。舒懮受兮，勞心慅兮」。皓就是白色，表示明亮、明媚，佼人就是漂亮的人，「懰」當嫵媚講。「舒懮受兮」，「舒」跟第一章的舒一樣，是發語詞。「懮受」的意思也是窈窕，和「窈糾」一樣。「勞心慅兮」，「慅」就是內心躁動。

用月光表達情感

第三章「月出照兮，佼人燎兮。舒夭紹兮，勞心慘兮」。「燎」當光彩照人講。情人眼中月光下的美人，是光彩照人的，她和月亮的光彩相映、交融成一片。「夭紹」跟窈窕同義。「勞心慘兮」，「慘」在這讀作「草」，通「懆」，是內心痛苦的意思。古代經文在傳寫過程中，會出現用一些字替代另一些字的現象，我們都視為通假。

這首詩說起來很簡單，就是明媚的月光之下，出現了一個美人，她的一舉一動讓一個暗戀者憂傷。詩篇很漂亮，用了很多連著的第三聲字，讀起來比較繞口、不痛快，有曲曲折折的感覺，而這樣的音調和憂傷的情緒又正好是相配合的。

另外，這首詩有很多對月光的描寫，例如月出皎、月出皓、月出照，這不是深夜，而是傍晚月亮剛剛出來的時候。它的音調曲曲折折，用月光為情感設色，把愛戀的心情放到如水的月光下描寫，開闢了中國描寫月亮的先河，後世文人望月懷人、見月思人的傳統即來源於此。

8. 慷慨赴戰，吞六國之氣的秦國人

——〈秦風・無衣〉

豈曰無衣？與子同袍。王于興師，修我戈矛，與子同仇！
豈曰無衣？與子同澤。王于興師，修我矛戟，與子偕作！
豈曰無衣？與子同裳。王于興師，修我甲兵，與子偕行！

「秦風」中的〈無衣〉是一首慷慨激昂的戰歌，或者說鼓勵士氣的軍歌。它和「唐風」裡面的〈無衣〉寫政治流氓嘴臉完全不同，格調不同。這首詩太朗朗上口了，念一遍就入心。

對一切懦弱之氣的反問

「豈曰無衣」，「豈曰」就是哪裡說，這是在問：怎麼可以說你沒有衣服？實際上，這是對一切懦弱之氣的反問，放在詩的開頭，就像從天上掉下來一句話：不要說你沒有衣服。這個「衣」是指統一的軍服，古代軍人有統一的服裝，秦始皇時期的兵馬俑服裝是統一的，春秋早期應該就有。接著「與子同袍」出來了，「袍」就是戰袍。「王于興師」這個「于」字可以理解為介詞，但是它比較特殊，在《詩經》裡出現了好多次，往往用在動詞前面。近代福建學者林義光說這個「于」也可以讀成「呼籲」的「籲」，就是呼的意思。因為在金文裡面出現了「王呼」某某，王經常發號令叫王呼，「王于興師」就是王命令我們興師。

「修我戈矛」，「矛」有點像後來的扎槍，像張飛的丈八蛇矛就是槍。戈是什麼？戈是一種武器，橫刃有弧，可以刺、可以打、也可以勾，特別適於戰車作戰。如果把矛和戈統一起來，就是戟。像《三國演義》中呂布就使方天畫戟，實際上是在戈上再加一個扎槍似的尖。「修我戈矛」的「修」就是打造、磨，磨刀、磨槍。「與子同仇」，「同仇」就是夥伴、幫手。我們今天說的袍澤兄弟，是從這裡來的，因為下一章有「與子同澤」，跟兄弟一樣，因為一起經歷過生死。

所以，「豈曰無衣？」這個反問具有千鈞之力，怎麼說你沒有軍服？你是誰？我是誰？我們是同袍兄弟，你的就是我的，我的就是你的，因為我們共命運。這就把平時生活中的一點私心、小心眼全部掃蕩，上過戰場的人，彼此之間的情感是非常崇高的。我們不喜歡戰爭，但是戰爭中有些情緒，比如看到戰友去世或者受傷以後的痛苦，顯示了人的崇高性。平時往往是，你的是你的，我的是我的，甚至有人也動「你的也是我的」這種心思，但戰歌的動人之處在於，表達了一種很崇高的情緒，一件衣服不分你我。

接著「王于興師」，實際上就是指諸侯興師了，修我戈矛，把我們的武器裝備好，不要考慮那點財富問題，要想一想怎麼去打仗。最後來了一句解釋，與子同仇，我跟你是好夥伴，顯得很沉重，這是第一章。

清代學者陳繼揆在《讀風臆補》中，說這首詩「開口便有吞吐六國之氣」，這就是秦風的風格。《詩經》裡的篇章對戰爭的態度是很不一樣的，〈小雅．采薇〉表現了周人對戰爭的評價，從那幾句很著名的「昔我往矣，楊柳依依。今我來思，雨雪霏霏。行道遲遲，載渴載飢。我心傷悲，莫知我哀」，可以看出來，它的情調是感傷的。我離家時春光明媚，柳樹搖擺，好像依依不捨，過了若干年，我回到魂牽夢繞的家，景象物是人非、大雪飄零，這種對比展現了無限的惆悵與悲哀。

這種感情代表了對戰爭的評價，即戰爭是無謂的、沒意思的，回家過和平生活才是我的願望，這是《周禮》禮樂文明提倡的戰爭觀念。戰爭是生活強加於我們的，我們為了保衛和平才去打仗，所以回到和平生活之後，就覺得有那麼一段時間是虛耗的，感傷情緒就出現了。

但是「秦風」不一樣，「秦風」高揚戰爭中捨生忘死的精神。戰場上那種勇敢，調動的是人性崇高的一面。一個人如果在戰爭中害怕，這種悲傷的情緒反而讓死亡來得更快。如果我們再從到大的角度來看，這就是秦國人，慷慨得很。

所以，這首詩的「開口便有吞吐六國之氣」，也可以說是開口便體現了來自西北黃天厚土的秦國人對戰爭的熱衷。這就是他們最後吞併六國的深厚基礎之一。比如鄭風裡多有很柔婉、漂亮的詩：「子惠思我，褰裳涉溱。子不我思，豈無他人？」人們在那搞愛情，就很難看到氣吞山河的東西。這兩個人群比較，誰更能打仗是不問可知的。因此，這首詩在某種程度上也可以解釋秦國統一天下的文化原因、民風民俗上的原因。

英雄主義的秦風

第二章，「豈曰無衣？與子同澤」。「澤」就是貼身內衣，實際上是「襗」這個字。這句和無衣的意思是一樣的，只是延伸了一步，我的內衣也可以借給你穿。「王于興師，修我矛戟。」這個戟就是把戈和矛合併了。「與子偕作！」偕就是一起，我們一起振作。

第三章，「豈曰無衣？與子同裳」，裳就是下衣。「王于興師，修我甲兵」，甲指鎧甲，兵就是武器，兵的詞義有過變化，最早是指武器，後來變成士卒。「與子偕行」意思跟前面也都差不多。

《漢書》裡說：「山西天水、隴西、安定、北地處勢迫近羌胡，民俗修習戰備，高上勇力鞍馬騎射。故秦詩曰：『王于興師，修我甲兵，與子偕行。其風聲氣俗自古而然。』」可見，慷慨悲涼、激昂雄壯，這就是〈秦風〉。

這種風格的調子，在「秦風」其他詩裡也能見到，比如〈車鄰〉：

阪有漆，隰有栗。既見君子，並坐鼓瑟。今者不樂，逝者其耋。
阪有桑，隰有楊。既見君子，並坐鼓簧。今者不樂，逝者其亡。
（節錄）

「耋」是消逝的意思，「逝者」就是時間過去了，我們老了。前面的「阪」就是山坡，「漆」是一種樹，漆樹。「隰」是下溼之地，有栗子，就是栗樹，就是興。然後見了君子我們在一起「鼓瑟」，鼓瑟唱什麼？如果我們今天不樂，日子馬上就過去了，實際上唱的是人生短暫，要及時行樂，容易唱著唱著就泣涕如雨。下一章也是林中唱歌。「鼓簧」和「鼓瑟」同義，簧是一種吹奏樂。我們現在不樂，逝者其亡。這種調子跟「唐風」裡的〈山有樞〉和〈蟋蟀〉有某種相似的地方。秦的老祖宗有一支在山西待過，也許就把這種悲涼的風調帶過去了，或者是因為他們在地域上相近，詩歌都有慷慨激昂的特點。

「秦風」裡還有一首詩〈黃鳥〉，寫秦穆公死了，有兄弟三人（「三良」）陪葬。秦穆公能夠讓三良從葬是因為約定，他們四人曾在一塊喝酒，酒酣耳熱之際唱歌，唱到悲涼慷慨處，就說我們活著一起樂，死時一起死，結果後來三良就履行了這個諾言。這個地方又多少值得玩味，人往往越是珍惜生命，有時對生命越不在意，感到人生苦短的時候，就會生死相依。這是「秦風」的特徵，一直到李斯寫〈諫逐客書〉時都說：「而歌呼嗚嗚快耳目者，真秦之聲也。」秦人彈著箏，拍著大腿唱歌，嗚嗚然。

秦聲這種尚悲色彩延續到漢代。漢代音樂上的尚悲風尚，在歌唱領域流行。《風俗通》[4]中說，漢代人，尤其是東漢人，日常飲酒喜歡做傀儡戲唱歌，唱到熱淚盈眶或者泣涕沾襟才算過癮。這跟「秦風」有關，尚悲的來歷可以在《詩經》裡找到。所以〈無衣〉也是一曲慷慨悲歌，越是惜命，越好像不拿命當回事，是因為他要追求不朽，追求高尚，崇尚英雄主義。這類貌似矛盾的詩篇，可以一併閱讀。

4 東漢泰山太守應劭輯錄的民俗著作。

9. 只要活著，就不自由、有煩惱

——〈檜風．隰有萇楚〉

有一個成語叫「自鄶以下」，意思是鄶以下者實際上都不值得說，這個典故來自《左傳》，鄶就是檜風的檜。魯襄公時期，從吳國來了一位賢人季禮，到魯國來訪問。魯國就把當時樂工保存的詩，還有一些舞樂演唱給他聽。這個吳公子實際上是第一次聽，然後就對每一首風、雅、頌都做了評論。據說他是個天才，很懂詩、歌唱，「周南」、「召南」，他就說「真美呀，這是周代的基礎。」但是唱著唱著，唱到了「檜風」，按照當時的排序方法，國風還剩兩風，「檜」和「曹」。演唱「檜風」和「曹風」時，他再也不吱聲（按：北方方言，指說話）了，不再有所評論了。所以成語「自鄶以下」實際上，是不足掛齒的意思。

可實際上「檜風」有四首詩，有的作品寫得不錯，季禮為什麼不再評論？也許因為它是亡國之樂，檜這個國家在今天的鄭州市再往南，它一進入春秋不久就滅亡了。

曹國當時也很小，沒有大出息，也差不多要滅亡。

「檜風」四首中有一首是〈隰有萇楚〉。

> 隰有萇楚，猗儺其枝。夭之沃沃，樂子之無知！
> 隰有萇楚，猗儺其華。夭之沃沃，樂子之無家！
> 隰有萇楚，猗儺其實。夭之沃沃，樂子之無室！

最簡單的用字，最活潑的形象

「隰」就是下溼之地，平原上水比較多的地方。「萇楚」是一種蔓生植物，又叫楊桃，葉子跟桃葉很像，果實也像桃，但是很小。詩是拿它起興，說「隰有萇楚，猗儺其枝」，「猗儺」就是婀娜，形容枝葉擺動，非常漂亮。古人的心靈離自然很近，對大自然的植物、動物體會得深、細，所以看到風吹葉子的形象，內心會起波瀾。下邊「夭之沃沃」，「夭」就是指顫抖的樣子，風一吹枝葉擺動的樣子。

「沃沃」和〈氓〉中的「其葉沃若」同義，就是葉子潤澤。風吹著萇楚，葉子擺動，閃著光很潤澤。接著來了一句「樂子之無知」，「樂」就是高興，「無知」就是沒有知覺，這是一種解釋。

這就是感慨了，這個世道這麼艱難，可是植物們還在那裡長著，風一吹那麼漂亮，是因為它們沒有知覺呀。如果這樣理解的話，就反襯了人生最苦，唐代李賀就有詩句「天若有情天亦老」，**天沒有情所以天永遠不會老，人一有了情，有了知覺，就該有苦悶了**。

所以這個解釋是以樂景寫哀情，寫人世艱辛、人世苦痛，看到沒知沒覺的植物起了羨慕之心，是非常沉痛的一種語調。明代學者鍾惺評點《詩經》，就把「無知」理解成沒有知覺，所以才歡樂，認為這就是亡國之音。這樣說的根據是檜在春秋早期就亡國了，並假設這個詩作於春秋早期之前。他說此詩都不用說到自己的苦，只羨慕萇楚快樂，因為它沒有感覺、無情，這樣來表達，意思就更深刻了。然後還補了一句，**凡是可以說出的苦，不是絕對的苦**，就是苦得還不到家。這一段像辛棄疾的「而今識盡愁滋味，欲說還休」，真有了愁反而說不出。

對於「無知」，還有另一種說法，說「知」有相匹配的那個「匹」的意思，《爾雅》[5]裡面就曾用「匹」解釋「知」。西漢時期解釋《詩經》的魯詩也說知是「匹」，所以「無知」就不是無知覺的意思，而是指沒有配偶。如果這樣解釋的話，詩的意思就完全變了，變成歡快的歌了。

我們知道檜國後來被鄭國所占，而「鄭風」裡多有男女青年自由戀愛的內容。《周禮》裡記載，當時政府規定在春暖花開的某一天，讓男女自由結合，有私奔的人政府不予追究，風俗予以承認。

如果是這樣的話，這首詩的意思完全相反，是講在春天，遍地的萇楚蔓延的時候，在這綠色的植物之間男女唱歌。說你看這萇楚長得多好呀，它姿態婀娜，我非常高興見到了你，我高興你還單身。這話不是幸災樂禍，而是我對你有意思。它表達的是這樣一個快樂之情，我看上一個人，她正好名花無主。這就是男女相戀的歌了，在山谷中邂逅、一見鍾情。

在現有的材料下，可以兩說並存，沒有足夠的依據說哪個一定是準確的，哪個一

5 中國最早的訓詁書，也是世界上現存最早的單語言詞典。

定是錯的。不過，這首詩整體格調上比較活潑，所以第二種可能性大。

接著第二章「隰有萇楚，猗儺其華」，這個「華」就是光華，萇楚有光彩是可以通的，但是也可以說「猗儺其華（按：音同「花」）」，萇楚結果子就要開花。「夭之沃沃，樂子之無家」。先按第一種說法，把「無知」理解為沒有知覺，那麼「無家」就是沒有拖累。一個人在艱難世道養活一個家有多難，成人體會得更深一些。清代牛運震認為三個樂字——「樂無知」、「樂無家」、「樂無室」極慘，讓人不忍心讀。如果按照第二種解釋，就是說我很高興遇到你，你還是一個單身的姑娘或者小夥子，這也是可以的。

接著第三章，「隰有萇楚，猗儺其實。夭之沃沃，樂子之無室」，「無室」就是無家，「室」就是宿舍，家要有房子。用第一種解釋仍然是沒有家拖累，用第二種解釋就帶點僥倖之情，還好你沒有家，你要是已經有了愛人，我可就傷心了。

天若有情，天亦老

錢鍾書在《管錐編》[6]中談讀詩的感受，說到這首詩時，也是用傳統的觀點，認為無知、無家、無室就是沒有拖累。他說此詩的意思是：「萇楚無心之物，遂能夭沃茂盛，而人則有身為患，有待為煩，形役神勞，唯憂用老，不能長保朱顏青鬢，故睹草木而生羨也。」萇楚這種無心的東西，越是無心長得越茂盛，可是人就不一樣了，人有身為患，用的是老子的典故，老子說我們活著有患難，就是因為我們有這個身體，所以我們怕餓著、怕凍著、怕渴著，甚至怕不被尊重。一切都是從這個身上起的，我們有個身體，這個身體需要物質。同時，有待為煩，這是《莊子》中說的，「有待」就是有條件，**我們只要生存，就有因果關係，就不自由、就煩惱**。形役神勞，我們的形體就會整天幹活，我們就會勞神，有憂傷，就會變老，就不能長保朱顏青鬢，青鬢就是黑頭髮，朱顏就是紅顏。所以，看著草木生長得這麼好，就生了羨慕之情。這段話裡說到一些人生哲學，人生一切的基礎是有這個患難之身，而且這個身是容易壞掉的。

而第二種讀法就非常快樂了，無知、無家是指什麼？**你沒有配偶、沒有家室的拖**

6 錢鍾書於一九六〇至一九七〇年代寫作的古文筆記體著作。全書約一百三十萬字，論述範圍由先秦迄於唐前。

累，所以你是自由的。那麼今天我們見面了，就可以相愛、結合，變成了男女相悅的歡歌。

兩種解釋都很好。這首詩也寫得非常漂亮、流麗。萇楚攀緣，風吹來，枝葉婀娜，花朵婀娜，果實也婀娜。「夭之沃沃」，這句子造得非常活潑，形象非常鮮明。可見，好詩往往都是用最簡單的語詞，營造最活潑的形象，後代的陶淵明、白居易、蘇軾等大詩人都有這個本事。

10. 死生促迫，是人一輩子的課題

——〈曹風・蜉蝣〉

蜉蝣之羽，衣裳楚楚。心之憂矣，於我歸處。
蜉蝣之翼，采采衣服。心之憂矣，於我歸息。
蜉蝣掘閱，麻衣如雪。心之憂矣，於我歸說。

〈蜉蝣〉出自「曹風」。曹這個地名來自西周一個封國，周武王把自己的弟弟振鐸分封在曹，在今天山東省的西南部地區，它的都城在陶丘。陶丘就在山東省定陶縣西南。定陶這個地方到了戰國時期可了不得，它依靠南北交匯、東西交匯的優勢，發展成為一個大的商貿城市。曹國建立之後傳了二十四世，被宋國所滅。它雖是小國，但貴族到了後期也非常驕奢，這是特點之一。

「曹風」只有四首，水準不低，還是蠻有特點的，〈蜉蝣〉是其中之一。

用麻衣如雪，比喻人生苦短

這首詩涉及一種小的生靈蜉蝣，蜉蝣是一種小昆蟲。現在也能見到，一般到了春夏之交，在比較潮溼的地方，一群一群的出現，像小飛蟲，每個都長了白白的、透明的翅膀。有人研究，蜉蝣生命最短的活幾個小時，最長的活幾天，而且牠這一輩子要經歷卵、稚蟲、亞成蟲和成蟲四個階段。亞成蟲時期非常短，然後就脫皮，飛起來了。**古人常用蜉蝣來感慨人生無常**。蘇軾就寫有「寄蜉蝣於天地，渺滄海之一粟」（按：出自〈赤壁賦〉）的句子，說我們人類像蜉蝣一樣生活一輩子，像滄海的一滴水一樣，體積很小、生命時間很短。「蜉蝣」這個語詞就來自《詩經》。

開篇「蜉蝣之羽」不是寫蜉蝣，而是一上來就寫蜉蝣的羽毛，像什麼？「衣裳楚楚」，像人衣冠楚楚，就是穿得整整齊齊、像模像樣的。實際上這話裡面隱含的意思是，你蜉蝣的翅膀再漂亮，再像人穿得衣裳楚楚，可是，朝生暮死，或者可能都沒有從朝到暮，生了就死了。蜉蝣成群的游，晶瑩透亮、很可愛。可越是看到這個，就越是會「心之憂矣，於（按：音同烏）我歸處」，產生一種內心的哀傷，我們的歸處在哪裡？此處，「我」是「何」的異寫。「歸處」就是死亡之地，所以說寓意有點讓人害怕。讀完第一章，我們就感覺到了非常敏感脆弱的心靈，這也是一種生命的格調，有這麼一種人，多愁善感。《夏小正》[7]這個文獻裡說到蜉蝣在夏曆五月時很盛、很多，所以這首詩歌頌的是春夏之交的一種光景。

「蜉蝣之翼，采采衣服。心之憂矣，於我歸息」，蜉蝣的翼就是翅膀，「采采」就是光華燦燦的樣子，像人穿的光華閃耀的衣服。我們內心中憂傷了，憂傷什麼？我們人的生命也是非常短暫的。「歸息」實際上就是歸處、休息的地方，死亡也是休息。「大哉乎，死也，君子休焉，小人息焉」，儒家文獻裡講孔子跟子貢談論人生，就說到死亡是休息，君子也休了，小人也息了。

接著，「蜉蝣掘閱，麻衣如雪」，「掘閱」是個聯綿詞，兩個字的韻母相同，意思是蜉蝣蛻變，由蟲子長出翅膀。之後怎麼樣？「麻衣如雪」，這個比喻真是太鮮

7 為中國現存最早的科學文獻之一，也是現存最早的一部漢族農事曆書，原為《大戴禮記》中的第四十七篇。

明了。南朝文學理論家劉勰在《文心雕龍》[8]裡講比興就引了這個句子，說它給人的印象非常深刻。「麻衣」就是白色的衣服，古代麻衣穿著穿著越洗越白，像雪一樣。蜉蝣變成飛蟲的時候，成片的翅膀像雪一樣白，堪稱妙喻。「心之憂矣，於我歸說」，這個「說」讀成「睡」，就是休息、停息的意思，跟「息」是一樣的。這個字在《詩經》裡出現了很多次了，有時讀「托」，有時讀「睡」，有時讀「悅」。它在先秦時期可忙了，可以表達好幾個意思，要根據上下文來確定。

一念之間，從脆弱到正向

這首詩感慨浮華幻影，死生促迫，籠罩整個詩篇的是一片感傷情緒。我們今天倒不必一定視其為消極、沒落，它實際上是人生必須面對的。我們活著，實際上活一天就少一天，用哲學家的說法叫「向死而生[9]」，我們的存在是有時間的。所以很多文學作品說到生死都很感人，像後來的《古詩十九首》[10]，漢末的一批小讀書人事業沒有希望，生活比較困頓、落魄，可是這些人錦心繡口，到一起唱歌，唱不得志，唱人生短暫。而東晉的陶淵明也經常會想到死亡，但死亡有時讓他更加豁達。

這首詩體現了對死亡的一種敏感，讀這種詩，我們要尊重這種敏銳的心靈。這種偏於消沉的情緒，也提供了一種向度，讓我們感受人生，這是詩的可取之處。而它在藝術上最大的成就，就在於精彩的比喻，蜉蝣本弱小，但成了群以後，也的確給人一種很強大的感受，所以它的「麻衣如雪」造得是那樣形象、那樣生動，讀一遍馬上記住了。

到了春秋時期，人生百態都出來了，有些人積極進取，有些人感慨人生。而文學是不應該有禁區的，只要是生命的現象都應該去歌唱，讓人面對它、認識它。我們從脆弱的心靈當中也能看到一點力量，甚至是一面鏡子，當我們脆弱的時候，可能恍然自失，感到自己怎麼像〈蜉蝣〉這首詩呢！如果你這樣想，它也可能會達致一種積極的態度。

---

8 中國第一部系統性的文學批評著作。

9 指德國哲學家馬丁．海德格爾（Martin Heidegger）在其存在論名著《存在與時間》（*Sein und Zeit*）中提出的哲學理念。

10 一組五言古詩的總稱，共十九首。一般大多認為是漢朝無名詩人所作，最早由南朝梁蕭統編入《文選》。

11. 想和人交心？先交禮

——〈小雅・鹿鳴〉

呦呦鹿鳴，食野之苹。我有嘉賓，鼓瑟吹笙。吹笙鼓簧，承筐是將。人之好我，示我周行。

呦呦鹿鳴，食野之蒿。我有嘉賓，德音孔昭。視民不恌，君子是則是傚。我有旨酒，嘉賓式燕以敖。

呦呦鹿鳴，食野之芩。我有嘉賓，鼓瑟鼓琴。鼓瑟鼓琴，和樂且湛。我有旨酒，以燕樂嘉賓之心。

「小雅」的第一首詩是〈鹿鳴〉，中國有一位諾貝爾醫學獎獲獎者屠呦呦[11]的名字就取自這首詩。

「呦呦鹿鳴」的雅意

這是一首好詩！它讓人一念就有印象，就能入心不忘。很平易，韻味很醇厚、印象很鮮明，這就是好詩的標準。如果詩寫得彆扭、艱深古奧，就未必記得住。「呦呦鹿鳴」，「呦呦」就是鹿的叫聲，「食野之苹」，「苹」又叫山萩、珠光香青，是一種菊科植物，莖葉呈白色或者灰白色，帶有異香異氣，有點像香蒿。

這兩句詩把我們帶到了一個清幽的林子裡，那裡長滿了香草、苔蘚，可愛的鹿在吃到草以後呼朋引伴，這是興。「我有嘉賓，鼓瑟吹笙」，「嘉賓」就是很好的客人。我們今天說客人是「賓」、「客」混著說，但古代兩者不一樣。**在西周時期客跟賓都是「敬」的意思，但是「客」往往是外人，外國來客。「賓」則指本國的大臣，或者異國的使節。**周代封建了很多同姓諸侯、異姓諸侯，這些人互相聘問，就稱為賓，不能稱客。古代的房子一般坐北朝南，尤其是正廳正堂，《禮記》中說西邊是客人的位置，這就是尊賓。

---

11 中國中醫科學院的首席科學家。

「我有嘉賓，鼓瑟吹笙」，嘉賓來了，我們要奏起禮樂來，表達情感。所以，按照《禮記．樂記》的說法，中國人認為音樂和舞蹈是抒情的。客人來不能光樂哈哈，只有表情興奮不行，我們還要把它付諸藝術。「鼓瑟吹笙」，這裡和一些名物有關。「瑟」是一種彈奏樂，它在八音（按：泛指古代各類樂器的總稱）裡面屬於「絲」，就是用絲竹做弦子，製作很講究，一般都用桐木。〈鄘風．定之方中〉裡，說衛文侯建國時就種了很多桐木，「椅桐梓漆，爰伐琴瑟」，幹麼呢？將來好做材料、製琴瑟，也就是搞禮樂建設，這是講衛文公很有遠見。「笙」屬於古代八音裡的「匏」。它的實物就是一個大葫蘆，把葫蘆挖空做音斗，就是共鳴箱，在音斗上下打可以對穿的圓孔。然後，插入笙管，裡面放舌頭，這個舌頭就是竹子做的簧片，吹的時候振動簧片發出聲音。

按照古代宴會的習慣，招待客人時要有盲樂工四人，稱為「師」。在堂上，他們有兩人各彈一瑟，另兩人唱歌。古代的堂就是敞開一面的屋子，前堂後室。一個大堂，主客坐著，西南的那個邊上，就是偏客人那個堂口，有樂工四人坐在那彈瑟唱歌。堂下呢？吹笙。所以，「鼓瑟吹笙」他們不是對面坐著對著吹，你彈我吹，而是堂上鼓瑟唱歌，堂下吹笙奏樂，交替進行。這是古代的禮儀。

而下面「吹笙鼓簧」的「簧」不是指另一個樂器，而是指笙的舌頭。「承筐是將」是什麼？「承」就是拿筐承著，「筐」就是我們現在還在用的那種竹製或者柳條編的筐，「將」就是持、進獻。筐裡面放著幣和帛，就是一些貴重物品，這是禮物。「承筐是將」是招待異國來賓的，比如周王或魯國招待來自齊國或者其他同姓、異姓諸侯國的來賓。招待不同諸侯國的來賓要送禮。假如一個諸侯國的大臣和君主在一起吃飯，也奏樂，但是不會有這種「承筐是將」。

從這裡可以看出來，在中國的宴會上吃飯絕對不是簡單的吃飯。錢鍾書寫過，吃飯常常名不副實，實際上主要是吃菜，當然還包括喝酒。古人宴請，吃東西也不是主要的，主要的就是音樂和禮品的交換。

用禮品幹什麼？加強友誼。有一位外國學者就說**在遠古時代，禮物承擔著以物質交換來確定友誼的重要作用**。人終究有物質性的一面，《詩經》早就洞察了這一點。

接著，「人之好我，示我周行」，說我們加強友誼不是為了純粹的物質，而是為了增進友誼以後，你對我有益，什麼益處？就是「示我周行」，「周行」在這裡指人生大道。「周行」在《詩經》中有時指大道，在這卻絕對不是說你告訴我馬路怎麼走，而是告訴我通向未來的大道。也就是說最後一句是昇華，我們不是在搞物質交換，而是加強友誼，禮物換的是你對我人生的指點，詩的調子就揚上去了。

第一章的格調非常典雅平和，而且不是專門為了適應某種場合而創作的，在周代幾乎所有典禮都唱它，是最受歡迎的，上下通用是它的一個特點。而《詩經》中很多其他作品，比如在親族宴會上唱的強調兄弟團結的詩，就不太適合所有場合。

怎麼提升自己的修養？敬酒、鞠躬、學識

詩的第二章，「呦呦鹿鳴，食野之蒿」，蒿就是青蒿，也是菊科，也有香味，還可以入藥。「我有嘉賓，德音孔昭」，這是讚美嘉賓的美名。「德音」就是美好的聲譽。「昭」是顯著，「孔」就是很、甚。「德音孔昭」就是「德音很昭」。我們宴請這樣的朋友，他們來了。

「視民不恌」，「視」，實際上是「示」，此句意為這樣的朋友不輕佻、不輕薄。他們的德行，「君子是則是傚」，兩個「是」都是結構詞，這句是說他們的表現可以讓人效仿。然後「我有旨酒」，就是我有厚酒、美酒。「嘉賓式燕以敖」，「式」和「以」構成一個「既怎麼樣，又怎麼樣」的結構，表達某種願望。「燕」在

這當安樂講。《禮記》裡面說到燕禮，「燕」都是安好、晏樂的意思。「敖」就是逍遙自在，和「遨」是一個意思，指在這比較輕鬆愉快的做賓做客。第二章比第一章多出來的意思，就是強調了嘉賓的德行。

這裡還隱含了一些內容，**在酒席宴上如何敬酒、如何還禮、如何鞠躬，跟人交際的時候，人的眼光的高低、表情如何，都可以看出平日的修養**。在《禮記》中有不少這樣的交代。

《禮記》的頭一篇就是〈曲禮〉，就是小禮，裡面講了貴族的行為準則，怎麼走路，到人家去應該怎麼坐，跟人說話時應該怎麼做，比如附耳跟人談話的時候，應該把嘴捂上，因為人的嘴中有時可能因上火等原因，而出一些怪味，不要讓這怪味衝撞別人。這些細則在典禮當中都會表現出來，一個人是不是有教養，別人都能看到。在現代生活中，有些習慣也還保留著。所以，「視民不恌，君子是則是傚」，是讚美這個嘉賓有很好的教養，這是整個禮樂文明裡最迷人的。

宴飲，是為了維繫人心

最後一章，出現了一個新詞，就是「食野之芩」的「芩」，「芩」是一種跟葦子差不多的草，比較硬。《詩經》在這裡要變韻，要跟下邊的「琴」押韻，所以用了「芩」字。「我有嘉賓，鼓瑟鼓琴」，這又涉及琴。琴也有音箱，比瑟長一些。如果和箏比起來，琴更適合個人表達情感，因為它的聲音小。後世曹魏思想家嵇康、東晉末期南朝宋初期詩人陶淵明等人都是愛琴的，琴變成了士大夫的一種文雅的標誌。

「鼓瑟鼓琴，和樂且湛」，「湛」讀作「丹」，是深厚的意思，和樂的氛圍很濃厚。「以燕樂嘉賓之心」，燕樂就是款待，讓他們喜歡。詩的第一章送禮，結束時讓嘉賓內心歡樂，這個比物質更重要，說明宴會的意義在於維繫人心。

這首詩是在比較正式的場合，招待來自異國的賓客。西周在各地封建了那麼多諸侯，他們要形成一個整體，才能夠拱衛天下。所以互相之間必須經常來往，就必須得有宴會。在宴會上「鼓瑟鼓琴」、鐘鳴鼎食，搞藝術，然後款待對方。這首詩是應著這種現實製作的禮樂。它強調君子的好風采，格調中和典雅。經常誦讀，我們就能慢慢感覺到它的好處。其中求美的、好客的心意，也可以更深切的感受到。

第六章——

生活是艱辛的，同時也是美好的

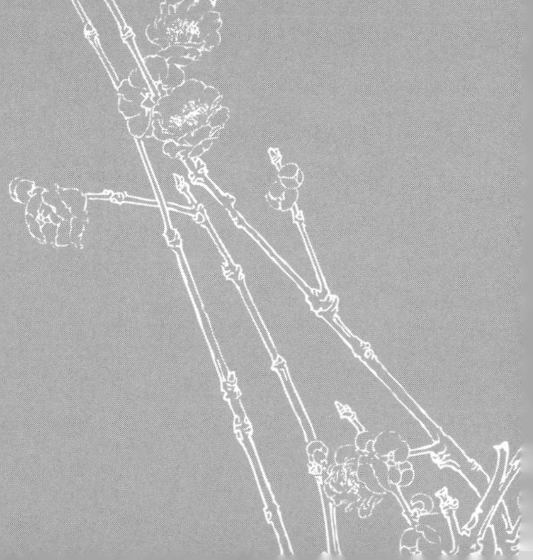

1. 用歌唱，抒解人生的苦

——〈小雅・四牡〉

據現有的文獻看，〈鹿鳴〉不是單獨演奏的。後世解釋《詩經》，從《毛詩》開始，往往是一首一首的解釋。因為那時，《詩經》已經脫離了它的禮樂背景，大家就讓它們單獨成篇。這樣做可以了解它的主題，但是，雅頌作品有時得幾首詩合起來讀，它整個的禮樂含義才能清晰的顯現出來。

比如周人在典禮上，如果要唱大雅，往往就是連唱〈文王〉、〈大明〉、〈綿〉，甚至還包括〈皇矣〉，這些詩篇唱完了以後，整個禮樂的含義就出來了。那麼〈鹿鳴〉和〈四牡〉、〈皇皇者華〉是連在一起的。古代學子學「小雅」，要連學這三首。

〈四牡〉這首詩一共是五章，略微長一點。

四牡騑騑，周道倭遲。豈不懷歸？王事靡盬，我心傷悲。
四牡騑騑，嘽嘽駱馬。豈不懷歸？王事靡盬，不遑啟處。
翩翩者鵻，載飛載下，集于苞栩。王事靡盬，不遑將父。
翩翩者鵻，載飛載止，集于苞杞。王事靡盬，不遑將母。
駕彼四駱，載驟駸駸。豈不懷歸？是用作歌，將母來諗。

替公而忘私的人想一想

讀這首詩，看到有「不遑將父」、「不遑將母」和「將母來諗」這樣的句子，是想家的，可以知道是在典禮中招待使臣唱的，是一種撫慰性的歌唱。

「四牡」，「四」就是四匹，後來就寫作「駟馬難追」的「駟」；牡就是公馬、雄馬，古代駕車用雄馬。「騑騑」指的是馬行進，四匹馬嗒嗒的前行。「周道倭遲」，「周道」就是王朝通向各地的國道。周王朝建立以後，要管理一個很大的疆域，就修大道。「倭遲」就是漫長的意思。

「豈不懷歸？王事靡盬，我心傷悲」，說我們這些人跑在國道上，我哪裡不想家，「懷歸」實際上就是講私情，我也有家，但「王事靡盬」，「靡盬」可以理解為一個固定語，指事情沒做好、沒做完。整句的意思是，我們哪裡不想家，但是王事沒做完，於是我們內心傷悲。這裡就出現了一個矛盾，國和家不能兼顧，因國而顧不上家，令「我」糾結。錢鍾書曾特別提出這個衝突，它非常符合德國哲學家黑格爾（Georg Wilhelm Friedrich Hegel）為悲劇下的定義，悲劇發生於矛盾衝突。中國古代忠孝常常不能兩全，兩者不能兼得，這種衝突產生的矛盾和糾結，才叫悲劇。而《竇娥冤》[1]中弱者被強者害死，是苦難、是不幸，但不是悲劇。〈四牡〉講的就是忠孝不得兩全。

東漢鄭玄解釋這兩句，強調了君子應該公而忘家，但這不是詩要提倡的。設想一下，當一個個使者風塵僕僕的來了，他們都是拋家失業的人。這時，主人應該歌唱什麼？唱他們都是公而忘私的人，對使臣表示尊重，對他們的犧牲予以承認，於是完成了一種精神補償。這正是宴飲詩歌的價值，當我們招待使臣的時候，得替他們想想，體貼他們，這樣才能真正使他們得到安慰，這是禮樂文明的精神價值。

疏解矛盾的禮樂文明

所以錢鍾書也講，雖然這符合黑格爾關於倫理本質衝突的悲劇定義，但在周代的禮樂中唱它，不是為了讓大家傷悲，而是要換得一種排解和健康的心理。這樣，使臣的心情就開朗多了。

這也是中國文化和西方文化不同的地方。西方人特別喜歡演悲劇，他們透過演出一連串的毀滅，排解內心中的很多東西，淨化心靈。比如古希臘悲劇《阿伽門農》（*Agamemnon*）的故事，阿伽門農是領袖，他要出使、征服特洛伊，結果開船時船不走，沒風，有人說上天不滿意了，要殺一個人祭祀，怎麼辦？他犧牲了自己的女兒，於是就引起了夫人的反對。後來他在外面待了十年，夫人在家裡有了情夫，後來把阿伽門農殺掉，這又引起了另外一個衝突。阿伽門農的兒子要為父親報仇，於是又開始收拾媽媽。這是西方人的悲劇。

另外一種情況，西方的《哈姆雷特》（*Hamlet*）是性格悲劇，主人公對該做的事

1 《感天動地竇娥冤》，簡稱《竇娥冤》，是元朝關漢卿的雜劇代表作。

猶猶豫豫，也形成了一種悲劇衝突，有兩股力量在糾結。但是，亞洲人不擅長這些，或者說我們不這樣看問題，我們的禮樂就是想把家和國的永遠存在的矛盾，限定在一個範圍內，千方百計的去疏解它、緩和它，對它進行精神的補償。簡單的說，就是禮樂不要悲劇，而要緩和悲劇性的衝突。第一章就已經擺出了這個主題思想。

接著，「四牡騑騑，嘽嘽駱馬。豈不懷歸？王事靡盬，不遑啟處」。理解詩中提到的悲劇後，回過頭看。詩的開頭很有意思，第一章，聲音從遠到近，嗒、嗒、嗒，在曲曲折折的周道上，走來四匹馬拉的車。而到了第二章，馬更近了，因為聽到了馬喘息、打響鼻的聲音。「嘽嘽駱馬」的「嘽嘽」就是馬的喘息聲，這個形容詞還是蠻具體的。「駱馬」就是長黑鬃的白馬。

接著「豈不懷歸？王事靡盬」，下面又有「不遑啟處」。「不遑」就是沒有閒暇，「啟處」就是安居，「啟處」這個詞也不能分開解釋。古人在家裡，如果來了客人，招待客人時和現在跪著差不多，就是兩條腿彎著放在地上支撐著身體，該表示恭敬的時候就聳起來，略微平一些，把臀部放在腳後跟上。但家裡不來客的時候也不這樣坐，往往都是臀部著地，這就叫做「處」。因而「啟處」就是安居，我們不遑安居，因為有王事在身。

精神的問題，精神解決

第三章，說「翩翩者鵻，載飛載下，集于苞栩。王事靡盬，不遑將父」，從這開始，「將父」、「將母」會逐漸出現。「翩翩者鵻」，「翩翩」就是飛舞狀，「鵻」是什麼？《毛傳》說叫「夫不」，一種短尾巴鳥，喜歡吃肉，也撲殺麻雀等鳥。這種鳥有一個特徵，可以養，有點像鷹，如果經常餵牠，牠會圍著人轉。「翩翩者鵻，載飛載下，集于苞栩」是講人不如鳥，鳥可以很自由的飛來飛去的，落在苞栩上。苞就是叢生；栩就是櫟樹，這個詞在〈唐風．鴇羽〉裡出現過。

對此，還有另一種解釋，說是貴族駕著車去執行任務，他養的那只鳥很熟絡的在他身邊飛來飛去，這樣就不那麼寂寞了。不管怎樣理解，重點在後面，「王事靡盬，不遑將父」。將就是奉養，因為王事做不完，我們沒有時間伺候好老爹。

第四章，「翩翩者鵻，載飛載止，集于苞杞」，「杞」就是枸杞，我們今天也很常見的一種中藥，可以沖水喝，寧夏因為陽光充沛盛產枸杞。「王事靡盬，不遑將母」，「將母」就是奉養母親。這就是詩，重章疊句的唱，講父親、母親，分成兩章。

最後一章，「駕彼四駱，載驟駸駸」，「驟」就是疾馳，「駸駸」也是疾馳的樣子。「豈不懷歸？」我哪裡不想家，「是用作歌，將母來諗」。所以我才唱這樣的歌，幹麼？將母親來諗，諗就是思念的意思。這裡重點說母親，實際上也包括父親，因為詩有字數的要求，所以有些地方就沒有寫出來。

《毛詩序》說這首詩是慰勞前來的使臣，用這樣的詩歌安慰他，這樣使臣「有功而見之」，知道自己為國家所做的貢獻被別人了解，就很高興。

客人來了，〈鹿鳴〉說我們要讚美他們，而這首詩則說要體貼他們，抒發他們內心的鬱結和矛盾衝突。精神的問題，精神解決，兩者都是很重要的方面，共同構成一個整體。這首詩替使臣發聲，放在典禮的中間，是很關鍵的一步。由此可以看出，對怎樣撫慰使臣，周代文化、禮樂文明，實際上想了很好的辦法。

2. 禮讚使臣為國察訪民情

——〈小雅・皇皇者華〉

〈鹿鳴〉和〈四牡〉是前後相繼的款待來自異邦、異國的嘉賓時歌唱的，實際上典禮中還要唱第三首，那就是〈皇皇者華〉。

這首詩一共也是五章，它的格調和〈四牡〉是不一樣的。

皇皇者華，于彼原隰。駪駪征夫，每懷靡及。
我馬維駒，六轡如濡。載馳載驅，周爰咨諏。
我馬維騏，六轡如絲。載馳載驅，周爰咨謀。
我馬維駱，六轡沃若。載馳載驅，周爰咨度。
我馬維駰，六轡既均。載馳載驅，周爰咨詢。

明媚絢爛中，開啟新征程

第一章，「皇皇者華」就是光華燦爛的花朵，「皇皇」就是煌煌。「于彼原隰」，高平之地為「原」，下溼之地為「隰」，這就是指原野，高高低低的原野開遍了燦爛的鮮花。讀到這可以停下來體會，這是一個什麼樣的景象、什麼樣的心情。三首詩連著看，〈鹿鳴〉是主人表示歡迎，〈四牡〉是以使臣的口吻歌唱，撫慰他們的矛盾和糾結，而第三篇〈皇皇者華〉的格調，則是經過矛盾以後的辯證，一片明媚的光景就出來了，「皇皇者華，于彼原隰」。下面接著「征夫」，「駪駪」就是馬疾馳的樣子，「征夫」就是坐在車上奔走的人。

「每懷靡及」，《毛傳》鄭箋把「每懷」當成私懷來講，就是指他們念家的心情，「靡及」就是照顧不到，這明顯是連著上一首詩〈四牡〉來的，說征夫們為了國而忘了家，因為國事照顧不了自己的私懷。而第一章一開始就這樣交代，意味它將成為過去。

馬上下一章，「我馬維駒，六轡如濡。載馳載驅，周爰咨諏」，開始寫自己的職責了，我駕的馬是駒，駒就是好馬，像明末民變領袖李自成的烏龍駒就是好馬。「六轡如濡」，「六轡」就是六條轡繩，中國古代的戰車是四匹馬在前面拉，如果每匹馬有兩條轡繩，應該是八條，其實不是，中間兩匹馬有兩條繩子是固定的，所以拿的是六條轡繩。「如濡」，「濡」是什麼？柔和，鮮澤。這是講手裡的六根轡繩抖動起來，就像六根絲綢一樣柔韌、柔軟，也有一種使臣對自己的駕車技藝的自得之情、自豪之情。

「載馳載驅」，就是「載歌載舞」這個「載」，我們又是驅又是馳，就是奔騰，奔馳，不斷的在馬路上向前奔跑，做什麼？「周爰咨（諮）諏」，「周」就是普遍的，爰就是於，「咨諏」是訪問，我們為國事到各地徵詢意見、訪問，肩有崇高的使命。第二章跟前一章的悲傷不同，而這種自豪之情，實際上詩在一開頭就奠定調子了。第一章先有一個高亢而燦爛的光景，說雖然使臣心有憂傷，但他們在王命面前，意識到自己肩負的責任是值得的。

體貼，是禮樂文明的極高價值

接著「我馬維騏，六轡如絲」，「騏」是什麼？就是馬的紋路像格子一樣，而且顏色很少見。「六轡如絲」，「絲」就是絲綢的絲。東晉畫家顧愷之有高古遊絲描，線條飄逸，而「六轡如絲」也是寫六條韁繩在我們手裡面像遊絲一樣擺動。「載馳載驅，周爰咨謀」，「周爰」就是到處的、普遍的，「咨謀」就是諮詢、謀劃，我們出來是為了崇高的國家的事情，我們去諮、去謀。

第四章，「我馬維駱，六轡沃若」，「駱」指白馬黑鬃，「沃若」在〈氓〉裡也有潤澤的意思。「載馳載驅，周爰咨度」，「咨」是諮詢，「度」是考量、商量。最後一章，「駰」是白雜毛，就是灰白色的馬有暗花紋，「均」就是協調，「咨詢」這個詞我們今天還在說。整首詩強調我們重任在身，即便犧牲了家庭生活，也是值得的。

〈鹿鳴〉、〈四牡〉、〈皇皇者華〉三首詩構成一個整體，前面寫客人來，中間寫客人坐下來聽歌，把滿心的複雜情感排泄出來，最後寫客人輕鬆的奔向了遠方，去完成自己的使命。這就是一場大型的款待客人的典禮。

禮樂文化是心靈的文化，它不是講宗教、講上帝、講權利，而是講人心，講人心都是肉長的。人都是普通人，都有家庭，可是國事也得管，在國事和家事之間必須得有所犧牲，我們要體貼做出犧牲的人們，社會要承認他們的貢獻，他們做事才有勁，才會為這個國家奮鬥。這是一個很高雅、樂觀的文明，它有一套儀態、行為方式是高雅的，其歌唱也含有極高的精神價值，那就是它體貼心靈的作用。

3. 做大事，必先順人心

——〈小雅．伐木〉

伐木丁丁，鳥鳴嚶嚶。出自幽谷，遷于喬木。嚶其鳴矣，求其友聲。
相彼鳥矣，猶求友聲，矧伊人矣，不求友生？神之聽之，終和且平。
伐木許許，釃酒有藇。既有肥羜，以速諸父。寧適不來，微我弗顧。
於粲洒掃，陳饋八簋。既有肥牡，以速諸舅。寧適不來，微我有咎。
伐木于阪，釃酒有衍。籩豆有踐，兄弟無遠！民之失德，乾餱以愆。
有酒湑我，無酒酤我；坎坎鼓我，蹲蹲舞我。迨我暇矣，飲此湑矣！

在《詩經》的宴飲詩中，除了〈鹿鳴〉、〈四牡〉、〈皇皇者華〉三首表達撫平矛盾、講究和諧的精神，還有講另外一些主題的，〈伐木〉就是其中一首。

以利益為原則的人，走不遠

第一章，「伐木丁丁」，「丁」在這讀成「爭」，是古來相傳的，如果讀成「丁」也不能算錯。「丁丁」，就是在山間伐木，砍伐樹木的聲音跟山谷發生共鳴所發出的樂音，就很好聽了。

我們想像一下，在深谷中伐木，「鳥鳴嚶嚶」，「鳥鳴」就是鳥叫，「嚶嚶」就是狀聲詞，「伐木驚動了鳥群，鳥群怎麼樣？「出自幽谷，遷于喬木」，從幽谷，這詞用得多漂亮，幽靜的山谷，被伐木的聲響驚動了，這有點像王維的「月出驚山鳥」（按：出自〈鳥鳴澗〉），出自幽谷往哪遷？往喬木上遷，高大的樹木叫喬木。「喬遷」這個詞就來自這首詩，喬遷，往高處走，這是有象徵含義的。接下來就是議論，「嚶其鳴矣，求其友聲」，說鳥受到驚嚇以後，牠嚶嚶然叫喚，是在幹什麼？不是抒發驚恐的情緒，而是呼朋引伴，「求其友聲」。

然後下面就來了一句「相彼鳥矣，猶求友聲，矧伊人矣，不求友生？」說你看這鳥都知道在遇到一些非常狀況之時，呼朋引伴大家一起走。「矧伊人矣」，這個「矧」現在很少用，就是何況的意思，又何況人呢？難道我們人就不應該求友聲嗎？

「神之聽之，終和且平」，「神」在這讀「甚」，慎重的慎，就是仔細、慎之，仔細諦聽吧，這會給你帶來和平。「終和且平」就是既和又平，這是《詩經》裡面的固定句式之一，有點像載歌載舞，載就不必解釋了，它是用在動詞前面，而這裡的「和」和「平」都是形容詞，「終和且平」就是既和又平，號召人們從大自然中聆聽生活的真諦。這首詩就是從自然意象起興，再點出很重要的一點：人是社會動物，自私自利的人在社會中能獲得一時的利益，但是不會長久。

這就是孔夫子在《論語》中講的「放於利而行，多怨」，**一切以利益為原則在社會中生活，這種人走不遠**。自私自利、很狹隘的人，誰願意理他？這種道理在《詩經》裡就說過，但它是富於詩情畫意的表達，透過一種自然的光景，體悟出一種真諦。這種真諦是大自然的道理，也是人生的道理，在這個層面上，也可以說詩實際上道出了天人合一的原則，我們要從眼前的世界中，體會出某種生活的真諦。所以，最後一章就說「神之聽之」，你仔細諦聽吧，這會給你帶來和平，也就是安寧的生活。

一般認為這首詩是周宣王時期的作品。周宣王即位時距現在三千年左右，他是西周倒數第二代王，在位時曾經有一個中興時期，把已經開始散亂的諸侯關係又重新凝聚起來，這首詩就是要透過宴飲的方式，把散亂的社會精神再提振起來。否則一遇到七災八難（按：形容災難很多），人們就開始像一群動物似的四散奔逃。所以，周代的宴飲詩實際上在宣導社會要和諧，上下要和諧。

從藝術角度來講，「伐木丁丁，鳥鳴嚶嚶」，把大家帶到自然幽谷中，聽到丁丁然的伐木聲、嚶嚶然的鳥鳴聲，就像一次心靈的放假，到幽靜的地方待一待。這個光景讓我們的精神頓時進入到一種審美的興奮狀態。

接著就說「嚶其鳴矣，求其友聲」。元代詩人方回說「嚶其鳴矣」及其下六句二十四字如生蛇活龍，一起一伏，一盤一屈，妙義無窮，可一唱而三嘆。方玉潤的《詩經原始》[2]也說：「佳句極為嫻雅。」

可見，好的比興能一下讓你的靈魂鬆軟下來，從日常世俗的緊張狀態放鬆下來，重新植入審美的、自然的、和諧的因素，再造我們的生命，藝術和造化相通，就從這一點可以體現出來。像一個畫家畫優美的山水時，就像上帝造宇宙似的，這種創造性的東西把我們帶回創生之初，讓靈魂重新安排一下自己。這也是詩的優美之處。

2 清代學者方玉潤在《詩經》學史上，具有舉足輕重的地位，其著作《詩經原始》，特別重視傳統《詩》教觀。

由第一章可以看出，在三千年前我們就開始寫景了，本來是一首宴飲詩，但它從「伐木」這種場合起，這是多麼巧妙的詩思，多麼出人意表！

如果按照古代的解釋，有時就迂腐了，說這是周文王年輕的時候勞動伐木，這是一點詩情都沒有的心靈枯燥，漢代的經生把詩當成憲法來讀，認為每一個字都有政治意義，都有道德楷模的意思，就有點煮鶴焚琴（按：比喻糟蹋美好的事物）。

所以，我們為什麼現在要講詩？就是要重新恢復對那個時代的認識，那個時代不是整天一本正經的教訓人，而是要用優美來啟發大家。所以中國近代民族學研究的先驅蔡元培提倡要用審美替代宗教，就是因為審美可以再造人生。

從周王宴請家族親戚，看人性

第二章，「伐木許許，釃酒有藇」。「伐木許許」，這個「許」讀作「虎」，在古代，像ㄐ、ㄑ、ㄒ、ㄍ、ㄎ、ㄏ這些音經常串，ㄐ、ㄑ、ㄒ、ㄍ、ㄎ、ㄏ實際上就三個音，後來分化成我們現在理解的六個音。「許許」還有兩種解釋，一種說是聲音，就是伐木呼呼，鋸木頭的聲音的確如此。

另一種說「許許」是指拉鋸的時候，細屑紛紛然的樣子，兩種解釋都可以。「釃酒有藇」，「釃」就是篩，古代的酒有糟，要拿一種比較細膩、專用的工具，叫做筐，把酒渣子過濾了。「藇」就是指酒經過過濾以後清澈美好的樣子。

接著，「既有肥羜，以速諸父」，「羜」就是小羊羔，古代人吃羊肉也講究嫩肥，說我們已經有了肥羜，「以速諸父」，「速」就是邀請，請諸位父輩。「諸父」就是同姓的長輩，實際上也包括兄弟。周王的輩分是很低的，因為廣泛的結親，所以同姓諸侯一無例外的稱叔父、伯父。「寧適不來，微我弗顧」，「寧」就是寧可；「適」就是恰好，恰好他不能來，就是寧願他不來；「微我弗顧」，我不能不請。

這個道理我們今天還在講，**人有喜事要請客，有些客人你不能不請，他不來可以**。「於粲洒掃，陳饋八簋」，「於」在這裡讀「烏」，不能簡化成「於」，是嘆美之詞；「粲」是鮮明的樣子；「於粲」就是指打掃得非常整齊雅潔，沒有灰塵。「陳饋八簋」，「饋」就是食物，「八簋」，按照周王的規定，有九鼎配八簋，鼎裝肉，簋裝飯。陳饋八簋告訴我們就是王家在請客。

這個詩把八簋這個最隆重的禮節、最高的禮數都拿出來了，意味著慷慨。「既有肥牡」，「牡」就是雄性的，這裡就是指公牛肉；「以速諸舅」，周王見到異姓的諸侯們，一無例外的稱伯舅、叔舅、大舅、小舅，加強感情聯絡。重情分、重人情，是中國文化很大的特徵之一。接著，「寧適不來」，也是說寧可他不來，「微我有咎」，我也不能有過錯、出差池。

所以詩的諸父和諸舅，是兩撥人，一撥同姓，一撥異姓，都是同宗或親戚。詩寫的是一個家族親戚之間的宴會，把周王請客譜成詩篇意味著他要給天下人做榜樣，過去也有老話說「皇家還有三門窮親戚」。《紅樓夢》裡面，劉姥姥和賈府幾乎是「八竿子打不著的」，沒有什麼血緣關係，就是她女婿家的老輩早年和王夫人的父親認識，連了宗，認作姪兒，但這也是一種情分。現代人還重親，哪怕是老姻親、老表親，來了不能錯待，這是一點人情。

有熱度的文字

第三章「伐木于阪，釃酒有衍。籩豆有踐，兄弟無遠」，「阪」就是高坡，「釃酒有衍」，「衍」就是指盈溢，多了，衍了，往外流。這也是講奢華慷慨，酒嘩啦嘩啦往下倒，這個美酒好啊，如果一滴一滴倒就太小氣了。「籩」就是竹製的一種筐子，是放乾鮮果品的，正菜上來之前，先上一些乾果。「豆」有點像今天的高腳杯，可以托一些點心等。「有踐」就是成行。「籩豆有踐」就是排列得整整齊齊。然後說「兄弟無遠」，兄弟們不要遠離，不要離心離德。

接著來了一句「民之失德，乾餱以愆」，「民」就是人、老百姓，失德在這指人與人之間失去和諧，往往都是因為什麼？「乾餱以愆」，這就有意思了。乾餱就是乾糧，愆是過錯，意思是，你看人啊，有時話講得很好，我幫你、你幫我，大公無私，但是日常狀態，一口乾糧分配不均就可能導致失和。

《左傳》裡就有好多這樣的故事。鄭國有兩公子，這裡我們就稱他們為甲和乙吧。甲有一天食指老是顫動，就覺得自己應該有好吃的（他之前食指動都有美味可吃），他就跟公子乙說這個事。然後兩人一塊到鄭靈公家開會，一進門就看到鄭靈公家在殺鱉，古代拿鱉當美味，兩位公子相視大笑，因為剛才食指動馬上印證了，有鱉湯喝。但鄭靈公是個彆扭人，他知道有一個人食指動過了，就非要鬧彆扭，鱉湯燉成後，他偏偏不給食指動的人喝，結果這公子一生氣就拿手指頭放到大鼎裡染了一下，然後一嘬，用手指頭吮了吮，這就是「染指」一詞的來歷。

這個公子一生氣走了，結果到了年終，他組織了一撥人把鄭靈公給殺掉了，因為一口鱉湯鬧出了人命。所以，不能忽略人物質的一面，如果老是宣揚偉大的理想、許諾、教誨，同時又分配不均，我少給了你，我還要你吃苦耐勞，這個道理講不通。

所以，《詩經》在這句裡透露了一種對人性的洞察，為什麼我們要請諸舅諸父都來？就是親情關係不能嘴上說說，還要普遍的請客，要有相應的物質分配，這樣周王室才有向心力，這是詩的要點。接著就是「有酒湑我」，把酒篩出來倒給我，「湑」的意思是用草過濾酒渣。「無酒酤我」，沒酒給我去買。「坎坎鼓我」，「坎坎」就是敲鼓聲，敲起鼓來；「蹲蹲舞我」，蹲蹲是舞動的樣子。這兩個「我」有點相當於「哦」，就是坎坎的鼓起來呀，蹲蹲的舞起來呀。「迨我暇矣，飲此湑矣！」迨就是等待，等到我們有時間、有閒暇，就喝這個酒。

這是周貴族在宣王中興的時候，重新振作貴族精神，也可以叫它「不忘初心」。詩中所唱的貴族原則，實際上是健康的、有效的，因為**任何人群都要政治，而政治必須普遍給民眾帶來好處，這就是衡量一個制度好不好的唯一標準**。所以，這是這首詩的含義，它跟封建有關，而它的基本原則又是普遍性的。

總之，這首詩活脫脫是宣王時期的代表作，它比較慷慨、豪邁，熱情奔放，是有熱度的文字。

4. 在路上，歸思綿綿

——〈豳風・東山〉

我徂東山，慆慆不歸。我來自東，零雨其濛。我東曰歸，我心西悲。制彼裳衣，勿士行枚。蜎蜎者蠋，烝在桑野。敦彼獨宿，亦在車下。

我徂東山，慆慆不歸。我來自東，零雨其濛。果臝之實，亦施于宇。伊威在室，蠨蛸在戶。町畽鹿場，熠耀宵行。不可畏也，伊可懷也。

我徂東山，慆慆不歸。我來自東，零雨其濛。鸛鳴于垤，婦歎於室。洒掃穹窒，我征聿至。有敦瓜苦，烝在栗薪。自我不見，於今三年。

我徂東山，慆慆不歸。我來自東，零雨其濛。倉庚于飛，熠耀其羽。之子于歸，皇駁其馬。親結其縭，九十其儀。其新孔嘉，其舊如之何？

戰爭是《詩經》中重要的主題之一，透過審視戰爭詩，我們可以看一看古代人的心底對於戰爭是怎麼評價的。同時，我們也可以理解西周王朝對對外戰爭採取的態度，並從中窺見中國文化的某些基本特徵。

按照從戰人群來分，《詩經》中的戰爭詩可以分成兩類。一類表現普通戰士或者戰士的家庭對戰爭的態度，如〈豳風．東山〉、〈小雅．采薇〉、〈召南．殷其雷〉。戰爭，「一將功成萬骨枯」，有人在戰爭中會很得意，立了功，受賞了，我們現在看到的很多青銅器，包括不其簋、師寰簋等，都屬於他們立功的紀錄。

但是更多的人實際上是沒有機會獲得賞賜的，只有喪命，所以《詩經》有一部分詩篇，就是站在這個立場上去反映戰爭生活，表現人們在戰爭生活中的情感，這部分詩篇是最有價值的，它代表禮樂文明，禮樂文明同情這些人。

還有一類如「大雅」中的〈江漢〉、〈常武〉等篇，講的是召公如何率領軍隊英勇作戰，最後王賞賜他、獎勵他。

這類詩代表的是一種貴族情調。在早期的詩篇裡較少見，到了西周後期，他們這些人終於占了上風，而且表現在詩篇中。早期的詩篇寫戰爭都是負面的，人在戰爭中如何哀傷，可是到了後期這幫貴族掌握了話語權，許多詩篇都是為他們頌德的，禮樂的價值嚴重銳減。

如〈小雅．六月〉，是宣王命令尹吉甫率軍北伐，結尾「文武吉甫，萬邦為憲」，誇讚他，說他「來歸自鎬，我行永久」，寫他在家裡舉行宴會招待人。這種詩篇和那種貴族記自己的功勞，因為某種事情獲得周王的賞賜，是同一個意思。但它跟早期的禮樂歌唱卻完全不同。

戰爭詩越到後期，貴族趣味越濃，他們靠著戰功在王朝世代為官，打仗、建立功勳。詩篇開始歌頌他們，是一種歷史的變化。〈東山〉這首詩不屬於這個趣味，它表達了普通戰士和他們的家庭對戰爭的態度，一共四章，每一章的內容比較長。

走在泥濘道路上，內心的泥濘卻不比腳底低

這首詩有不少生僻字，今天乍一念感覺有隔閡，我們可以從字句入手分析。第一章「我徂東山，慆慆不歸」，「徂」就是往，「東山」就是指今天山東省泰沂山地南北。根據考證，此次周公不但征東還征南，擴張周代的地盤。「慆慆不歸」，這個

「慆」又寫作「滔」，意思就是遙。「慆慆」就是遙遙無期。「我徂東山，慆慆不歸。我來自東，零雨其濛」，這是四句對比著說，我去東山，久久不能回，盼啊盼啊，可是我今天要離開東山，卻趕上漫漫的陰雨。這就是詩的格調。

頭兩句已經含有因總也回不了家，而厭惡戰爭的言外之意，現在戰爭終於結束了，是不是歡天喜地？不是，滿天飛雨，這好像是寫景，實際上是寫心情。周公東征三年，下文有「自我不見，於今三年」。一個戰士，一個本來過著和平生活的農民，被徵調在東方打了三年仗，見了多少死亡，見了多少血與火！所以當戰爭結束的時候，他的心情實際上有轉換的過程，他不能馬上就愉快起來。這首詩並沒有用光風霽月的筆法表現士卒的凱旋，而是將其鄉情籠罩在一片陰鬱溼溽之中，這正是詩的不淺薄之處。而且這四句「我徂東山，慆慆不歸。我來自東，零雨其濛」。實際上一直貫到結尾，到了結尾一章，雖然格調明朗了，也沒有把它去掉，這都是詩人精心的地方。《詩經》講究重章疊調，但是它的反覆有時可以變換，在這裡卻一直沒變，一直是零雨其濛，好不容易回家了，卻走在泥濘的道路上，而內心的泥濘不比腳底下的泥濘輕多少。

接著「我東曰歸，我心西悲」，我在東方的時候總是想著歸呀歸呀，總是朝著西悲傷，這含著中國人對戰爭的一種態度，我們是沒辦法才打仗的。詩中人是個愛家的人，為了愛護家、保衛家才去打仗，戰爭是不得已，所以它很沉重。

接著，回家怎麼樣？「制彼裳衣，勿士行枚。」我要回家穿上家常的衣服，「裳衣」就是日常生活的衣服，不是軍服。什麼叫「勿士行枚」？這個「士」，意思與「從事」的「事」一樣，行枚就是銜枚，古代打仗夜間行軍，怕士兵的嘴裡發出聲音，每人叼一塊板銜著。這裡說我要穿上平時的服裝，再也不叼那個枚子了，這是他的盼望，對和平生活的盼望。

「蜎蜎者蠋，烝在桑野」，「蜎蜎」就是蠕動的，指蛾蝶類幼蟲蠕動的樣子；「蠋」就是野蠶，牠長得像蠶，但是不吃桑葉，在桑野裡面比較多，這是夏天的景象，「烝」是眾多的樣子。濛濛的雨水中，蟲子趴在葉子底下躲雨，他就想到了自己從軍三年的生活就和這個蟲子差不多，整天在野外躲風躲雨。「敦彼獨宿，亦在車下」，「敦」就是縮成一團；「獨宿」，每天晚上一個人睡覺，在哪？在車底下。趴在戰車底下睡覺，這是多艱苦的生活。詩細細的寫這些，三年軍事生涯的艱苦、非人的日子。所以，第一章寫戰爭結束後人不高興反而陰鬱的心情就可以理解了，因為戰爭在人心裡造成了創傷，內心的陰霾揮之不去。

我的家怎麼樣了？還回得去嗎？

第二章「我徂東山，慆慆不歸。我來自東，零雨其濛」，接著下面「果蠃之實，亦施于宇。伊威在室，蠨蛸在戶。町畽鹿場，熠耀宵行。不可畏也，伊可懷也」。這裡除了前四句還是用來烘托氣氛，接著寫了一些農家情景，「果蠃」就是栝樓，根莖蔓生，長得有點像今天的小甜瓜，一般種在房前屋後，搭個架子，它可以爬到房頂上去。此句意為果蠃的果實已經爬到房檐了。「伊威在室」，伊（蛜）威是一種潮蟲子，又叫鼠負（負字也作「婦」），長得扁扁的、寬寬的，發灰發白，背上還起褶，密密麻麻的腳貼著地，喜歡在潮溼的地方生活。家裡面如果總是不掃地，有浮土，就會長伊威。蠨蛸是一種小蜘蛛，長腿，結網而居，又叫蟢子。

這是寫家裡面沒人，潮蟲子亂跑，蜘蛛到處結網。形容荒涼。「町畽鹿場」，町畽就是房屋旁邊方方的空地，家裡面的空地上到處是野鹿。然後「熠耀宵行」，熠耀就是閃耀，宵行就是螢火蟲。實際上，這不是將士回到家後見到的真景，而是他想像出來的。但是，「不可畏也，伊可懷也」。這並不可怕，這是我懷念的那個家。所以，戰士們在路上心事重重，他實際上在害怕、擔心，想著想著，家裡面什麼樣了，還回得去嗎？父母、妻子還在嗎？用農家特有的荒涼景象，來映現走在路上想家的那個戰士。《詩經》深刻表現了人物對生活的熱愛、對和平生活的嚮往，非常有力量。漢樂府有一篇〈十五從軍征〉，寫一個「十五從軍征，八十始得歸」的老兵，回家後發現家變成了一片松柏樹，到處是野獸、雜生的葵花和野果，就是沒有人，也是寫荒景。這種寫法就取法於〈東山〉。

第三章又變了，真寫回家了，但家實際上跟他想像的並不一樣。「我來自東，零雨其濛。」之後是「鸛鳴于垤」，鸛是一種雀鳥、水鳥，長長的嘴，形狀像鶴又比鶴大，喜歡吃魚，好在水邊生活。垤就是蟲子、螞蟻等打洞的土堆，「鸛鳴于垤」，實際上是抓蟲子吃。鸛在垤上鳴，「婦歎於室」，寫到了自己的妻子，在哀嘆。

實際上，妻子也想念在外面的人。她應該是知道了將士要回來，所以「洒掃穹窒」，打掃屋子。「穹窒」意為熏燎和塗抹房屋內的漏洞，整理家務。「我征聿至」，外出人的征途要結束了，這是妻子的口吻。聿至，「聿」就是乃，是個結構詞。接著下面，就是「有敦瓜苦」，瓜苦就是葫蘆，長老以後，人們從中間破開做水瓢。

古代夫妻結婚的時候有個合巹禮，就是將一個葫蘆破成兩個瓢然後一合，象徵夫妻合在一塊了。所以此處應該是聯想，暗含著夫妻離別，它沒有明確的說出來。「烝在栗薪」，「烝」是副詞，形容「在」，就是恰好在栗薪，栗薪就是亂堆的柴火，也可以理解為木架子。終於回到家，看到了長著的葫蘆。

最後兩句話非常動人，「自我不見，於今三年」，這是一個失聲之嘆，我看不到這種家的光景三年了。

歸於歡樂，但對創傷感受很深

最後一章的格調開始明朗，開頭四句之後，光景開始變了：「倉庚于飛，熠耀其羽。之子于歸，皇駁其馬。親結其縭，九十其儀。其新孔嘉，其舊如之何？」倉庚就是黃鸝鳥，在北方一到了春天，牠就來了，叫聲非常響亮，嫩黃的羽毛，還有黑顏色，是非常漂亮的。

「熠耀其羽」就是閃著牠漂亮的羽毛。詩的格調變了。「之子于歸，皇駁其馬」，這是有人在娶媳婦。《毛傳》說周公東征，很多年輕人去之前沒娶媳婦，說回來以後周公給他們娶妻子。「皇駁其馬」，寫黃白間雜的馬，和黃鸝鳥一樣，顏色很鮮亮。「親結其縭，九十其儀」，就是親人給女兒繫配巾，這是古代出嫁的最後一道手續。「結」就是繫，「縭」是女子身上像圍裙一樣的配巾。結好之後囑咐幾句，到了婆婆家，好好侍奉父母，跟小姑子、大姑子、小叔子、大伯子搞好關係。「九十其儀」，就是手續特別多特別複雜。「其新孔嘉，其舊如之何？」新人們結合，固然是很好；那些舊人，就是指久別的人，又如何呢？實際上也應該歡喜，所以最後這個場面還挺火爆，寫戰士歸來以後，重歸和平生活，寫到了喜事，用「倉庚于飛，熠耀其羽」、「皇駁其馬」等句子來襯托。詩最後結束在一片歡樂之中。終於，戰爭成為過去，人們心中的戰爭陰霾也因為最後一章一掃而光。

這首詩表現古人對戰爭的態度，是非常有力量的，但這個力量不是喊出來的，而是透過對生活中點點滴滴的觀察和體味來展現。詩第一章寫陰雨中的野外生活。第二章寫戰士對家中情景的想像。「近鄉情更怯」，那是一個久別家庭的人才有的特殊心理。第三章寫終於真的到家。層次非常分明，而且頓挫有力，最後結束在一片歡樂之中。

雖然最後歸於歡樂，但讓人對悲哀的情緒、戰爭給人造成的創傷感受很深，所以這首詩在表現戰爭方面，是非常出色的。明朝政治人物戴君恩在《讀風臆評》中說這首詩曲曲折折體察人情，沒有任何隱曲的地方不被透徹的表達出來，寫人的情感世界，好像從三軍將士們的肺腑當中摸過一遍一樣，寫得溫和、真摯、哀婉、淒惻，是非常能夠感動人的。

詩寫的是周公東征，但並不正面描寫戰場，而是寫戰爭結束後一般士卒回家時的心情。每一章開頭的四句，寫陰雨綿綿的天氣，使這首詩特別有厚度，只有這樣的氣氛，才適合展現人內心曲曲折折的活動。

5. 昔我往矣，楊柳依依

——〈小雅・采薇〉

采薇采薇，薇亦作止。曰歸曰歸，歲亦莫止。靡室靡家，玁狁之故。不遑啟居，玁狁之故。

采薇采薇，薇亦柔止。曰歸曰歸，心亦憂止。憂心烈烈，載飢載渴。我戍未定，靡使歸聘。

采薇采薇，薇亦剛止。曰歸曰歸，歲亦陽止。王事靡盬，不遑啟處。憂心孔疚，我行不來！

彼爾維何？維常之華。彼路斯何？君子之車。戎車既駕，四牡業業。豈敢定居？一月三捷。

駕彼四牡，四牡騤騤。君子所依，小人所腓。四牡翼翼，象弭魚服。

豈不日戒？玁狁孔棘！
昔我往矣，楊柳依依。今我來思，雨雪霏霏。行道遲遲，載渴載飢。
我心傷悲，莫知我哀！

「小雅」裡的〈采薇〉是一首典型的戰爭題材詩歌，其中「昔我往矣，楊柳依依。今我來思，雨雪霏霏」這個句子震爍千古，至今仍無人可及。

《毛詩序》說這首詩的主旨是派遣人戍邊、服徭役，但因為結尾有「今我來思」，就是「我回來」，所以說「派遣」戍役略有一點不妥，不過它承認了這首詩跟軍事、戰爭有關。

另外，這還是一次國家典禮，不論是遣戍役，還是歡迎戍役回來，都屬於跟戰爭有關的禮樂。這首詩的主題大致如此。它略微有點長，一共是六章。

這首詩有一個特徵，就是兩個主題交織。

戰爭與思鄉

第一章，「采薇采薇」，「采」在《詩經》裡基本有兩種解釋，一種是指茂盛，另一種就是採集，而採集在比較多的情況下，跟懷人有關係。「薇」，按照比較通行的說法就是野豌豆，可以吃，它的葉子和果實都跟豌豆很像，只是略小。「薇亦作止」，作就是生長，止是語氣詞。

接著，「曰歸曰歸，歲亦莫止」，如果直譯，曰歸曰歸就是「說回來、說回來」。曰就是語助詞，沒有實義。可是現在一年已經到了歲暮了。這一句總是讓人聯想，說回來、說回來，是略微帶點哀愁和怨氣。

「莫」字在這裡其實就是暮的意思。「莫」是本字，它的上邊是「艸」，下面還是個「艸」，表示太陽落在草裡面，天色晚了，後來把下邊的「艸」隸定成「大」，可能這個「莫」字有了另外的意思了，比如說否定詞「不」，於是又在草底下加了個太陽，就成了「暮」了，這就是後起字。

「采薇采薇，薇亦作止。曰歸曰歸，歲亦莫止」，句子造得很講究，有一種悠長的、反覆的、帶有某種怨望的語氣。接著下面「靡室靡家，玁狁之故」，「靡」就是沒有；「靡室靡家」，就是顧不上家，顧不上室，家和室是一個意思。「靡室靡家，玁狁之故」，就是拋家捨業，是玁狁的緣故，把敵人、和平生活破壞者的身分揭示出來了。

《毛傳》解釋玁狁就是北方草原人群北狄，後來西周滅於戎，戎可能就是這個玁狁。玁狁對西周王朝構成了嚴重的威脅，他們有戰車，戰鬥能力很強。「不遑啟居，玁狁之故。」啟居就是安處，在家裡住，過和平生活。古人都戀家，家在《詩經》裡像個磁石的中心一樣，很多內容都朝著它、指向它。第一章的前半部分和後半部分，分別揭示了兩個主題，**戰爭和思鄉**。

第二章，「采薇采薇，薇亦柔止」。「柔」比第一章的「作」還要進一步，指薇的苗子開始往上長，細長的、柔弱的，實際上就是在講時間推移。「曰歸曰歸，心亦憂止」，回家呀回家，隨著時間的延續，思鄉情緒不斷的增強。接著「憂心烈烈，載飢載渴」，烈烈就是形容憂心如焚的樣子，「載飢載渴」，這個詞的結構跟「載歌載舞」一樣，「載」字做結構詞。

「我戍未定，靡使歸聘」，「戍」就是戍邊，「定」就是確定，我戍守邊疆的地點還不知道在哪，沒有確定。因為玁狁到底從哪裡打過來有點捉摸不定，他們不斷的根據敵情在走，所以「靡使歸聘」，「靡使」就是沒辦法，「歸聘」是往家傳遞消息。這裡透露出主人公不是一般的小卒，因為他手底下有人可以幫他送信，應該是有人跟隨。在古代，戰車上的人往往都是有貴族身分的。第二章明顯的沿著思鄉這一主題走，表達當時人們的情緒。

第三章，「薇亦剛止」，野豌豆變硬了，還是在強調時間的延續。「曰歸曰歸，歲亦陽止」，「陽」就是十月，古代稱十月為陽月，後來也有一句俗話「十月小陽春」。在北方，十月沒有風，反而出現一種穩定、比較暖和的天氣。「王事靡盬，不遑啟處。」靡盬就是沒有做好，是個固定語，王事沒做好，「不遑啟處」，「啟處」跟啟居是一個意思，這句說沒有閒工夫。

從道義上講，我們為了國家不能夠安居，但是內心還是有憂傷，所以「憂心孔疚，我行不來」，疚就是內疚、痛處，「我行」就是行役、出征，「來」就是返回、停止、休息。

這一段還是沿著思鄉主題。在典禮上，給戰士們唱這種歌，就是要撫慰他們，充分的理解他們這種思鄉情緒，這是一種人情。

從第四章開始變了，換主題了。「彼爾維何？維常之華」，「爾」就是茂盛，實際上應該讀「你」，《說文解字》[3]裡就寫作「爾」。茂盛的是什麼？是維常之華，常在這讀「堂」，就是棠棣花，它的特徵是一個花托托著好多花，所以詩人用棠棣花比喻兄弟。

接著下面「彼路斯何？君子之車」，棠棣花在哪？可能是車上繪的，也可能是原野上生長的，詩人的聯想是比較自由的。

「彼路斯何」的「路」就是戰車，也有學者說這個路本來是戰車，在這裡引申為那個碩大的、堅固的車——君子之車。古代打仗，是三個貴族武士在戰車上，後面跟著十個卒，西周時期應該是這種建制。接著就說「戎車既駕，四牡業業」，戎車已經架好，四匹公馬很強壯。「豈敢定居？一月三捷。」定居就是停留，捷指交戰，一個月要打好幾次仗，可以看出戰爭很頻繁、激烈。詩到了第四章，格調馬上就頓挫有力了。這一章是戰爭主題。

第五章，「駕彼四牡，四牡騤騤」。駕著四匹公馬，「騤騤」也是強壯的樣子。「君子所依」，在戰車上的是君子、軍官、貴族，「小人所腓」，「腓」就是依傍，或者追隨，也就是戰車所配士卒。

接著下一句，「四牡翼翼，象弭魚服」，「翼翼」是行列整飭的樣子，「象弭」，古代弓背的末梢和弓弦交接處裝有象的骨頭，取其尖利，那個尖可以解繩子，稱為「弭」。「魚服」就是魚皮做的箭鞘，而這個魚不是一般的魚，據考證應該就是海豚。

這兩句寫自己的裝備，四匹馬行列整齊，戰士們挎著弓，箭裝在魚皮做的箭袋子裡面，掛在車上。「豈不日戒？玁狁孔棘！」這個「日」字也有作「曰」的，「曰」也可以，是語詞，但是這裡，日日警戒，可能更好一些。「玁狁孔棘」，「棘」就是軍情緊急，也可以說玁狁很囂張。

到了第四章、第五章，寫戰爭的緊急，也寫一些戰車上的裝備，強調我方軍隊訓練有素，裝備齊全。

詩到了最後，思鄉、戰爭兩個主題交織，我們可以從中體味出主人公愛家，但是有人要奪走他在家鄉的和平生活，所以他不得不作戰、捍衛家園。兩個主題有道義上、邏輯上的密切關聯。他出去打仗，不是為了抓俘虜、搶東西，**中國古代，尤其是《詩經》時代，對戰爭的態度往往是消極，有壓力的**。這與羅馬人、希臘人不一樣，

---

3 中國東漢時期由學者許慎編著的一部文字工具書。

尤其是羅馬人，好戰分子往往是平民，他們出去打仗，凱旋之後可以迅速增加自己的財富，而在希臘、羅馬社會，一個人的財富決定著他的公民權。

可是在周代的封建制中，沒有這樣的原則，而是講究和諧、禮樂，講究等級有序，一個人富了不一定貴，因為宗法制度會排除那些片面因為財富多就貴的現象。這就體現出文化的性格，有的文化喜歡擴張，有的文化缺少擴張的內在因素。中國古代，尤其是西周時期，是缺少擴張因素的。

千古抒情名段

所以，回過頭來看這首詩，兩個主題交織的最終結果是什麼？就是這個千古名段，「昔我往矣，楊柳依依。今我來思，雨雪霏霏」。三千年前的詩，我們今天讀著照樣產生無限的感慨，這是它的感人性。

當年我走的時候，家裡春光明媚。那個楊柳，樹梢向上長的柳樹，也叫蒲柳，就是村邊長著的那種低矮的柳樹，一叢叢的。「楊柳依依」，就是那個柳樹向我招手，「依依」本來是茂盛的樣子，在這它似乎被擬人化了，就是有點捨不得，和小鳥依人的依、依靠的依聯繫起來，楊柳捨不得，實際上寫自己捨不得。

結果我出去打仗，幾年過去了，當我回到家的時候，魂牽夢繞的是那個楊柳依依，可是看到的卻是「雨雪霏霏」，這個「雨」是動詞，嚴格的讀，音同「御」，下起雪，戰爭結束的時候是冬天，漫天大雪。這四句的情調就是撫今追昔的感傷，濃郁的感傷情緒，不是發愁、不是憤怒、不是惆悵，而是無處安放的、說不清道不明的，由戰爭和家、戰爭和和平的交織而感到人生是虛耗的，這樣一種情緒。

「行道遲遲，載渴載飢」，走在路上，腳步是沉重的，這和〈東山〉篇中近鄉情更怯的情緒相似，家的位置太重了，幾年過去了，**家是什麼樣子了，他不是急著去看它，而是怕去看它，怕看到的是自己不願意看到的情景**。而「載渴載飢」說的是內心，他不是真飢渴，是指內心那個憂傷像飢、像渴，是比喻。「我心傷悲，莫知我哀！」我內心中的哀傷，自己都說不清、道不明。情緒達到高潮，詩也就在這戛然而止。雖然沒有直說戰爭如何如何，但是他厭惡戰爭，又不得不去應對戰爭的複雜心緒，表達得非常清晰。

魏晉南北朝筆記小說《世說新語》裡記載，謝安問他家的子孫《毛詩》中哪句最好，謝玄說：「昔我往矣，楊柳依依。今我來思，雨雪霏霏。」說若論神聖的《詩經》裡面的佳句，這句話比九天還高。你看他喜歡到什麼程度！

的確，這樣的句子出現在《詩經》的時代，至今仍讓人感到不可思議。所以我們常說，詩歌沒歷史，一個天才的詩人出現了，他就造天才的句子。詩歌的歷史表現為形式，比如五言詩、七言詩等，看誰對這些格律更熟，但是真正對天地的理解、對情感的抒發，實際上每一個時代都有後代難以企及之處。

6. 勞作，是最好的誠意

——〈周頌・噫嘻〉

噫嘻成王，既昭假爾。率時農夫，播厥百穀。駿發爾私，終三十里。亦服爾耕，十千維耦。

「周頌」裡的作品，大家都以為很深奧難懂，其實它有濃郁的生活氣息和強烈的情感色彩。「周頌」三十一首，雖然有些篇章很長，但「頌」詩都只有一章，〈噫嘻〉是「周頌」的一篇。

「噫嘻」，作為語氣詞，是不以為然的樣子。但詩裡的「噫嘻」要嚴肅得多。清代學者戴震認為「噫嘻」就是「噫歆」，是祝神的聲音。古代祭祀前先要高喊三聲「噫歆」以招神。

籍田典禮之歌

詩裡的神就是成王。「噫嘻成王」，就是對成王招魂。因為古代重視祭祀父親，而康王是成王的兒子，所以學者們判斷這首詩是西周早期周康王時期的作品。康王曾「息民」，就是讓人民休養生息，而且他製作了一些簡樸的禮樂，這首詩很可能就是康王時期舉行農耕典禮的時候唱的。「既昭假爾」，「昭假」這個詞在《詩經》裡出現了好幾次，意思不外乎人神交通，即把誠意、貢品獻給上天。

「率時農夫」，「率」就是統率、領導，「農夫」就是農民。在《詩經》、《尚書》裡，「是」一般就用「時」代替。「播厥百穀」，「厥」就是那個，「百穀」是各種糧食。這是用康王的口吻告訴成王：我們要種您老人家留下來的地了，我們把誠意獻給您，馬上率領農夫播種糧食。

「駿發爾私」，「駿」是大規模，「發」是耕種，「爾私」可以理解為你的私田。「終三十里」就是一眼望去，方圓三十里。總而言之，就是寫春耕時節，大家都在一個平坦的原野上耕種的宏大景象。「二月裡來好風光，家家戶戶種田忙」，只是那個時代農具比較簡樸，沒有鐵器，甚至都不用青銅器。鐵器大規模的投入到農耕是春秋時期，這首詩是西周早期的作品，農具以木製的工具為主。

周王親耕

西周王為了表示重視農業，有一塊千畝的田，叫「千畝」或「籍田」，「籍」就是借的意思，借民力而為。由於當時生產力原始，就得組織力量。春天的時候，周王要組織一種重要的典禮——籍田典禮，他親自下地耕種，親自參與管理和收穫，這就是所謂親農。這塊田的產品除了周王用之外，還周濟同族人，年終祭祀祖宗的糧食也一定是他親自在典禮上耕種籍田生產出來的。所以，這首詩實際上就是籍田典禮祭祀時唱的歌。

「亦服爾耕」，「服」就是用力、出力，「耕」就是農具。「十千維耦」，「耦」就是耦耕，兩個人抬著耕具，一個人在前，一個人在後，一推一提，把種子放進去。因為要兩個人才能操作一個耕具，「十千維耦」可能是一萬人，也就是五千耦，也可以理解為十千耦，兩萬人。詩寫到周王率領他的農夫們，在一片平曠的土地上，大規模的並肩勞作、春耕，濃郁的生活氣息撲面而來。

這首詩從字裡行間**透露出對農耕的重視**，一個「既」字下筆，根本不寫如何祭神，如何搞宗教活動，而是強調實幹，強調勞動就是對祖宗的尊崇。在西周早期，周王可能真是親自耕作，不只是搞儀式。詩篇寫得簡古，強調去種該種的地，顯示了西周早期詩歌質樸、剛勁的氣息。

7. 暮春小麥收割之前的動員令

——〈周頌・臣工〉

我們說過，籍田典禮是伴隨從春耕、田間管理，一直到秋收整個過程的，王於此期間下地勞動，這樣年終獻給祖宗的糧食才被接受。「周頌」中的〈臣工〉是一則小麥收割之前的動員令。

嗟嗟臣工，敬爾在公。王釐爾成，來咨來茹。嗟嗟保介，維莫之春，亦又何求？如何新畬？於皇來牟，將受厥明。明昭上帝，迄用康年。命我眾人：庤乃錢鎛，奄觀銍艾。

王要檢查收成了

這首詩用了很多對話體。「嗟嗟臣工」，「嗟嗟」就是說話之前的嘆詞，就像我們現在說話之前用哼、哈等提醒他人注意。「臣工」就是大臣、百官。「嗟嗟臣工」，就是「注意了，臣工」。「敬爾在公」，「公」就是公家的事業，說要恭敬你們的公職。「王釐爾成，來咨來茹」，「釐」就是審理、考察，檢查工作。「咨」是詢問，「茹」是度量。整句詩就是提醒臣工們要搞好自己的工作，王要來檢查了。

「嗟嗟保介，維莫之春，亦又何求？」對於「保介」的解釋有分歧，有人說是給周王駕車的人，但清代學者于鬯說「保介」是負責管理田界的官員，我覺得這個說法是可取的。「維莫之春，亦又何求？」維是結構詞，「維莫之春」是「暮春」，即春夏之交。暮春時節了，馬上要收割了，王要檢查收成了，你們還有什麼要求嗎？然後接著問保介，如何新畬？「新」就是新開墾的田。「畬」就是種了三年的熟田。

這句實際上是問新田和畬田裡的麥子如何。保介回答：「於皇來牟，將受厥明。」於皇是嘆美之詞，就是麥子金黃一片。「來牟」就是各種各樣的麥子。「將受厥明」，「明」就是收成。說一大片金燦燦的麥子，馬上就要收穫了。「明昭上帝，迄用康年。」這也是保介說的，或者詩人站出來說的。因為我們誠心誠意敬獻上帝，所以才有康年。康年就是豐年。這首詩的重點是問保介麥子長勢如何。一問一答，得出認認真真的勞作、敬奉上帝是我們有康年的原因。

暮春的興奮與激情

「命我眾人：庤（按：音同至）乃錢鎛（按：音同博），奄觀銍艾」，「命我眾人」是王的口吻，是傳令官在傳達王的命令。「庤」就是收藏、儲備，把工具收到屋下存放起來。「錢」是一種像鐵鍬的翻土工具。「鎛」是鋤草的東西。

總而言之，「錢鎛」就是鋤草器，是鬆土用的。「奄觀」就是眼看就要。「銍」是鐮刀。「艾」就是收割。這句告訴眾人把鏟子、鎛收起來，馬上要用鐮刀割麥子了。北方的雨季是貼著麥熟來的，小麥剛上場，雨來了小麥就要發芽，所以收麥就像追趕盜賊一樣，要快。

過去常說「周頌」是敬神明的，「以其成功告於神明者也」。但從這首詩我們可以看出，它並不僅僅寫神，也絕對不是整天跪著給神磕頭乞求好的生活，而是帶有濃郁的生活氣息，甚至和風詩也是很像的。

這首詩寫王發大政，督促手下的傳令官提醒各職能部門注意小麥收割，並問今年的小麥新田如何、熟田如何。保介回答馬上是個大豐收！感謝上帝呀！我們沒有白敬上帝，他賜予我們康年。用君臣之間的對話，把重視農業的精神傳給大家。

暮春時候的北方，布穀鳥、黃鸝鳥開始叫了，杏子、桑葚熟了。如果是好年景，有涼涼的風吹著麥子，麥粒會變得很堅實，麥田將有個好收成。這是古代農耕的一個詩情畫意時節。看到金黃的麥子馬上要熟了，在勞作之前，有相對比較閒的那麼幾天，這是高潮的前夜，大自然在這個時候顯示了很多豐富的內容。如果是文人，暮春時當然要留住春，會有一種感傷，體現生命的脆弱情緒，但這首詩不是這樣，它反而有一種健旺、飽滿的情感，帶有強烈的興奮和激情，因為豐收就要來了，可以勾起我們暮春時節的很多美好回憶。

8. 感恩，讓我們無愧於天地

——〈小雅・信南山〉、〈大田〉

信彼南山，維禹甸之。畇畇原隰，曾孫田之。我疆我理，南東其畝。
上天同雲。雨雪雰雰，益之以霢霂。既優既渥，既沾既足，生我百穀。
（節錄）

「周頌」中的〈噫嘻〉和〈臣工〉，都是從王的角度講重視農業。周人有一種觀念，認為自己民族的始祖后稷也是農業的始祖，后稷在大洪水之後，負責耕種，為天下提供了食糧，天下人才能活下去。周人認為，他們所以能夠主宰天下，就是因為祖宗積了德。

「小雅」中有幾首詩記載了王參加勞作的情景，如〈信南山〉、〈甫田〉、〈大田〉，寫了中國人對天地的那種情感。〈小雅・信南山〉的「信」古代讀「伸」，是蔓延的意思。全詩第一、第二章如下：

天為我們下雨、下雪

第一章講綿延的終南山是禹開墾出來的，禹治理大洪水以後，許多被淹的農田重新恢復，所以禹是華夏的奠基者，這是「禹甸之」的意思。「畇畇」就是平展的原隰，「原隰」就是原野和低下的地方。「原」就是高的，「隰」是下溼的，實際上就是指原野。「曾孫來田」，「曾孫」是周王面對祖先時的自稱。「我疆我理，南東其畝」，我們劃田界、打田壟，我們向南向東開闢田壟。「畝」就是田壟的意思。

下一章講周人對天地的情感，寫得非常有溫情，這和西方人的世界觀有根本的不同。西方諸神之間都是鬥爭的，你打我，我打你。在《荷馬史詩》的〈伊里亞德〉(*Iliad*)中，太陽神阿波羅明顯的站在一邊，女神雅典娜又站在另一邊。有時人間打仗，這兩個神就親自參與，跑到戰場上去。

這種神話對西方哲學有影響，認為世界是矛盾的、衝突的，是各種力量的對峙和平衡。而中國文化則從骨子裡面認為，天地是和諧的、溫情的，不和諧的現象就是反常現象。西周中期，中國文化已經成熟，對我與世界的關係，甚至我與我的關係有了清晰認識，思想開始啟動，傳統開始締造了。

「上天同雲」，「同」就是聚合，上天好像有意識的把雲彩召集起來，然後「雨雪雰雰」，雨讀作「御」，是動詞，這種現象在古漢語當中稱作破讀。破讀就是一個詞，聲調不同，意思就不同，比如「飲」字，讀第三聲的時候，意思是喝，人或動物主動去喝水。當讀第四聲的時候，就變成給別人或動物喝水。

「雰雰」就是紛紛然下了雪，多麼溫情的景象啊！冬天的時候，滿天的大雪，這是天地對我們的恩賜。下雪不足，則「益之以霢霂」。「益」是增益的益，「霢霂」就是小雨。冬春之際，下完雪，再下點細雨。「既優既渥」，「優」通「沋」，沋和油然的「油」字讀音相近，意為潤澤的樣子。「既沾既足」，「沾」在《詩經》裡就是「霑」的意思。清朝小說家曹雪芹的本名曹霑，就來自《詩經》。儒家認為雪跟雨不一樣。雨是專往低處流，潤澤萬物不均衡，只有雪沾溉萬物，不比高下，高處落雪，低處也落雪。「足」就是足夠，水分足夠，以「生我百穀」。「生我百穀」，上天好像是有目的的，要幫助我們完成作物的生長。

古老的《周易》裡說，宇宙、天地、陰陽，就是「生生之大德」。這種觀念不是從爻卦來的，而是來自農耕經驗。它表達的是在漫長的農耕歲月裡，中國先民對天地的情感、對宇宙的根本認識和判斷。那就是天地是一大恩德，看似玄虛，但它會引申出很多後續的結論來。比如我們對自然要感恩。

當今，我們對自然不能再採取「宇宙是物質的，我們可以不斷的向它索取，並將它視作一種物質去征服」這種觀念，人類在這方面已經面臨生死考驗，比如環境問題、核汙染問題等。《詩經》裡也表達了這種情感，它就是後來的「天人合一」的基本內容。我們對宇宙和自然必須抱有敬意，因為我們是它們的一部分，它們是我們的衣食父母。

留點莊稼給拾荒者

而〈小雅．大田〉中有一章是這樣寫的：

有渰萋萋，興雨祈祈。雨我公田，遂及我私。彼有不獲稚，此有不斂穧，彼有遺秉，此有滯穗，伊寡婦之利。

（節錄）

「萋萋」指濃厚、濃郁。「有渰」就是遮蓋的樣子，雲彩密密的彙集起來把世界蓋住。「興雨祈祈」，「興」就是起，開始；「祈祈」就是整齊的樣子。「雨我公田，遂及我私」，就是雨下到我的公田裡來，又下到我的私田裡。下面詩馬上跳躍著說：「彼有不獲稚，此有不斂穧。」彼就是那，稚就是稚嫩，穧就是莊稼割倒了以後沒有捆。同一片地的莊稼，有一批熟得晚，晚熟的就不收了，叫「不獲稚」；我們留下它，讓它長著，就是「此有不斂穧」。「彼有遺秉，此有滯穗」，遺就是遺漏。秉就是禾把子，莊稼熟了收割之後，把它捆起來叫秉。

「滯穗」就是滯留的穗子。地裡有一些晚熟的莊稼、遺漏的禾把子、穗子不收了，是為了「伊寡婦之利」，留給失去了勞動力的寡婦們。

當然，寡婦只是一個代稱，也就是給那些貧寒之人，讓他們來拾荒，生活艱難的時候撿一撿這些也可以活命。

這體現出一種粹美的人情。〈信南山〉說莊稼生長是天地的恩德，那麼這首詩寫懂得感恩的人也要懂得跟別人分享利益，懂得照顧弱勢群體，所以，詩寫到這，美到骨髓裡了。讀這種詩，我們能感覺到，真正的感恩不是跪著給自然磕頭、上冷豬肉，而是關愛他人，這是《詩經》給我們提供的美好的心靈，美好的風俗，美好的傳統。

9. 生活是艱辛的，同時也是美好的

——〈豳風・七月〉

〈豳風・七月〉這個作品用豳地古老的音樂講述了先民農耕勞作是多麼不易。「豳」在今天陝西省北部旬邑一帶，這個地方曾經發現過周人克商、建立王朝之前的先周遺址。

這首詩主要講一年四季十二個月，先民們非常準確的按照大自然的節奏辛勤的勞作，展現的是一個淳樸、五彩繽紛的農耕世界，透露出來的是一種剛健有為的精神。同時，它語帶風霜之感，是一篇對農事生活非常有體會的作品。

雖然我們不知道它的作者是誰，但它展現了我們民族文化根部的生機，有一種大格局的美好。大美和小美不一樣：小美，風花雪月；大美，天地之美。這首詩比較長，一共有八章。

七月流火，九月授衣。一之日觱發，二之日栗烈。無衣無褐，何以卒歲？三之日于耜，四之日舉趾。同我婦子，饁彼南畝，田畯至喜。

七月流火，九月授衣。春日載陽，有鳴倉庚。女執懿筐，遵彼微行，爰求柔桑。春日遲遲，采蘩祁祁，女心傷悲，殆及公子同歸。

七月流火，八月萑葦。蠶月條桑，取彼斧斨，以伐遠揚，猗彼女桑。七月鳴鵙，八月載績，載玄載黃，我朱孔陽，為公子裳。

四月秀葽，五月鳴蜩。八月其穫，十月隕蘀。一之日于貉，取彼狐貍，為公子裘。二之日其同，載纘武功。言私其豵，獻豜于公。

五月斯螽動股，六月莎雞振羽。七月在野，八月在宇，九月在戶，十月蟋蟀入我牀下。穹窒熏鼠，塞向墐戶。嗟我婦子，曰為改歲，入此室處。

> 六月食鬱及薁，七月亨葵及菽。八月剝棗，十月穫稻，為此春酒，以介眉壽。七月食瓜，八月斷壺，九月叔苴，采荼薪樗，食我農夫。
>
> 九月築場圃，十月納禾稼，黍稷重穋，禾麻菽麥。嗟我農夫，我稼既同，上入執宮功。晝爾于茅，宵爾索綯，亟其乘屋，其始播百穀。
>
> 二之日鑿冰沖沖，三之日納于凌陰。四之日其蚤，獻羔祭韭。九月肅霜，十月滌場。朋酒斯饗，曰殺羔羊。躋彼公堂，稱彼兕觥，萬壽無疆。

快點兒、快點兒

第一章，「七月流火，九月授衣」。七月是農曆，相當於陽曆的八、九月，在北方，天氣開始涼爽了。所以「流火」並不是形容七月份的驕陽似火，那種理解是錯誤的。「流火」不是指天上流著火，是指火星，東方蒼龍七宿的第二顆星，又稱星宿二或大火星。

古人拿大火星作為判斷時令的參照物，根據早晨或傍晚東方蒼龍七宿在天上的位置來做判斷。到了七月，東方蒼龍最亮的那顆星開始偏西，不在正南方了，這叫流火。所以「七月流火」說的是寒暑之際，夏天即將過去，天氣就要轉寒。「九月授衣」，這裡的「九月」，就是指今天所說的陽曆十月、十一月之間，開始給農夫發放衣服，準備過冬。

「授」就是授予，「授衣」這個詞非常古老，在遠古時期種地不容易，一、兩個人、幾個人辦不了，怎麼辦？大家要聯合起來，比如兩個人使一個耕具，要以家族或者宗族為單位組織生產，在一個大家族裡面統一發放糧食和衣服。而到了西周後期，人們就開始一家一伍的過日子了，經濟也是以五口之家、六口之家、八口之家等，有父親有母親的核心家庭為單位，這種家庭經濟獨立核算，不用別人授給他衣服，可以自己生產。

所以「七月流火，九月授衣」要表達的就是快點、快點。七月從寒暑之際寫起，所以不是流水帳。流水帳應該從一月說起，詩不是那樣。開頭就說馬上天要冷了，意思是在天暖和的時候，要抓緊生產糧食和布匹，否則九月以後的日子就非常難過了。

「一之日觱發，二之日栗烈」，「觱發」就是劈里啪啦，是寒風吹拂的響聲。就像我們今天常常聽到的，城市看板和鄉村的各種柴草、門窗，在寒風之下被吹得稀里嘩啦、劈里啪啦的聲音，很熱鬧。「一之」就是夏曆的十一月。

這個名稱可能和周代過年有關係。夏朝是正月初一過年，殷商僭天下後提前了一個月，十二月過年。周人又提前了一個月，十一月過年。夏曆的十一月正好進入冬季。二之日栗烈，「栗烈」就是凜冽。然後詩人反問：「無衣無褐，何以卒歲？」衣就是上衣，褐是指粗布大麻衣服。「卒歲」，就是完成這一年的歲月。就是說：要是沒有衣服，沒有遮蓋保暖的東西，怎麼過完這最後幾天？這種反問句子，往往代表了一種強調，言外之意是要勞作，要早準備，天經地義。

「三之日于耜，四之日舉趾。」三之就是正月。耜就是農具，把樹木削一削，然後拿它去耕地。「于耜」就是準備好農具。「四之」就是二月，「舉趾」就是抬起腿來下地勞動。「同我婦子」就是召集起老婆孩子。「饁彼南畝」。「饁」（按：音同葉）在《詩經》農事詩裡經常出現，意思是送飯到田頭。「田畯至喜」，「田畯」是農官，「至」是分發，「喜」是飯食之意，這句是說把飯食分給大家。

這句詩透露了一個資訊，就是到了春耕，王也要下地和老百姓同耕並作，以示對農耕的重視。這個時候由政府提供給參加典禮的農夫們一頓免費的飯。這是萬民狂歡的節日，男女都要打扮得漂亮點，因為要見周王了。

古代的鄉村生活有一種古老的風俗。一個聚落，人們壘房子，冬天在這裡居住，叫做邑。到了春天怎麼辦？大家就散到各自的田頭去，在那搭棚子，叫做廬，草廬，所以每當第二個月的時候就是大家散去的時候。我們在漢代的文獻裡還能看到相關的記載。

第二章，「七月流火，九月授衣」。這是拿前一章的句子，重章疊調的歌唱方式。「春日載陽」，「載」是開始，「載陽」就是開始變暖了。「有鳴倉庚」，「倉庚」就是黃鶯，學名黃鸝，羽毛黃、黑、白相間，叫聲婉轉流利。

在農耕季節的北方，黃鸝開始在早晨四、五點鐘鳴叫，意味著春天來了。「女執懿筐，遵彼微行，爰求柔桑」，「懿」就是深。「微行」就是田間小徑，也有人說是靠近城牆的小徑。「柔桑」就是嫩桑。

這幾句是說在倉庚鳥叫的時候，女子拿著大大的深筐，沿著小徑去求柔桑。這個畫面很詩情畫意。「春日遲遲」，「遲遲」，舒遲的樣子，有點暖洋洋的感覺。春天的時光特別舒緩，好像時光走慢了。「采蘩祁祁」，「采」就是茂盛，「蘩」是白蒿，一種一年或二年生草本植物，開白色的花，枝葉水煮後泡蠶繭可使繭子孵化。「祁祁」就是眾多、整齊的樣子。「女心傷悲，殆及公子同歸」，女孩子採著採著桑就開始傷悲，因為該跟公子一塊走了。公子有可能是女公子，身分比較低微的人要隨女公子出嫁。

還有一種解釋，這個公子就是男的，這是一個嫁娶的季節。這是詩的第二章，以非常奢華的筆調，寫了春天女孩子的一段傷心事，如詩如畫。清代方玉潤說這是一幅採桑圖，錢鍾書說這是傷春之詞的祖先。它確實格調明朗又見嫵媚。

勞作如同在大自然中跳舞

第三章，「七月流火，八月萑葦」。「萑葦」就是蘆荻和葦子，可以做蠶箔用，用葦子或蘆荻編成簾子鋪在下面，以托載蠶。還有一種說法認為「萑」讀「丸」（按：一般讀作「還」），割取的意思。「八月萑葦」，是說該割葦子了。割葦是很辛苦的，葦根很硬、很亂，很容易把腳扎傷。

下面接得很靈活，不說八月怎麼樣，而說蠶月，蠶月就是今天的三月。夏曆三月正是養蠶的時候，「條桑」就是調理、修剪桑樹。「取彼斧斨（按：音同槍）」，「斧斨」就是斧子，橢圓孔的叫斧，方孔的為斨。「以伐遠揚」，「遠揚」就是高高的分枝。「猗彼女桑」，「女桑」就是落桑，就是把那些因為柔弱而歪斜的桑給它倚起來、靠起來，讓它健康成長。

詩的作者，對農事生活爛熟於心，所以用詞非常簡潔、準確。而且，取彼斧斨，以伐遠揚，猗彼女桑，幾個動作是連貫的，自有一種韻律在其中。

這裡寫了一個勞作的環節，就是修理桑樹。「七月鳴鵙（按：音同決）」，「鵙」就是伯勞鳥。到了七月伯勞鳥就來了，這是物候現象。古人根據一些花草的開花和禽鳥、動物的來去判斷時令，伯勞鳥叫了之後，八月就該「載績」，「載績」就是紡織。「載玄載黃，我朱孔陽」是說我們紡織的絲綢，有發紅的、有發黃的，顏色非常燦爛、耀眼。「孔」是十分的意思。「陽」就是光閃閃。勞作，創造了形式，創造了色彩，也創造了美。「為公子裳」，就是為公子做上衣。這些綢料一般人穿不起，是為貴公子做衣裳的。

第四章，「四月秀葽」，「秀」就是開花，「葽」是一種苦菜，四月苦菜開花了。「五月鳴蜩」，知了開始叫了。「八月其穫」，八月就要收穫了，「十月隕籜」，「隕籜」就是萬物紛披，葉子黃了，開始隕落。古人觀察得很準確。「于貉」就是打獵，「為公子裘」，就是為那些貴重人物做裘皮大衣。「二之日其同」，「二之日」大家聚合起來。「載纘武功」，「纘」就是繼續，繼續練武。

古人駕著戰車去打獵，誰的成果多，就選誰做中軍主帥，這就是練武，所以打獵稱為武功。「言私其豵（按：音同宗），獻豜（按：音同肩）于公」，私就是個人，豵是小野豬，豜就是大野豬。小野豬私人留下，大野豬獻給公家。

「五月斯螽動股」，「斯螽」就是螞蚱，「動股」是蝗蟲用腿去刮胸脯、摩擦大腿的聲音。「六月莎雞振羽」，「莎雞」又叫紡織娘，也是一種螞蚱。「振羽」就是飛。「七月在野，八月在宇，九月在戶，十月蟋蟀入我牀下」，「野」是在野外，「宇」是屋簷。

「戶」主要是指窗戶。詩寫蟋蟀七月在野外，八月在屋簷下，九月在窗戶，十月就入我床下了。這是古人對昆蟲的觀察。古人並不像我們今天一樣，噴藥把這些昆蟲殺死，而是根據昆蟲的活動判斷時令，將其當作一種野趣、一種生活的光景。詩寫得很細。

因為外面天冷了，所以蟋蟀也跟著人進屋了。於是初冬的時候，蟋蟀在床底下窸窸窣窣的叫。「穹窒熏鼠，塞向墐戶」，「穹窒」就是指窒息、填塞。「塞向墐戶」，「塞」是堵塞，「向」是朝北的窗戶，「墐」是拿泥塗，「戶」就是門。整句就是說把房屋頂上、屋牆裡的縫堵起來熏老鼠。「嗟我婦子，曰為改歲，入此室處。」這就是感慨：我們這一家子已經到了十一月，馬上就要「改歲」，又要進入新的一年了。

第六章開始講吃的，「六月食鬱及薁」，「鬱」叫郁李，又叫車下李，可以釀酒。「薁」是野葡萄。「七月亨葵及菽」，「葵」是一種蔬菜，「菽」就是豆葉，或者是長得像豆葉的蔬菜，「亨」就是「烹」。「八月剝棗」，「剝」就是打，八月開始打棗。「十月穫稻」，十月割稻子。「為此春酒」，就是冬天釀造第二年春天打開的酒。「以介眉壽」就是幫助老人，也就是說那會兒喝到春酒的是老人。「七月食瓜，八月斷壺」，「壺」就是葫蘆，八月把它摘下來了。「九月叔苴」，「叔苴」就是食野麻子。這就是講光是那點兒糧食不夠，還要有各種各樣的水果、蔬菜才不至於挨餓。「采荼薪樗」，「荼」是苦菜，「樗」（按：音同樞）是臭椿。「食我農夫」，「食」就是養活。說我們吃的是苦菜，燒的是樗柴，是臭椿。生活非常艱苦。

第七章寫收穫。「九月築場圃」，「圃」就是菜園子，「場圃」就是打穀場，打穀場是要把地耕了，然後拿水泡了，拿碌碡（按：石頭做成的圓筒形農具，用以輾平場地或輾壓穀類）壓了，壓的時候還要放上一些麥秸子，讓它平整、結實，然後用來打穀。這種地方種不了別的作物，所以打完穀以後再拿水泡，翻耕了以後種菜，叫場圃。九月修場圃，十月禾稼就要上場了，即納禾稼。

「黍稷重穋（按：音同露）」，「黍」就是黍子，它的子實煮熟後有黏性，可以做年糕；「稷」是高粱，「重穋」，先種後熟的穀物叫「重」，後種先熟的穀物叫「穋」。「禾麻菽麥」，「禾」是禾苗，「麻」是芝麻，「菽」是豆子，「麥」是小麥。用八個名詞垛在一起，表示豐饒。豐收了，「嗟我農夫」，感嘆我的農夫。「我稼既同」，我們的收穫已經完了，我們還要執宮功。「執宮功」就是修建公共建築，於是「晝爾于茅，宵爾索綯。亟其乘屋，其始播百穀」。白天打茅草，晚上編草繩子，「亟」就是指急忙，「乘」，登上屋頂，修房屋，因為又要離開住處到草廬裡生活、種百穀了。

在《荀子》中有一則故事，講子貢對孔子說，自己跟孔子學道學累了，想休息。孔子問他想去幹什麼，子貢說想去侍奉君主，是不是要比讀書好點呢。孔子說「侍君難」，詩云：「溫恭朝夕，執事有。」侍君要態度恭敬，早請示晚彙報，很累。

子貢又說他想回家伺候父母，孔子又說伺候父母難，《詩經》裡講：「孝子不匱，永錫爾類。」好好當孝子，讓老人什麼都不缺，老天才賜福給你，侍親也難。子貢還選了很多其他工作，孔子都引用《詩經》裡的句子，告訴他難。最後子貢說要當農民，孔子就說農民累呀，《詩經》裡說他們「晝爾于茅，宵爾索綯。亟其乘屋，其始播百穀」。

於是，子貢問他什麼時候休息，孔子讓他往遠處看那些墳，說人到了那個地方就可以休息了。儒家說話辦事喜歡引經據典，這段對話是個例子，引用很多《詩經》的句子形容各種生活的不易。

生活是艱辛的，同時也是美好的

最後一章，「二之日鑿冰沖沖」，「二之」就是最冷的時候，「沖沖」是象聲詞，鑿冰的聲音。鑿冰然後藏起來，「三之日納于凌陰」，就是把冰放到凌陰裡，「凌陰」就是藏冰的地窖。

古代政府和豪富人家冬日藏冰，夏日消暑。「四之日其蚤，獻羔祭韭」，「蚤」

就是較早的時候。開冰之後要殺一隻小羔羊，割點韭菜祭祀。

在這首詩裡，祭祀只是一年裡的小小環節，它已經退到生活的節日裡了。我們的先民是很實際的。英國社會學家馬林諾夫斯基（Bronislaw Malinowski）認為，只要是古代的人能夠把握的地方，比如耕種，他們就不會怪力亂神，不會整天去祈禱鬼神。宗教祭祀、祈禱往往在他們沒有把握的地方。

到了《詩經》寫作的時代，中國農業有了五、六千年的歷史，人們對如何耕種、什麼時候耕種，都有把握了。所以講起農事來，《詩經》裡的祈禱和祭祀，與其說是一種祈求，倒不如說是一種節日典禮，一種凝聚人們勞作幹勁的活動。〈七月〉全詩大體是按著時間順序走的，可是經常會出現跳躍，此處說完二之日、三之日、四之日，接著就是九月，「九月肅霜」，肅霜就是「肅爽」，形容深秋清爽的感受。「十月滌場」，「滌」就是洗滌，十月，打穀場不用了，要打掃乾淨。

對此，學者王國維還有另一種解釋，他說滌場就是滌蕩，因為場、蕩古音相近，滌蕩說的是東風滌蕩、吹拂萬物。

這個時候也徹底的農閒了。「朋酒斯饗」，「朋酒」就是雙酒，古代大概也有這種習俗，好事成雙，兩個酒杯一起。「斯饗」，喝酒的宴會叫「饗」。就是這個時候要準備好酒。然後「曰殺羔羊」，開始殺羔羊準備年終大祭。「躋彼公堂，稱彼兕觥，萬壽無疆」，「躋」就是躋身、置身。「兕觥」是酒器，一種彎曲似牛角的酒杯。這幾句的意思是人們登上公堂高舉兕觥，大家互相高喊祝賀萬壽無疆。

這裡的祝語萬壽無疆不是給帝王的，是大家互相之間讚頌生活，祝福美好的生活永遠延續下去。這跟詩一開始「無衣無褐，何以卒歲？」的沉重發問形成對比。詩最終以一種歡呼昂揚的格調結束，前後呼應，顯示了先民對生活的自信。

這首詩的時間詞特別多，八十八句詩、四十五個以上的時間詞構成一個時間環，這就是大自然。一方面，詩裡很少有自然景物的描寫，只是不斷的提到如斯螽動股、莎雞振羽之類的物候現象、自然光景，而且點到為止。

另一方面，對人事的勞動，如八月其穫、一之日于貉等，只是盡可能的多列舉，但對於每項具體的勞作並不細寫，還是點到為止。兩方面都節省筆墨，是為了強調一種節奏，人踩著大自然的節律去勞作，間不容髮。整首詩的格調就好像我們在舞場，踏著快節奏的步伐，嘣嚓嚓嘣嚓嚓的跳舞，有一種大韻律。這就是詩的大美，人在大自然之中靠著勞作在起舞，「赤橙黃綠青藍紫，誰持彩練當空舞」。

另外，這首詩物象紛披、明麗絢爛，時光流轉五光十色、色彩斑爛，勞作這種艱辛已經不在話下，人們步伐非常穩健的在勞作，充滿了自信、踏實、堅實之感，這就是古人在農耕中所顯示的品質，應了《周易》裡面那句話：「天行健，君子自強不息。」詩歌風格剛健、質樸、清新，感慨生活是艱辛的，但同時也是美好的。所以最後寫到酒宴的狂歡，生活也是值得慶祝的。整首詩有一種無限豐厚的意韻，是《詩經》的農事詩中水準最高的經典之作。

drill 019

什麼時候讀詩經？

不學詩，無以言，唐宋詩詞的基石。詩三百，思無邪，精英必修的人文素養。

作　　者／李山
責任編輯／黃凱琪
校對編輯／連珮祺
美術編輯／林彥君
副總編輯／顏惠君
總 編 輯／吳依瑋
發 行 人／徐仲秋
會計助理／李秀娟
會　　計／許鳳雪
版權主任／劉宗德
版權經理／郝麗珍
行銷企劃／徐千晴
行銷業務／李秀蕙
業務專員／馬絮盈、留婉茹
業務經理／林裕安
總 經 理／陳絜吾

國家圖書館出版品預行編目（CIP）資料

什麼時候讀詩經？：不學詩，無以言，唐宋詩詞的基石。詩三百，思無邪，精英必修的人文素養。／李山著. -- 初版. -- 臺北市：任性出版有限公司，2023.04
448 面；14.8×21 公分. --（drill；19）
ISBN 978-626-7182-16-1（平裝）

1. CST：詩經　2. CST：注釋

831.12　　111021736

出 版 者／任性出版有限公司
營運統籌／大是文化有限公司
臺北市 100 衡陽路 7 號 8 樓
編輯部電話：（02）23757911
購書相關資訊請洽：（02）23757911 分機 122
24小時讀者服務傳真：（02）23756999
讀者服務 E-mail：dscsms28@gmail.com
郵政劃撥帳號：19983366　戶名：大是文化有限公司

法律顧問／永然聯合法律事務所
香港發行／豐達出版發行有限公司 Rich Publishing & Distribution Ltd
地址：香港柴灣永泰道 70 號柴灣工業城第 2 期 1805 室
Unit 1805, Ph. 2, Chai Wan Ind City, 70 Wing Tai Rd, Chai Wan, Hong Kong
電話：21726513　傳真：21724355
E-mail：cary@subseasy.com.hk

封面設計／林雯瑛
內頁排版／顏麟驊
印　　刷／鴻霖印刷傳媒股份有限公司

出版日期／2023 年 4 月初版
定　　價／新臺幣 460 元（缺頁或裝訂錯誤的書，請寄回更換）
I S B N／978-626-7182-16-1
電子書ISBN／9786267182253（PDF）
9786267182246（EPUB）